JN078604

ドールハウスの惨劇

遠坂八重

THE TRAGEDY OF D

YAE TOSAKA

祥伝社

ドールハウスの惨劇

THE TRAGEDY OF D

CONTENTS

ドールハウスの惨劇

目次

装幀
albireo

装画
中野カヲル

プロローグ

薄氷《はくひょう》のヴェールをまとった彼女。

その顔は灰色に沈んでいた。腐敗が生じているようで、鼻や頰《ほお》の一部は青黒く変じ、シーツには純白のドレスの裾《すそ》から溶け出した氷片《ひょうへん》が浸《し》みていた。顎《あご》と首の境目さえわからぬほど膨《ふく》れた顔や、毛先がベッドから垂れ下がるほど伸びた髪には、白黴《しろかび》のようなまだらな霜《しも》がおりている。

死化粧《しにげしょう》のつもりか、唇《くちびる》には不自然に赤い紅《べに》が差し、落ち窪《くぼ》んだ瞼《まぶた》は角度によってきらめいて見える。歪《いびつ》に盛り上がったそれぞれの指には、色鮮やかな宝石の指輪がでたらめに嵌《は》められていた。

第一章　惨劇にはほど遠い日常

一

　ここは神奈川県鎌倉《かまくら》市にある全国有数の進学校・冬汪《とうおう》高校。とりわけ二年A組には優秀な生徒が集まっている。毎週木曜日の五限は英語。十三時五分から十五分までは、小テストの時間だ。

　みなシャーペンをさらさら走らせるのみで、咳払《せきばら》い一つしない。

　開け放たれた窓から流れるのは初夏の涼《すず》やかな風。ときおり緑のさやめきと小鳥の鳴き声が聞こえてくる。

　ほどよい緊張感が保たれた静寂、のはずだった。

　滝蓮司《たきれんじ》さえいなければ。

　ごぎゅるるるるるるる。ごっ。ごぎゅう。

　静寂の中、蓮司の腹が絶え間ない轟音《ごうおん》をとどろかせる。

　最前列中央の席から、その音は教室中に隈《くま》なく響き渡った。

初めこそ何人かの生徒が噴き出していたものの、今ではすっかり慣れて誰も気にしない。「あ、またか」という感じだ。何人かの心優しい生徒は、心配そうにちらりと視線をやる。

蓮司はだらだら脂汗《あぶらあせ》を流しながら、苦悶《くもん》の表情で時計を見上げた。

あと八分。

痛い。痛すぎる。目がちかちかしてきた。答案用紙の上で英単語がぐにゃんぐにゃんと踊り狂い、それはやがて〝toilet《トイレ》〟の文字に変形した。

薄緑色の丸タイル。灰色の冷たい壁。風になびくトイレットペーパー。

そして、真っ白な便器。

腹の痛みがピークに達すると、蓮司はもうトイレのことしか考えられなくなる。教室を飛び出してから、トイレまでの最短ルートを反芻《はんすう》する。

右に曲がって突き当たりまでダッシュ。右に曲がって突き当たりまでダッシュ。

右に曲がって突き当たりまで……。

「便所、行ってきてもいいんだぞ？」

大岩《おおいわ》教諭が近づいてきて、長身を屈《かが》めて耳打ちした。

「いえ、大事なテスト中ですから」

「漏《も》れないか」

「たぶん……」

「……そうか」

大岩は不安そうに眉《まゆ》を下げたまま、教卓へ戻っていく。

あと四分。

腹は絶え間なく鳴っている。ごぎゅう、ぎゅるるるるるるる……。

腹の音だけで一曲作れそうなほど、多彩なメロディ・ラインを奏《かな》でている。それに聞き入っているうち、少しずつ気分が和《やわ》らいでくる。

どうやら峠《とうげ》は越えたようだ。

あと一分。

視界と思考がクリアになり、四方に散らばっていた英単語たちが答案用紙上に舞い戻ってくる。

ここで一気に答案を書き連ねる。シャー芯がごりごり削《けず》れるほど力強い筆致で。

だが少しでも油断すると、またも襲いくる轟音と激痛。

耐え抜いた末、ようやく時計の長針が三を指《さ》した。

「はい終了～。後ろから集めて～。滝は便所行ってきて～」

大岩の声を合図に、蓮司は転げるように教室を出た。

右に曲がって突き当たりまでダッシュ。

手前の個室に勢いよく飛び込み、パンツを下げると同時に便座に腰を下ろす。

必死に出口を求め暴れ続けていた者たちが、勢いよく放たれる。

肩の力が一気に抜けて、安心感からふーっと深い息を吐き出す。

窓から小鳥がチュンチュン鳴く声が聞こえてくる。

なんて晴れやかな気持ちだろう。

蓮司は頬を緩《ゆる》め天を仰《あお》いだ。腸は空《から》っぽ。胸は達成感に満ちていた。

本日の任務、完了。

蓮司の中ではすっかり完結していたが、放課後に代議委員の志田幸四郎《しだこうしろう》に肩を叩かれた。

「滝君ちょっといいかい」

「おう」

「君の腹下しの件を先生に相談しに行こう」

「なんで？」

「毎週木曜五限の英語の時間だけ、君は決まって腹を下すでしょう。あの現象はストレスが原因以外の何物でもない。早めに解決したほうがいいと思うの」

「お気遣いどうも。けど解決したって、生理現象なんだからコントロールしようがないだろ」

面倒なことになったと思いつつ、蓮司は適当にやり過ごそうとした。だが志田は引かない。丸眼鏡《めがね》をクイッとやって、糸のように細い垂れ目の奥に使命感をたぎらせている。

「自棄《やけ》にならないで解決策を一緒に考えよう。そのためには対話が必要だ。さっ、今から大岩先生のところに行こう。もうアポはとってあるから」

そう言って、ひょろりと長い腕で有無も言わさず蓮司を引っぱり職員室へ連行していく。とんだありがた迷惑だった。

蓮司はチビで華奢《きやしや》で、いかにもひ弱な容貌《ようぼう》だ。やや内斜視《ないしやし》の色素の薄い丸い瞳や、右頰《ほお》にだけクッキリ刻まれたえくぼ、丸みを帯《お》びた小ぶりな鼻など、どこをとってもあどけなさが残る。

母の協力のもと、数多《あまた》の食材からカルシウムをふんだんに摂取しており、こと牛乳に関しては全国トップクラスの年間消費量と自負しているが、身長は一六〇センチきっかりでピタリと止まってしまった。だが風貌のわりに非力というわけではなく、運動神経は学年でもピカイチ。だから簡単に振りきることだってできたのだが、生来《せいらい》の優しさから、志田のおせっかいに付き合うことにした。

「失礼いたします」

職員室に足を踏み入れると、Ａ組の担任であり英語教師でもある大岩が、すでに入り口を向いて座っていた。健全な精神は健全な肉体に宿るがモットーだったが、ぎっくり腰の影響でバレー部の顧問を降り、まりも研究会の顧問になってからは明らかに暇と筋肉を持て余していた。

「お忙しいところお時間いただき誠《まこと》にありがとうございます」

志田が恭《うやうや》しくお辞儀《じぎ》する。蓮司も合わせて頭を下げる。

「いや、俺も前から気になってたんだよ。滝が腹を下すようになった原因。決まってあの時間だけだろう」

蓮司は少し考えてから答えた。

「あれ、たぶん小テストのせいです。英単語に苦手意識があって、いつも緊張して腹壊しちゃうんです」

「滝君は英語の成績だけは群を抜いてよいじゃないの。そもそも父方の祖母がイギリス人だし自分も六歳までリバプールで暮らしてたから、俺にはビートルズの血が流れてるようなもんだぜ、なんて入学当初うそぶいてクラスメイトから白い目で見られていたじゃないの」

志田がよけいな口を挟《はさ》む。彼は他人の忘れたい過去を無遠慮に抉《えぐ》り出す能力に長《た》けていた。

「得意だからこそそのプレッシャーじゃないか？」

大岩が都合よく解釈してくれる。

「おっしゃるとおりです」

蓮司は食い気味に頷《うなず》いた。

「うーん。どうしたらいいんだろう。小テストをなくすわけにはいかないし。滝だけ毎回別室で受けてもらうとか？」

「それはちょっと困ります」

ちょっとじゃなくてだいぶ困る。そもそも別室で受けるんじゃ、腹を下す意味がなくなる。

「自分は全然大丈夫なんで気にしないでください。それとも他の生徒から苦情が来てたりするんでしょうか。俺の腹の音がうるさくてテストに集中できないとか」

大岩は湯呑《ゆのみ》の渋茶をすすりながら首を振った。

「苦情はないさ。どちらかというと好意的に捉《とら》えられてるんじゃないか？　なんでも、木曜午後の風物詩《ふうぶつし》と呼ばれているそうじゃないか」

それは知らなかった。いつの間に俺の腹の音は風鈴《ふうりん》や鈴虫《すずむし》の鳴き声みたいな位置付けになっていたのか。

困惑する蓮司の横で、志田はさらに困惑の色を浮かべた。

「風物詩は季節特有のものを指《さ》す言葉でしょうに。いずれにせよ、なんとか解決の糸口を見つけないといけませんよ。滝君だって陰でうんこマン呼ばわりされるのは辛《つら》いでしょう」

それも知らなかった。さすがにうんこマンは心外だ。三歳児が秒で思いつくレベルのあだ名だ。もうちょっとひねりが欲しい。

少し思い悩んだ後、蓮司は遠慮がちに口を開いた。

「あの、ＢＧＭ流してもらえると助かるんですが」

「ＢＧＭ……？」

「ええ。シーンとしてるから緊張してよけい腹痛くなるんですよ、たぶん。だから腹の音が紛《まぎ》れたらある程度は症状和らぐと思うんですけど」

「ＢＧＭねえ……」

大岩はふたたび渋茶をすすりながら、こめかみに手を押し当てた。

「案外集中力が高まっていいかもしれないな。そういうのあるだろう、ヒーリングミュージックだっけ？」

「ええ。川のせせらぎとか、焚火《たきび》の音とか……小テストの間の十分だけ、なるべく音量でかめで流していただけると助かります」

「よし決まりだ。来週から小テストの時間に限りヒーリングミュージックを流そう」

大岩は面倒がることなくあっさりと承諾した。むしろ新しい試みにワクワクしてさえいるようだった。

蓮司と志田は深々《ふかぶか》と頭を下げ職員室を後にした。

「助かったよ。ありがとな」

「代議委員だもの」

志田は得意満面な笑みを浮かべた。要は学級委員なのだが、その大役に酔っているようだ。

日の当たる廊下を並んで歩く。窓の向こうでは、陽《ひ》の光を透かした青楓《あおかえで》の葉がざあっと音を立てて揺れている。陸上部の掛け声や吹奏楽部の演奏がうっすらと聞こえてくる。

「滝君、これから廃校舎に向かうのかい」

「ああ」

放課後は毎日部活動がある。教頭の特別な了承を得て、取り壊しが決まっている校舎の二階の一角を部室として使用していた。

「ところで滝君、なんの部活に入っているんだっけ」

志田がわざとらしく聞いてくる。

知っているくせに。蓮司は憂鬱そうに答えた。

「……たこ糸研究会だよ」

「活動内容は？」

「文字どおりたこ糸の研究だよ。いろんな種類のたこ糸を収集して、特性とか強度とかを調べて冊《さっ》子《し》にまとめて。けっこう真面目《まじめ》に活動しているんだ」

「部室によく部外者が訪れるそうじゃないの」

「たこ糸に関するお悩みを随時受け付けてるんだ。ただ研究するだけじゃなくて、研究結果を元に社会貢献するのが俺らの活動目的だから」

「本当に？　一般の高校生がそこまでたこ糸に関心があるとは思えないのだけど」

志田の追及は止《や》まない。蓮司はいい加減うんざりして言った。

「なんだよ、まわりくどいな。いったい何が知りたいんだよ」

「僕がししおどし研究会に属していることは知ってるでしょう」

「知らないよ。なんだよ、ししおどし研究会って」

志田は蓮司の問いを無視して続けた。

「先日新入生が辞めちゃって、会員が僕一人になってしまったの。ほら、構成員が三か月間一人以下の部ないし研究・同好会は、廃部という規則でしょう。そこで滝君に折り入って頼みがあるんだけど」

嫌な予感がして、蓮司は冷《さ》めた目で志田を見る。志田はいたって真面目な顔つきで提案した。

「君らのたこ糸研究会も二人しかいないでしょう。合併してししおどし・たこ糸研究会にしないか」

「嫌だ」

「たこ糸・ししおどし研究会でもいい」

「どっちが先かとかネーミングの問題じゃないよ。俺は会長としてたこ糸にポリシー持ってやってるから、まったく関連のないししおどしと一緒くたにされたらたまらない」

蓮司はキッパリ言い切って廊下をさっさと歩いていく。志田はしぶとくついてくる。

すると、廊下の中ほどで、複数の男女が揃いも揃って窓から身を乗り出していた。

「なんだい、あれ」

ぽかんと口を開ける志田。蓮司はなんとなく察しがついて、窓に歩み寄る。

二人が真下を覗《のぞ》き込むと、蓮司の予想どおり彼女の後ろ姿があった。

藤宮美耶《ふじみやみや》。

昇降口を出て、これから帰ろうというところだろう。風になびく栗《くり》色のロングヘア。すらりとした肢体《したい》。抜けるように白い肌。後ろ姿だけでも異様な輝きを放っている。

「藤宮さーん！」

隣の窓から身を乗り出していた複数の男女が、大声でその名を呼んだ。

気づいた美耶が、振り返ってこちらを見上げる。

人形然としたゾッとするほど美しい顔。窓から覗いていた男女が凄《すさ》まじい歓喜にわく。彼らの声に応《こた》えるように、美耶は天使の微笑をたたえて手を振り返す。歓喜がある種の狂騒へと変わる。よく見ると地上にも複数取り巻きがいて、彼らも気が触《ふ》れたようにギャーギャー騒いでいる。

蓮司と志田は顔を見合わせるなり、無言でぴしゃりと窓を閉めた。そしてどちらからともなく反対方向の階段へと歩き出す。

志田が唸《うな》りながら言う。

「すごいなあ。藤宮君一人でメイウェザーVSパッキャオ戦並みの熱狂ぶりじゃないの。僕は頭のよい女性が好きなんで、F組の藤宮君には興味ないけどもね」

冬汪高校は成績順でクラスが決まる。蓮司と志田が属するA組がトップ、F組はドベだ。

志田の謎の上から目線に辟易《へきえき》しつつ、蓮司は半分冗談半分本気で提案した。

「志田さあ、藤宮美耶研究会でも作ったら？　会員めちゃくちゃ集まると思うよ。もちろん、ししおどしにこだわりがあるなら〝藤宮美耶・ししおどし研究会〟で」

志田はにべもなく首を振った。

「それはもう断られた」

「え？」

「藤宮美耶研究会は、彼女が入学した日の午後にもう設立されていた。もちろん、ダイレクトにその名を冠するのはまずいので、〝美少女研究会〟というふうにカモフラージュされているけどね」

「美少女研究会って名前も相当アレだと思うぞ」

「それで僕はつい先日、美少女研究会にまさにその提案をしたんだよ。だが速攻で断られたね。なんでもすでに会員五十八名で、わざわざししおどしと合併するメリットが皆無《かいむ》だという」

「そりゃもっともな言い分だな」

要するに単なる一般人のファンクラブが学内にあって、五十八名もの生徒が所属している。全生徒約十人に一人の割合だ。

恐るべし絶世の美少女。

蓮司は軽くめまいを覚えつつ、廃校舎へ向かった。

時刻はもう十六時を過ぎていた。

二

廃校舎は本校舎の裏手にひっそりと佇《たたず》む、昭和十二年定礎の由緒《ゆいしょ》ある建物だ。灰茶色を基調とした二階建ての木造建築で、藍《あい》色の日本瓦の屋根が印象的である。

内観も建築当時のままで、格子状の木製窓枠や色褪《あ》せた磨《す》り硝子《ガラス》の窓、剝《は》がれかかった白漆喰《しっくい》塗りの壁など、随所に歴史の重みを感じられる。

耳鳴りがするほどの静けさと、その幽寂《ゆうじゃく》な雰囲気も相まってさまざまな怪談がまことしやかに囁《ささや》かれているが、蓮司は一度も心霊現象の類《たぐい》に遭遇したことはない。物音の主《ぬし》は、たいていちまっこい鼠《ねずみ》たちだ。四年後には解体工事が決まっているのだが、周囲の住民やOBからは、国の有形文化財に申請すべきだという声も数多く寄せられているらしい。

〝たこ糸研究会〟の部室は、そんな歴史ある廃校舎の、二階の角にある空き教室だ。

ギィギィ軋《きし》む鄙《ひな》びたヒノキの廊下を進み、引き戸にかけられた札を見る。

『赤』は来客中。

『青』は待機中。

『白』は外出中。

今日は『赤』。来客中だった。念のため二度ノックして、静かに戸を引く。

室内は、たくさんの古机や椅子がバリケードのように積み上げられていて、それらの脚から、置《お》き行燈《あんどん》や吊提灯《つりちょうちん》、キャンドルランタンにペンライト、ステンドグラスや切子《きりこ》細工のランプなど、和洋新旧ごちゃまぜの光源体が、いくつもぶら下がっている。

ぽっかり空《あ》いた中央には、二×二の机が並べられていて、男女が向かい合って座り、熱心に鶴を折っていた。机の上にも足元の紙袋にも、溢《あふ》れんばかりの大量の折り鶴。

蓮司の姿を認めるなり、女子生徒は慌てた様子で席を立ってお辞儀した。

「滝君、こんにちは」

か細く消え入りそうな声。

「こんにちは藤宮さん」

蓮司は隣の椅子に腰を下ろし、彼女にも席に座るよう促した。彼女はなぜか申し訳なさそうに、ペコペコ頭を下げながらふたたび腰を下ろした。

「蓮司ごときに恐縮する必要ないよ、藤宮さん」

男子生徒がぶっきらぼうな声で言う。

たこ糸研究会の副会長、卯月麗一《うづきれいいち》。氷の刃《やいば》のごとく鋭《するど》く冴《さ》えた切れ長の双眸《そうぼう》に、彫刻的な鼻梁《びりょう》と形のいい薄い唇《くちびる》、青みを帯《お》びた黒髪や瀬戸物然とした冷たい白い肌、極《きわ》めつけに百八〇センチのすらりとした体軀《たいく》。エントリーした覚えのない学内ミスターコンテストでみごと優勝を果たすほど容姿端麗《ようしたんれい》だった。

だが当人は見た目に無頓着《むとんちゃく》どころか投げやりなありさまで、どう暴れ狂ってもそうはならないだろうというくらいシャツもスラックスも皺《しわ》くちゃ、履き潰された上履きはところどころ養生テープでおざなりに修復してあった。

「そうだよ俺ごときに恐縮する必要ないよ、藤宮さん」

蓮司がそう言っても、彼女は萎縮《いしゅく》しっぱなしだった。〝藤宮さん〟は、あの藤宮美耶ではない。

双子の妹・藤宮沙耶《さや》だ。学年トップの秀才で、蓮司と同じA組。

藤宮姉妹を見た者の十人中九人は、妹の沙耶に対してこういった感想を抱《いだ》くだろう。

『お姉さんに似てなくてかわいそう』

沙耶は決して不器量ではない。ただ、神懸《かみが》かり的に美しい姉と比較すると、あまりにも地味で印象が薄かった。

決定的に違うのは目だ。美耶は目尻のきゅっとあがったアーモンド形の大きな目をしていた。睫《まつ》毛《げ》は長くつややかで、黒目がちの瞳はガラス玉のように澄んでいた。一方で沙耶の目はうすい一重《ひとえ》瞼《まぶた》で、三白眼《さんぱくがん》ぎみだった。そのせいか遠目で見ると姿かたちは似ているのだが、近くで見るとまったく印象が違った。

沙耶はあまり人と目を合わせるのが得意ではないようで、うつむきがちに言った。

「あの、すみません、今日もありがとうございます。小テストの時間……。とても助かりました」

「礼には及びませんよお嬢様」

蓮司は冗談めかして言ったのに、沙耶は耳まで赤くなる。

「あの、滝君はどうやって意図的にお腹を鳴らすことができたんですか」

「俺、牛乳飲むとすぐ腹壊すタイプなんだ。だから昼休み終了の五分前くらいに牛乳をがぶ飲みするんだよ。すると、ちょうど小テストの時間に腹を下すわけ」

沙耶は罪悪感に苛《さいな》まれたか、ますます恐縮そうに言う。

「……あの、すみません、やっぱりこれ以上無理していただくわけには……」

「全然平気。ってか、たぶんもうあの荒療治は必要なくなるな。代議委員の志田が協力してくれて、来週から小テストの時間にBGM流してもらえることになったから」

蓮司は上機嫌で机の上に置いてある折り紙に手を伸ばす。

沙耶は安堵《あんど》した様子で、胸元をさすった。

「ならよかったです。ありがとうございます」

それからキョロキョロとあたりを見まわし、自分の白くか細い手首をつかみながら下唇を噛《か》む。

「……何か予定あるんじゃない？　折り鶴はもういいよ」

気づいた麗一が声をかける。

「でも、せめてこれくらいは」

「もう十分手伝ってもらったよ、ありがとう」

麗一に促され、ようやく席を立つ。沙耶は逡巡《しゅんじゅん》した様子ののち、鞄《かばん》から透明の包みを取り出した。中には花型のクッキーが入っていた。

「あの、これ、家庭科の授業で作ったやつです……よろしければ、どうぞ」

蓮司はわかりやすく喜んだ。

「まじ？　サンキュー。俺の班、焼き時間間違えて炭化《たんか》しちゃったんだ」

沙耶は頬を赤く染めたまま曖昧《あいまい》に微笑《ほほえ》み、逃げるように教室を後にした。

蓮司はさっそくクッキーを頬張りながら言った。

「それでこの折り鶴は何？」

「藤宮さんが来る前に女子生徒が折り紙持って一人で来たんだ。今週の日曜日に急遽《きゅうきょ》弟が手術することになったから、それまでに千羽鶴を作りたい。けど自分はバイト漬けで時間がなく、頼めるような友人もいないので代わりにお願いしたい、と」

「なるほど」

足元に視線を落とす。紙袋の中にも色とりどりの折り鶴が積もっていた。細部まで丁寧に折り目がついたものと、ところどころひん曲がっているもの。前者が沙耶作で後者が麗一作だと、蓮司には一目でわかった。

「あと何羽？」

「七百八十三」

「うわあ」

「一羽あたり一分として、二人で手分けすれば七時間とかからない。今日明日で二日間ある。十分間に合う」

麗一は淀《よど》みなく言うと、すばやい手つきで鶴を折っていく。蓮司もそれに倣《なら》う。ほんの二週間前にも別の生徒から同様の依頼があったので、折ること自体は造作《ぞうさ》なかった。

「蓮司さっき嘘《うそ》ついただろ。お前は牛乳飲んだくらいじゃ腹壊さない」

「ああ、あれ。まあ、女の子によけいな心配かけるのもあれだし」

「本当はどうやって腹なんか下したんだ」

「簡単だよ。廃校舎の裏庭に古井戸があるだろ？　中の水が緑がかっててぬめぬめして、いろんな羽虫が浮かんでるんだけど。あれを一口飲むだけで、いつでも死ぬほど腹壊せるんだ」

「よせよ」

「もうやめるよ。さっき言ったとおり今後の小テストはＢＧＭ付きになる。それで問題は解決する」

「ならいいけど……」

蓮司が意図的に腹を下すのは、沙耶の依頼によるものだった。

そもそも〝たこ糸研究会〟とは表向きのもので、彼らのメイン活動は俗《ぞく》にいう便利屋である。ジャンル問わず生徒の悩み相談を受け付け、解決のため尽力《じんりょく》する。あるいは単に雑用をこなす。

依頼内容については守秘義務があり、匿名《とくめい》OK・無報酬とあって、非公式活動であるにもかかわらず、依頼人は週二〜三人きまって現れる。

たこ糸研究会は、初めはたこ揚げ研究会だった。入学したての頃、

『屋上でひなたぼっこしながら、のんびりたこでも揚げようぜ』

と二人で立ち上げたのだ。

だが予想に反して入会希望者が殺到し、たこ揚げの領空権をめぐる熾烈《しれつ》な争いに発展した。これに敗れた二人は、脱会してたこ糸研究会を発足したのである。それ以降、依頼人は後を絶たずとも、入会希望者が部室を訪れることはない。

沙耶がここを訪れてきたのは、約一か月前のこと。

依頼内容は一風《いっぷう》変わっていた。『毎週木曜日、英語の小テストの時間に雑音を立ててほしい』。なんでも、彼女はストレスのせいか、ここ最近英語の授業時間に決まって腹痛を覚えるようになったという。とくに、小テストの時間はしいんと静まり返っているせいでよけいに緊張してしまい、腹《ふく》鳴《めい》や吐き気といった症状に苦しんでいた。緊張の度合いに比例して症状が激化するため、あの水を打ったような教室の静けさをどうにかしてほしかった。

そこで、藁《わら》にもすがる思いで彼らに助けを求めたのだった。

蓮司はクッキーを二つほどつまんでから、神妙な顔つきで言った。

「麗一もいる？」

「俺はいい。うちのクラスたぶん明日作るから」

麗一はF組だった。藤宮美耶と同じ、最下位クラスだ。

「じゃあ俺これ全部家に持って帰っていい？　まだ井戸水の後味が残ってて舌が気持ち悪いから、家帰って歯磨いてから食おうと思って」

「もちろんいいけど……だから、俺の案を採用してくれればよかったのに」

「麗一の案ってあれか。天井にスピーカーをこっそり埋め込んで、遠隔操作して小テストの時間だけモスキート音を鳴らすってやつか」

若者にしか聞こえない周波数の音というのがあるらしい。

「ああ。Ｂｌｕｅｔｏｏｔｈのスピーカー使えば簡単だったろ」

「けどもし先生にバレて俺らが処分でもくらったら、藤宮さんがめちゃくちゃ罪悪感に駆られるだろ。俺はそういうのは嫌だ」

蓮司が言い切ると、麗一は納得したように頷いた。いつしか折り紙も板についてきて、鶴の細《こま》かな嘴《くちばし》さえ綺麗な直線を形作るようになっていた。

廃校舎は本校舎の陰に隠れて陽が当たらない。まばゆい夕陽が射《さ》し込む時分になっても、室内は薄暗く冷たい埃《ほこり》の匂いがする。

二人はしばらく無言で鶴を折っていた。

二人は小学校からの幼馴染《おさななじみ》で、昔から何かと頼まれごとをされる機会が多かった。そして見た目や性格は正反対だが、依頼に対する実直な姿勢については、綺麗に一致していた。だからたこ糸研究会が便利屋へと姿を変えていったのは、ごく自然の流れだった。

開け放たれた窓から、十八時を告げるチャイムがぼんやり聞こえてくる。手元が暗くなってきたので、真上にぶら下げた懐中電灯の束にスイッチを入れる。薄闇の中、中央だけがぼうっとほの白く照らされた。

ペットボトルのコーヒーを一口飲み、麗一が思い出したように口を開く。

「藤宮さんって、えらい勉強漬けの日々を過ごされている。毎朝六時半に登校して始業まで自習室で勉強。放課後は毎日予備校に通って勉強。土日も朝から晩まで予備校で勉強」

「そんなに？」

「ああ、さっき少し喋《しゃべ》ったんだよ。俺なら三日で気が狂ってしまうようなスケジュールを、中学生の頃から欠かさず続けておられる」

「すげーな。この前なんて全国模試二位だったもんな。てっきり天才タイプかと思ってたけど、比類なき努力の上に成り立ってるんだな。すげーなあ」

何度も感嘆《かんたん》の息を漏らす蓮司をちらりと見て、麗一は淡々と言った。

「蓮司もすごいよ。他人のために自己犠牲をものともしないその精神力」

「呆《あき》れてるのか、単なる嫌味か」

「ひねくれてんな。素直に誉め言葉として受け取ってくれよ」

「なら麗一もすごいじゃん。なんの利益もないのに、こうして膨大な時間を依頼人のために捧《ささ》げている」

麗一は冷めた面差《おもざ》しで呟《つぶや》いた。

「俺は単なる暇つぶしだよ」

だが蓮司はからっとした笑顔で言った。

「暇つぶしでもなかなかできることじゃないよ。名も知らぬ女子生徒の弟さんのために、日暮れ時までこうやって鶴を作るなんて」

「そうかな」

「そうだよ」

その日、二人は結局十九時過ぎまで鶴を折り続けた。

三

藤宮沙耶の朝は早い。

五時きっかりに起床して階下へ移動し、真っ先に洗面所で顔を洗う。洗顔というより、冷たい水を手のひらで思い切り頰に打ちつけるのが好きだった。やがて母が起きてくる。沙耶がきちんと起床していることを確認して、キッチンで朝食の準備を始める。

藤宮家は母娘三人暮らしで、北鎌倉の閑静《かんせい》な街を見下ろす高台の邸宅である。白亜《はくあ》の洋風建築は広々とした重厚なつくりで、一階はリビング、母の寝室、キッチン、共有の浴室、洗面所、トイレ。二階は南向きに姉・美耶の部屋、美耶専用の浴室、洗面所、トイレ、ミニキッチン。北向きに妹・沙耶の部屋がある。

この家には姉妹が中学校にあがるタイミングで越してきた。母が父と別居してからはずっと賃貸アパート暮らしだったのが、一転して立派な邸宅で暮らすことになった。

同時期に、暮らしぶりが急に豊かになった。常に顔色の悪かった貧相な母は、憑《と》りつかれたように美容にのめり込み、ハイブランドを買い漁《あさ》り、髪や化粧を明るくして、夜の街に繰り出しては散財を繰り返すようになった。

母は働いておらず、娘たちにとって金の出処は謎だった。

ただ、浮気性な父と相当揉《も》めて離婚したらしいから、おそらく慰謝料や養育費の類《たぐい》をたんまり受け取ったのだろうと、沙耶は推測していた。父が経営している会社は、昨年には東証二部に上場し、年商も過去最高を記録したと、ニュースでちらっと聞いていた。

沙耶は朝食に紅鮭《べにざけ》と青菜と味噌汁と五穀米《ごこくまい》を用意した。ただコンビニのレトルトを電子レンジで温めて皿に盛るだけ。中学の頃から毎日同じメニューだった。昼食も朝と同じメニューを、そっくり弁当箱に移し替えただけ。

その横で、母が美耶の朝食の準備を始める。オートミールのトマトリゾット。緑黄色野菜たっぷりのボウルサラダ。チアシードとシリアル入りのラズベリーヨーグルト。

バラエティに富んだ日替わりメニューの数々。それらはいつも美耶の分だけだった。

飲み物をとろうと冷蔵庫に手をのばすと、

「ルイボスティーはだめよ」

と後ろから母が牽制《けんせい》する。

言われなくてもわかってるのに。

沙耶は内心うんざりしながら、隣にある麦茶のポットを取り出した。ルイボスティーは美耶専用だ。

「ねえ、ヨーグルト食べてもいい？」

「だめよ。それ、高たんぱくで高いやつだもの。沙耶のは今日買ってきてあげるから」

「わかった。ありがとう」

礼を言い、短く会話を打ち切る。

明らかに美耶びいきだった。

母というか、クラスメイトも教師もコンビニ店員もたまたま電車に乗り合わせたサラリーマンもただすれ違っただけの高校生も、だいたいみんな美耶びいきだった。

程度の差はあれ、潜在的にみな美人の姉を優遇している。物心ついた時からそうだった。

慣れたといえば嘘になる。だが、成長するにつれ少しずつ諦観《ていかん》の念を覚えるようになっていた。

朝食を終え制服に着替えると、六時過ぎには家を出る。霧《きり》のような雨が降っていた。

ゆるやかな坂を下り、細道を抜けて、明月院《めいげついん》通りに入る。新緑に覆《おお》われた木陰の道を、涼やかな朝風がすうっと抜けてゆく。横を流れる小川の静けさや、そこに架かるささやかな石橋にもまた風《ふ》情《ぜい》がある。

心が洗われるようで、沙耶はこの道を行くのが好きだった。

学校までは徒歩二十分もかからないから、本当は八時に家を出たって始業には間に合う。

なぜこんなに早く家を出るかというと、勉強のためだった。学校の自習室は朝六時半から十九時まで開放してあり、利用者も少ないから、穴場なのだ。

六時半では運動部の朝練もまだなので、校舎は静寂の中に沈んでいた。

職員室だけ、ぽつりと灯《あか》りがついている。沙耶はこの寂しい静けさが好きだった。

自習室はいつも一番乗りだ。机が向かい合わせに数列並んで、左右前方は白い衝立《ついたて》で囲われている。いつも一番奥の端の席に座った。

沙耶は端っこが好きだった。集合写真も、教室の席も、電車の席もなんでも端っこが落ち着く。

食パン、卵焼き、厚揚げ……食べ物も端っこが好きだった。自分の立ち位置や自分に与えられるものがいつも端っこや余り物だから、そのせいで愛着があるのかもしれない。

自習室はたいてい七時まで貸し切り状態で、それ以降も生徒はまばらだ。仕切りのおかげで他人の顔が見えないし、沙耶のいる一番奥の列にわざわざ座る生徒はいない。だから気が楽だった。

しかし、今朝は珍しく七時前にドアが開いた。のみならず、数人が大きな足音を立てて沙耶のほうへ近づいてきた。

威圧的な人の気配に、途端に下腹部がきゅうっと痛くなった。苦し紛れに息を止めて、縮こまって気配を消そうとする。

「ああ、やっぱり。あれだって」

「一番奥の？」

「うん」

男子たちのひそひそ声が、いっそう沙耶の心を重くした。この後の展開がもう手に取るようにわかってしまう。

予想どおり、男子生徒らは沙耶のすぐそばまで歩いてきた。

「藤宮さ〜ん、おはようございます」

さすがに挨拶《あいさつ》されて無視するわけにはいかなかった。沙耶はうつむきがちにゆっくりと男子生徒らのほうを向いて、小さく会釈《えしやく》する。

「……おはようございます」

彼らは露骨に目を丸くして驚き、それから顔を見合わせて苦笑いを浮かべた。サッと身を翻《ひるがえ》し、当人に聞こえるくらいの声で無遠慮に話し始める。

「ぶっさ。姫と全然似てないじゃん」

「声でけえよ可哀想《かわいそう》だろ。俺があの人の立場だったらこの世に絶望するわ」

「お前もひでーよ」

声はどんどん遠ざかっていく。扉がピシャリと閉まり、ふたたび静寂が訪れた。

沙耶はしばらく動けなかった。頭がカッと熱くなり、鼓動が激しく鳴り響く。高校生にもなってあれほど露骨な嘲笑《ちょうしょう》を受けるなんて。過去のさまざまな記憶がフラッシュバックして、胃の奥に痛みが走った。

男子生徒はみな体操服を着ていた。おそらく、雨脚が強くなったために朝練を早々に切り上げたのだろう。

また同じような見物人が来たらどうしよう？

思いきり馬鹿にされたらどうしよう？

沙耶は勢いよく席を立つと、机に広げていた参考書や文具を鞄に押し込み、逃げるように自習室を後にした。

本降りの雨が鈍色《にびいろ》の空から落ちてきて、廊下の窓に強く打ちつける。

始業まで、まだ一時間半もある。だが図書室も廃校舎も鍵がかかっている。

教室で過ごすことも考えたが、さっきのことを思うと不安だった。

……トイレの個室で過ごそう。そうすれば、誰の視線も気にせずに済む。

そう思い至り、ガランとした薄暗い廊下をうつむきがちに歩いていく。

ふと、視界の端に奇妙な物体が映った。

ゴミ箱に向かい合うようにぺったり張りついた人の足。

違和感を覚えて顔を上げると、ゴミ箱に上半身がすっぽり嵌《はま》った生徒の姿があった。

「ひっ！」

衝撃のあまり短い悲鳴が漏れる。そのまま後ろに倒れ込みそうになるのを、すんでのところで回避する。

沙耶の悲鳴に驚き、生徒はゴミ箱ごとビクッと揺れた。ややもせぬうちに上体を起こして現れたのは、たこ糸研究会の卯月麗一だった。

沙耶はそのあまりの眩《まぶ》しさに目がくらんで、反射的に顔を覆った。何も麗一自体が輝きを放っていたわけではない。その額《ひたい》にがっちり固定されたＬＥＤライトのせいだった。

彼がかちりと電源を切ると、ふたたび廊下は薄闇に包まれたが、沙耶の視界はまだ銀色の残像がちかちか犇《ひし》めき合っていた。

「藤宮さんか。びっくりした」

「それはこっちの台詞《せりふ》です……」

麗一は雑な仕草でヘッドライトを頭からもぎ取った。

「おはよう」

「あ、おはようございます。何をしていたんですか、今のは」

麗一は神妙な顔で答えた。

「冥王星《めいおうせい》を探してる」

「冥王星、ですか」

「ああ」

「冥王星……ありますかね。ゴミ箱の中に……」

「置物だよ。こんな小さなやつ」

そう言って親指と人差し指で楕円形《だえんけい》を描く。直径三センチにも満たないものだった。

「もしかしてどなたかからの依頼ですか」

「そう。ポケットに入れていた冥王星をいつの間にかなくしてしまったみたい。俺は一昨日《おととい》からそれを探し続けている」

なんとなく詩的だなと思いつつ、沙耶は頭の隅に浮かんだ言葉を思い切って口に出してみた。

「あの、よろしければ手伝いましょうか」

「ありがとう、助かるよ。依頼人からはできるだけたくさんの人に協力を呼びかけてほしいって言われたんだけど、俺人脈ないから参ってたんだ」

終始真顔で、全然感謝しているようにも参っているようにも見えなかったが、拒絶は感じられなかったのでホッとした。沙耶は他人の感情に神経質すぎるほど気を配る節《ふし》があった。

雨音響く灰色の廊下を、二人並んで歩いた。沙耶はこれまで受けた数々の仕打ちから、男子に対して苦手意識が非常に強かったが、たこ糸研究会の二人は平気だった。大多数の男子と違って、彼らは品定めするような目で見てくることも、二言目には姉を称《たた》え沙耶を貶《おとし》めるような発言をすることもなかったからだった。

「依頼人が最後に冥王星を確認したのは、一昨日の十五時頃。場所は三年B組の教室。制服のポケットに入れていたのを取り出して、友人に自慢したらしい。その後行方がわからなくなっている。帰り道にポケットに手を突っ込んだ時にはもうなくなっていたというから、校舎内で紛失しているはずなんだけど」

「それでしたらもう一度教室を見てみましょうか……」

二人は三年B組の教室へと向かうことにした。道中、沙耶が遠慮がちに尋ねる。

「あの、つかぬことをお聞きしますが、昨日のクッキーはいかがでしたでしょうか」

「蓮司が独り占めしたから俺は食ってない。あいつはすごくうまそうに食べていた」

麗一の言葉に、沙耶は思わず頰が緩んだ。無意識に足取りが軽やかになる。

「藤宮さん蓮司のこと好きなんだね」

麗一が〝今日天気悪いね〟くらいのテンションでさらりと言った。思いがけずバレたので、沙耶はわかりやすく狼狽《ろうばい》した。

「いえ、好きだなんて、そんな。私、そもそも、滝君と親しいわけでもないですし……」

否定すればするほど墓穴を掘るような気がして、沙耶はたちまち耳まで赤くなった。

ごまかすのも無理があるように感じて、思い切って白状した。

「あの、好意を抱いているのは確かです。ですが、滝君には絶対黙っていてください。お願いします」

麗一は少し面食らったような顔をした。

「動揺させてごめん、単なる感想だったんだ。もちろん言わないよ。俺、約束は絶対に破らない主義だから」

そもそもさして興味もないようだった。過剰反応した自分を恥ずかしく思いつつ、ぺこりと頭を下げる。

B組はまだ誰もいなかった。ロッカーは整然としており、壁中に受験標語が貼られていかにも三年生らしい教室だった。

「昨日の朝も見たんだけど、取りこぼしがあるかもしれない」

「そもそも依頼人はなぜ冥王星の置物を学校に持ってきたんですかね」

「友人が冥王星マニアとかで、自慢したかったそうだよ」

「冥王星マニア……?」

「二〇〇六年に惑星から準惑星に格下げされただろう。哀憫《あいびん》の情を誘う冥王星の立ち位置に、日本人として侘《わ》び寂《さ》びの 趣《おもむき》 を感じたんだろうね」

「なるほど……」

よくわからなかったが、とりあえず相槌《あいづち》を打つ。

静けさに包まれた教室を隈なく探しているうち、沙耶の頭にふっとある記憶が思い出された。

「そういえば、探し物は本当に置物なんですかね。ちょうど、二〇〇〇年代に冥王星キャンディーなるものが流行《はや》ったと耳にした覚えがあります。それを置物と勘違いしていたりして」

何気なく言ったつもりだったが、麗一はハッと閃《ひらめ》いた顔になる。そしてふたたびヘッドライトを装着するなり、ためらいもなく片隅のゴミ箱に半身を突っ込んだ。

沙耶はただ見守ることしかできなかった。

数分ほどガサゴソやっていた麗一が、突然バッと顔をあげた。

「あった!」

沙耶の方を振り返る、その手はガラス片《へん》のようなものを掲げていた。

「藤宮さんの推測どおり、これは置物じゃなくて飴玉《あめだま》だったんだ。きっと、落下したか誰かが誤って踏んづけたかで砕《くだ》けたんだろう。それを、掃除の時間に塵《ちり》と一緒に誰かが捨てたんだろうな。俺はてっきり球体のまま存在していると思っていたから、昨日ゴミ箱を探した時は見つけられなかったんだよ」

相変わらずの真顔だが、声色《こわいろ》は少し弾《はず》んでいた。

麗一が広げた手のひらには、確かに薄黄土色と茶のまだら色をした冥王星の欠片《かけら》らしきものが載っていた。何もしていないのに、沙耶も言い知れぬ達成感を覚えて嬉しくなった。

「さっそく依頼人に報告しよう」

麗一はポケットから携帯を取り出すと、欠片を撮影して文字盤をポチポチやり始めた。

「卯月君、ガラケーなんですね」

いまどき珍しいなと思いつつ、その手先の不器用なのに目がいく。全然扱いに慣れていないようだった。

「うん、俺にスマホは使いこなせない。ガラケーの機能でさえ持て余してるんだ」

悪戦苦闘の末、画像添付メールを依頼人に送付すると、麗一は沙耶にこう提案した。

「そうだ藤宮さん。せっかくだからアドレス交換をしよう。今日は君のおかげで難題を解決することができたし、また煮詰まったら相談させていただきたい」

「あっ、はい。お願いします」

まさか自分の高校生活で男子と連絡先を交換する日が来るなんてと、沙耶はどぎまぎしながら携帯を取り出した。

「あれ、藤宮さんもガラケーなんだ」

「はい。私もスマホは使いこなせなくて」

嘘をついた。本当は姉の美耶と同じ最新のスマホが欲しかったのだが、母から渡されたのは旧式のガラケーだった。買い与えられただけで十分だと不満こそ口にしなかったが、内心はスマホのすべらかなフォルムに憧れていた。

二人は四苦八苦しながらどうにか赤外線通信を開始した。間近で向き合い、沙耶はあらためて麗一の佳麗《かれい》さに驚く。その造形はもちろんのこと、蒼茫《そうぼう》たる夜の海のように深い瞳や、体温や血色をいっさい感じさせない冷たく澄みきった雰囲気など、何か尋常ならざる感じがして、得《え》も言われぬ美しさがあった。

沙耶は、蓮司の明るくすこやかな雰囲気に強く惹《ひ》かれていた。いっぽうで、それとは対照的な麗一の凜《りん》と冴えた佇まいにもまた、羨望《せんぼう》に近いものを感じていた。

ぼうっと思いをめぐらせているうちに、通信が完了する。

そもそも、誰かと連絡先を交換することなんて何年ぶりだろう？

四

翌週の木曜日。夏めく陽射しが降りそそぐ、ホームルームの時間にて。

蓮司の心は満たされていた。大岩教諭は宣言どおり小テスト中にヒーリングミュージックを流してくれた。そのおかげで辛い思いをして腹を下す必要がなくなった。大岩がわざわざ先週末キャンプに出かけて、自ら清流のせせらぎ（というより濁流の轟音）を録音したというのにはいささか面食らったが。

ふと左を向くと、同じ列の窓際席の沙耶と目が合った。彼女がはにかみながら小さくお辞儀をしたので、笑顔を返す。右を向けば廊下側の志田と目が合う。彼が得意げな表情で親指を立てたので、蓮司も同じように親指を立てる。

気分のいい午後！

上機嫌のままホームルームを終え、麗一に成果報告しようと席を立つ。だが、瞬時に志田が立ちはだかった。

「おう志田、いろいろありがとな」

「滝君、あのせせらぎミュージックの中に女性の声が混じっていたのに気づいたかい」

開口一番気味の悪いことを言われ、蓮司は顔をしかめた。

「やめてくれよ、俺心霊とか無理なんだ」

「心霊じゃないの。まぎれもなく生きた女性の声。二分四十秒頃かな、女性の艶《つや》やかな笑い声がかすかに聞こえたでしょう。あの声の主は誰だと思うかい」

「俺にはわからんよ」

志田は片目を細めニヤリとして、慣れ慣れしく蓮司の肩に腕をまわした。

「僕が推測するに、あれは養護教諭の四条綾乃《しじょうあやの》先生だよ」

「綾乃さん？」

「そうさ。あのハスキーな美声。笑い終えた後にちょっと喉《のど》の奥が窄《すぼ》まるような息を漏らすあのセクシーな感じ。四条先生に違いない」

蓮司はわかりやすくショックを受けた。彼でなくともほとんどの男子は嘆《なげ》いただろう。四条綾乃は二十代前半のクールで美しい女性だ。彼女目当てに、掠《かす》り傷一つで意気揚々と保健室に赴《おもむ》く男子が後を絶たない。

期待どおりの反応を見せた蓮司に満足しつつ、志田は続けた。

「だが、知ってのとおり大岩先生は五十過ぎのいいおっさんでしょう。しかもバツ2で子供も二人いる。それに、ニシローランドゴリラにそっくりなあの顔立ち、毛深くてがっちりしたあの体軀。一部のマニア受けはするかもしれないが、四条先生の好みではない。彼女のタイプはティモシー・

シャラメだもの。そもそも一般論として、オッサンが若い美人に熱を上げるのはありがちだけど、逆はちょっと考えづらいでしょう。金でも絡《から》まない限り……そう、まさしく金だよ。大岩先生はたいそうな大地主だそうじゃないの」

そう言って、志田はあからさまにゲスい表情を浮かべた。

「僕が推測するに、大岩先生は金で四条先生を釣ったんだ。ヒーリングミュージックにわざと彼女の声を入れたのは、言うまでもなくわれわれ生徒……つまりヴィーナスに憧憬《どうけい》を抱きながらもただ指をくわえて見ていることしかできない無力な貧民にたいする……」

誰かが志田の首根っこをつかんだ。麗一だった。

「あら、F組の卯月麗一君。はるばるA組にようこそ」

志田の嫌味にはまるで反応せず、麗一は淡々と言った。

「先週末のキャンプは学年主任の田辺《たなべ》主催で、計八人の大所帯だってさ。しかも大岩は中学生の次男を連れて来たそうだ。下衆《げす》の勘繰《かんぐ》りはやめたほうがいいぞ」

志田はあからさまにふてくされた顔になる。

「それは事実なのかい」

「ああ。朝礼で担任の増本《ますもと》が言ってた。キャンプ参加者が言うんだから事実だろう」

「ああそうですかっ」

と吐き捨てるなり、志田は敗残兵のごとく去っていった。だが情報通の自分があっさり言いくるめられたのが許せなかったようで、すぐ舞い戻ってきた。

「ときに卯月君、大岩先生のお子さんの名前はご存知かしら」

「別に興味な――」

「ふふん。どうやらこの情報を摑んでいるのは僕だけのようだねえ。上の子が光君《ひかる》、下の子が明君《あきら》っていうの。ちなみにこの二つの文字を含んだ四文字熟語が、僕のモットーでもあるの。当ててごらん」

「だから興味な――」

「正解は『心地光明《しんちこうめい》』。意味は〝心が清く正しく広いこと〟さ。これを機に覚えておくがいいよ、F組の卯月麗一君」

志田は無理くり優位に立って、たちまち上機嫌になると、軽やかなステップで今度こそ本当に去っていった。

「あいつは通り雨だな。傘をさす暇もない」

麗一が遠い目で独り言《ご》ちた。

「珍しいな、麗一がこっちまで来るなんて」

「ちょっと用件があって」

左右を見まわしてから、腰をかがめて蓮司に耳打ちした。

「藤宮美耶さんからの言伝《ことづて》だ。放課後、戸塚《とつか》駅最寄りのミスドに必ず一人で来いとのこと」

「美耶……？　沙耶の間違いじゃなくて」

「ああ、姉の美耶だ。あの人もF組だろう。全然話したことなかったんだけど、急に声をかけられて頼まれたんだ」

「へえ、なんだろ。しかも放課後ってもう今じゃないか」

「ああ、だから急いだほうがいい。本当は昼休みに言伝を預かったんだけど、お前教室にいなかっただろ。で、なんだかんだメールよりは直接の方が早いと思って、放課後まで温めておいた」

「いや温めるなよ。どう考えてもメールの方が早いだろ」

それにしても、あの藤宮美耶が俺なんかにいったいなんの用件だろう？　それも、わざわざ校外にまで呼び出すなんて。

足早に教室を立ち去ろうとした時、後ろからか細い声で名前を呼ばれた。

沙耶だった。

「今日はもう帰られるんですか？」

「うん、野暮《やぼ》用《よう》で」

「そうですか……あの……もしよかったら途中まで一緒に帰ってもよろしいですか……？」

蓮司は首を縦に振ろうとしたが、先ほどの麗一の言葉を思い出した。美耶は必ず一人で来いと言っていた。念には念を入れたほうがいい。

「悪い。ちょっと急ぎの用で、走っていくから」

「あっ、そうですか。すみません、私こそ急に話しかけて」

「全然。また今度な！」

そう言って笑顔を向けると、蓮司は廊下を駆け抜けていった。

沙耶はその軽やかな後ろ姿を、胸に手を押し当てながらしばらく見つめていた。


戸塚駅は冬汪高校最寄りの北鎌倉駅から二つ先だ。ミスタードーナツなら一つ先の大船《おおふな》駅にもあるのに、あえて戸塚駅を指定してきた。知り合いに聞かれたくない話なのかもしれない。

初夏の爽やかな風を切りながら、西口直結のショッピングモールに向かうと、制服姿の女子がエスカレーター横の柱に寄りかかり、気怠《けだる》そうに立っていた。存在そのものが発光しているようで、遠目でも美耶だとすぐにわかった。なんとなく気後れを感じつつ、蓮司は美耶の元に駆け寄った。

「藤宮さん」

声をかけると、彼女はゆっくりと蓮司に視線を向けた。大きな黒縁の眼鏡をかけ、下まぶたに被《かぶ》さるほど大きなマスクをしていた。

顔を隠して目立たないようにするために、わざわざそれらの小道具を用いていたこと、美耶の顔があまりにも小さいだけで、眼鏡やマスク自体は普通サイズであったことに気づいたのは、店内に入り、一番奥の席で向かい合って座った時だった。

間近で見たのは初めてだった。

顔の造形から指先に至るまで、三百六十度どこから見ても完璧に美しいフォルム。ぱっちりとした二重まぶた。ガラス玉のような大きな瞳。それにたいして控えめな鼻梁と唇、無駄のないシャープな輪郭《りんかく》。毛先がゆるくウェーブがかった栗色のロングヘアも相まって、高級な西洋人形のようだった。

「ホントごめんね、急に呼び出したりして」

自信に満ちた声音。申し訳なさそうな様子はまるでなく、むしろ自分に呼び出してもらえて嬉しいだろうと信じて疑わない表情をしていた。

「全然大丈夫。ってか、ドーナツ食べないの？」

美耶の前にあるのは、ささやかに湯気を立てる飴《あめ》色の紅茶だけだった。

「うん。今朝《けさ》測ったらベスト体重から四十グラム増えてたから、糖質や脂質は抑えなくちゃ」

「四十なんて誤差の範囲でしょ」

「ママがグラム単位で厳しく管理してるの。〝美は一日にして成らず〟っていうのがポリシーみたいでさ。体型だけじゃなくて、目とか髪の色まで……滝君のそれって、自前なの？」

美耶は、蓮司の淡いトビ色の瞳や、ハシバミ色の柔らかい髪をじいっと見つめた。

「うん、生まれつき。父方の祖母がイギリス人なんだ」

「えー、いいなあ。うちはカラコン入れて、月一でヘアカラーしないとこの発色は保てないの。かなり大変なんだけど、サボるとママに叱られちゃう」

そう言って美しい所作で紅茶を口に含む。袖口が下がり、ビジューつきの高級そうな腕時計がちらりとのぞく。

蓮司の視線に気づいたようで、美耶は得意げな笑みをうかべた。

「フランク・ミュラーの腕時計、ママがくれたの。スイス限定モデルだよ。ホワイトゴールドのピンキーリングはイタリア製で……そうそう、このネックレスはね、時間帯で色が変わるの。昼はエメラルドカラー、夜はルビーカラー。すっごく希少な宝石なんだって。ほら、ね？　きれいでしょう」

蓮司はすっかり閉口した。そもそもエメラルドとルビー自体どんなものかもよくわからない。なんとなく緑っぽい、なんとなく赤っぽいくらいの認識しかない。そんな魔法のような石がいともたやすく手に入るとは、やはりただ者ではないらしい。

蓮司はまたしても気後れがして、早々に本題に移った。

「ところで、俺に用件って何かな？」

美耶は一瞬で頬を緩め、それを隠すように指先で口元を覆った。美しい華奢な指先に、薄桃色のつややかなネイルがほどこされていた。

「滝君って、卯月君と仲いいよね」

彼女はぐっと身を乗り出した。その瞳はキラキラしていた。それで蓮司はすぐに察しがついた。こういうことは何度かあった。

「仲介役ならごめん、できない」

お願いするより前にキッパリ断られ、美耶はかなり面食らったようだった。

「なんで？」

「今までも何度かこういうことあったんだけど、麗一にハッキリと断るように言われてるからさ」

美耶は愛らしく頬を膨らませたあと、潤《うる》んだ瞳で上目遣いに蓮司を見た。

「私だけ特別に……ダメかな？」

「うん駄目」

にべもなく断られ、美耶は失望を隠さず深いため息をついた。自分の頼みごとをあっさり却下する人間なんて初めてだったのだろう。

あからさまに落胆する美耶を見て、蓮司の胸に罪悪感が募《つの》る。どうにか彼女の力になれないかと、アドバイスをしてみる。

「藤宮さんって麗一と同じクラスでしょ？　今日だってわざわざ麗一に言伝頼んだみたいだけど、そんなまわりくどいことしないで、本人に直接アピールしたらいいんじゃないかな」

「それは無理」

今度は美耶が速攻ではねのけた。

「私の立場的に、わざわざ一般男子にアピールとか……ちょっとそういうことはできない」

なんとなく引っかかる発言だが、自信過剰とも思えなかった。蓮司は、彼女がいかに衆目《しゅうもく》を集める存在かを十分に見知っていた。

美耶は不機嫌を貫いたまま、ティーカップをいたずらに指先でなぞっている。視線はときおりチラチラと詰《なじ》るように蓮司を窺《うかが》う。

こういう責め立てるような目で見られると、蓮司はもう駄目だった。根っからのお人好《ひとよ》しが働き、自分がなんとかしてあげないと、という気持ちが抑えきれなくなる。

だが麗一を困らせるのも嫌だった。氷が溶けてオレンジジュースが水っぽくなる頃までさんざん悩んでから、蓮司はパッと顔を明るくした。

「デートの練習ってことにしよう！」

「……練習？」

「うん。えっと、藤宮さんには好きな人がいて、今度その人とデートする予定がある。絶対成功させたいから、予行ってことで麗一にデートの練習相手になってもらいたい。それを依頼内容にしよう」

美耶はぽかんと口を開いた。

「依頼って、何それ？」

「俺と麗一ってかなり暇だからさ、趣味で便利屋みたいなことやってんの。つまり、君と麗一が懇意になれるよう仲を取り持つことはできないけど、あくまでデートの予行練習ってことであれば、俺から麗一に協力するよう依頼できるからさ」

形のよい唇にちょんと指先を当て、美耶は何かぶつぶつ唱《とな》えた。それから、自分の中で納得したように頷いた。

「なんかまわりくどくてよくわかんないけど……要は私と卯月君がデートできるよう、滝君が取り計らってくれるってことでいいんだよね？」

「まあ、端的に言うとそうなるね」

「やったあ！」

美耶はパッと笑顔になった。花が咲いたようだった。真顔だとその精巧さと美しさがいっとう目立つのだが、ひとたび笑うと目が細くなり、頬に控えめなえくぼができて、愛らしい少女のような印象をもたらす。それも彼女が人々を魅了する理由の一つだった。

蓮司はそれから偽《にせ》の依頼の詳細を詰めて、美耶に具体的な時間帯やデートコースをヒヤリングして、ミスドを出る頃には十七時を過ぎていた。

二人とも最寄りは北鎌倉駅なので、途中まで一緒に帰ることになった。

彼女はふたたび眼鏡とマスクを身に付けて顔のほとんどを覆い隠したが、それでもすれ違う人々からチラチラと視線を投げかけられていた。嫌な気分ではなく、それが当たり前だと思っているようだった。むしろ顔の半分以上を隠していてもなお人を惹きつける魅力があることに優越感を抱いているようにも見えた。

「そういえば滝君って、沙耶と同じクラスだよね……ってわかんないか」

「わかるよ。俺の中では藤宮さんといえば彼女のほうだし」

他意のないからっとした明るい声。単純に同じクラスで接点が多いという意味合いだったのだが、美耶はなぜか不快そうだった。

「全然目立たないでしょ」

「まあ静かで真面目なタイプだよね」

「私と顔も性格も正反対だし」

「性格はそうかもしれないけど」

蓮司は屈託なく笑顔で言った。「見た目はけっこう似てるところあるよね。今日初めて藤宮さんを間近で見て、そう思った」

「はっ？　どこが」

憤りと驚きに満ちた声だった。

「えっ。目元以外、なんとな～く似てる気がするけど……」

急に喧嘩腰で尋ねられ面食らったが、蓮司は思ったとおりに答えた。美耶は形のよい美しい眉を寄せて、嫌悪感を露《あら》わにした。

「全っ然似てないから！　ホント、冗談でもやめてよね」

一息に抗議するなり、蓮司を置き去りにして戸塚駅の改札に入ってしまった。

「急に怒り出してなんなんだ……？」

蓮司は呆然とその後ろ姿を見送った。


商店街でひとくちコロッケを買って帰宅すると、四つ年下の妹・花梨《かりん》の汚れたスニーカーが玄関にあった。母はまだパートから帰ってきていないらしい。

洗面所で手を洗い、そのまま階段を上って花梨の部屋に向かう。蓮司とは隣同士だった。

〝無断侵入厳禁！〟というステッカーが貼られた物騒な扉を、ためらいがちにノックする。

「花梨～ただいま～」

「…………」

いつもどおり返事はない。

「コロッケ買ってきたけど食う？」

「…………」

「揚げたてだよ。いらないなら、俺食っちゃうけど」

バンッと扉が勢いよく開く。むすっとした顔で花梨が出てくる。小柄な蓮司よりさらに二まわり小さく、全体的に色素の薄い感じも、柔らかい印象の顔立ちもよく似ていた。

「ん」

蓮司が差し出した紙袋を、いじけた顔で受け取って中身を見る。

「からあげボールはないの？」

「あー、揚げあがるまで時間かかるらしくて。でもコロッケも好きだろ」

「からあげボールがいい」

詰るような上目遣い。蓮司は軽くため息をついて、その小さな頭にポンと手を置いた。

「明日な」

「今食べたい」

「俺観たいテレビあるから。そんなに食べたいなら自分で買ってきな」

花梨はしかめっ面で自分の前髪を指さした。眉毛のだいぶ上でぱっつんに切り揃えられた前髪。いつもと違う美容院に行ったところ、あれよあれよという間に切られすぎてしまったのだという。

「こんなんじゃ駅まで出られないよ。学校行くんだって恥ずかしくってしょうがないのにさぁ……」

ぶうたれつつ、紙袋をガサゴソやってコロッケを頬張る。文句は言っても結局食べるのである。

「ねえ、麗一さんは今度いつ来るの？」

「今週末うちで一緒に利《き》きたこする約束だけど……」

「何それ。たこ焼きの具材当てゲーム？」

「いや、手触りだけでどこのメーカーのたこ糸かを当てる遊びだよ。花梨も一緒にやるか」

「やらないよ。絶対楽しくないよそれ。ってか絶対だめだから。私の前髪がちゃんと伸びるまで、うちで遊ぶの禁止。お誕生日にキューティーレインボーのリップグロス買ってもらうから、その後がいいかな」

「はいはい」

とんだませがきめ。おまけに絶賛反抗期中。蓮司は呆《あき》れつつ階段を降りていく。その背中に、ぽつりと言葉が投げかけられた。

「……コロッケありがと」

蓮司は途端にニンマリして、軽くスキップしながら階下へ降りて行った。そこでちょうどパートから帰ってきた母と出くわした。近所の惣菜屋でパートをしている母は、だいたいいつもこの時間に帰宅する。兄妹の丸い瞳とえくぼは母譲り、茶色がかった目や髪の色は父譲りだった。おしゃべりな母と対照的に寡黙《かもく》な父は、都内のＩＴ企業でシステムエンジニアとして働いており、いつも夜遅くに帰宅する。

「ああ、母さんおかえり」

「ただいま蓮ちゃん。不審者みたいな顔してたけど大丈夫？」

「それが帰宅早々息子に言う台詞ですか」

ふふふ、と母は微笑みながらスーパーの袋をいくつも抱えて、キッチンへ向かう。蓮司は早めに帰宅した時はいつも、夕飯の支度を手伝うようにしていた。

添え物のインゲンを茹《ゆ》で、金目鯛《きんめだい》の切り身をタレで煮込みながら、意識は自然と藤宮姉妹へ向かっていく。麗一の話によると、妹の沙耶は毎日朝から晩まで勉強漬けだという。対して、今日会った美耶はミスドで何時間もだべり、麗一とのデートの計画では水族館に行きたいなんて言っていた。メイクもネイルもヘアカラーもばっちりで、まるでお姫様のようだった。

沙耶は常に学年トップの成績を収め、全国模試でも一桁《けた》台をキープしている。対して、美耶は噂《うわさ》によるとほとんど落第レベルの成績だという。この極端な差はなんだろう。単に沙耶が三度の飯より勉強が大好きで、四六時中机に向かっていたいタイプならなんの問題もない。でも、沙耶だけが勉強を無理強《じ》いされ、プレッシャーやストレスに押しつぶされそうになっていたとしたら、どうだろう……？

蓮司の胸に、一抹《いちまつ》の不安が残った。

五

日が落ちるのがずいぶん遅くなってきたな。

五月も終盤に差し掛かったある日、予備校からの帰路。ぼんやりと夕空を仰《あお》ぎながら、沙耶は果てしないため息をついた。

毎年夏が近づくと憂鬱になる。周りがプールだの花火大会だのとはしゃぐ中、いつでもびっちりと夏季講習のスケジュールが詰まっている。二年生に進級してから、母が勝手に予備校を掛け持ちさせたせいで、息つく間もない分刻みのスケジュールに追われていた。

来年は受験生だし、これに夏季合宿も追加され、いっそう過酷な生活を強いられるだろう。それに比べれば、今年はまだマシなのかもしれない……。

重い足取りで高台のゆるやかな勾配を上っていく。途中ですれ違うはしゃいだ女子高生たち。立ち漕《こ》ぎで軽やかに下っていく自転車の少年たち。寄り添うようにゆったりと歩く老夫婦。目に入るすべてが、よけい心に暗い影を落とす。

薄闇の中に、白亜の邸宅がそびえている。

三人で住むには広すぎる。母はなぜあんな豪奢《ごうしゃ》な家をオーダーしたのだろう。父が、費用は受け持つからなんでも好きに建てていい、とでも言ったのだろうか。それで半分嫌がらせであんなに立派な家にしたのだろうか。確かに、浮気を繰り返した挙句《あげく》、母より一回り以上も年下の女性を妊娠させ、離婚を突きつけた父に対して、当然の仕打ちかもしれない。父が経営する会社は業績も右肩上がりだというし、家ひとつくらいわけないのかもしれない。

けれど、あの白亜の邸宅を見るたび、消えてしまいたくなるのはなんでだろう。どこにも居場所がないように感じるのはなんでだろう。

……きっと、あれがお姫様のためにつくられたお城だからだ。

「ただいま」

十九時半頃、沙耶は帰宅した。自分にしては大きな声が出た。聞こえているはずだが、返事はない。洗面所で手を洗おうと、リビングを横切る。ソファの前に膝《ひざ》をついていた母が、ギョッとした表情になる。

「あらもう帰ってきたの。なんで？　自習は？」

「頭痛がひどくて」

いつもは予備校が閉館する二十二時まで自習しているが、今日は体調が優《すぐ》れず、授業が終わってすぐに帰宅したのだ。母はそれが気に食わないようだった。

「ちょっと気が緩んでるんじゃないの？　再来週、全国模試でしょ」

「ご飯食べたらまた勉強するから」

沙耶は消え入りそうな声でそう答えて、二人に視線をやる。

ターコイズブルーのソファに座る美耶。レース素材の薄ピンク色のワンピースを身につけて、白い素足を母の前に投げ出している。

向かいで膝をついている母。白いカシミヤのサマーニットを二の腕までまくり上げ、美耶の足を念入りにオイルマッサージしている。むせ返るようなローズヒップのにおいが鼻腔《びこう》をむしばみ、沙耶は思わず顔をしかめた。

スマホに視線を落としていた美耶がチラと振り向く。視線が合う。

「今からご飯食べんの？」

「うん」

「こんな時間に食べたら太るよ。それに肌にもよくない。頬っぺたにニキビあるの汚らしいじゃん」

そう指摘されて、沙耶はとっさに頬を覆い隠す。頬骨のあたりに赤いニキビが二つ。消えたと思っても、またすぐできてしまう。

「……じゃあ食べない」

ボソッと呟く。早くこの場を立ち去りたいのに、今度は母が声をかけてくる。

「夏休み、Jスクールの最難関医大受験合宿に申し込んでおいたから」

「えっ」

「長野の宿舎で五泊六日よ。来週の日曜日に品川《しながわ》で事前説明会があるから、忘れないでちょうだい。ああ、通常の夏季講習は、日程が被らないよう後半に全部詰めといたから安心して」

母が食卓の方へ尖《とが》った顎をしゃくった。説明会の概要と地図が記載された資料が置いてある。沙耶はそれを手に取り、声を落とした。

「受験合宿って、二年生は対象外じゃ……」

母は得意げな笑みを浮かべた。

「そうよ。だから塾長に直談判《じかだんぱん》して、特別に沙耶も入れてもらうことにしたのよ。もっと言うと、塾長に断られたから本社に電話交渉までしたのよ。沙耶のためにね。あんたは要領悪いんだから、二年生のうちから死ぬ覚悟で必死に勉強しなきゃだめでしょう。凡人のあんたがK大医学部を目指すんだから、自分が思ってる何倍も努力しなきゃ絶対に勝てないわよ」

母の言葉は、塾のチラシや謳《うた》い文句をつぎはぎして適当に並べたような空疎《くうそ》さしか持ち合わせていない。空っぽのプラスチックケースを指ではじいたみたいに、沙耶の心になんの余韻《よいん》も残さなかった。実際、母には受験や勉強に励んだ経験など何もなかった。

そもそも、沙耶にはK大に行きたい気持ちも医者になりたい気持ちも、これっぽちもない。母が勝手に決めただけだ。

不満げにうつむく沙耶を見て、母は憤懣《ふんまん》をあらわにした。

「たったの五泊六日で四十八万五千円もするのよ。普通の家庭じゃ払えないわよ、こんな額。どれだけ恵まれてることかわかる？　今年だけでも沙耶の塾代で百万はゆうにかかってるのよ。まさか自分の実力だけで全国上位の成績をキープできてるなんて思ってないわよね。

ママがお金を出してあげて、多方面からサポートしてあげてるからこその成績なんだからね。投貧してあげた金額に報《むく》いるための努力は一秒たりとも怠《おこた》らないでちょうだいよ」

一方的にまくし立てるうちに、母は自分の言葉に気持ちよくなったようで、口角をいびつに吊り上げた。ファンデーションを塗りたくった硬い皮膚に、ほうれい線がいっそう濃く刻まれる。

沙耶は言い返す気力もなく、下唇を嚙んで黙りこむ。

「いいねー、沙耶は期待されてて」

重苦しい空気の中、美耶の華やかな甘い声が響く。

母は目を細くして、美耶のキュッと引き締まった美しい足首を両手で包みこむ。

「あらやだ、美耶にも期待しているわよ。ずいぶんお金かけてあげてるじゃない。七万円のマイナスイオンドライヤーとか、十三万円の美顔器とか、それから月一で表参道《おもてさんどう》のヘアサロン、週一でバレエのお稽古、コスメもお洋服も美耶には一番いいもの買ってあげているでしょう。そうそう、このマッサージオイルだってね、パリから直輸入した海外セレブ御用達の高級品なのよ」

「そういえば、医療脱毛もやっていいんだよね？」

「もちろんいいわよ」

「やったあ。ほんと、ムダ毛処理ってめんどくさいからさあ。ね、沙耶？」

急に話を振られ、思わずたじろぐ。

「沙耶はしないでしょう、必要ないもの」

母が口を尖らせる。

「えー、さすがにするでしょ。ねえ、沙耶？」

どう答えれば正解なのかわからず、困惑する沙耶の耳を、母の冷たい言葉がふさぐ。

「どうでもいいけど、沙耶の分は絶対出さないわよ。医療脱毛って全身だと四十万近くかかるんだから。ママはね、必要な投資しかしないの。美耶は頭が悪いけど美人だから、美容に関してはできる限り投資してあげているの。あなたの強みは容姿だけだもの。沙耶はブスだし社交性もないけど、とりあえず勉強だけはできるから、そこに集中的に投資しているわけ。だって美耶が美容に気を遣えば、百が二百にも三百にもなるけれど、沙耶の場合はマイナス百がマイナス八十になるだけでしょう。それって、お金をドブに捨てるようなものじゃないの」

愛情のひとかけらも感じられない母の言葉に、ついには美耶まで口を閉ざした。

コンコン。

沙耶がシャワーを浴びて一段落した頃、軽やかなノックの音がした。

返事をする前に扉が開く。

美耶だった。手にはしわくちゃのレジ袋を提げている。沙耶が美耶の部屋に入ることは固く禁じられていたが、逆は自由だった。

「うわ、また勉強してるぅ」

学習机に向かい分厚い参考書を開く沙耶を見て、美耶は顔をしかめた。それから、山積みの参考書と机とベッドしかない四畳ほどの室内を見まわしてわざとらしいため息をつく。

「ってかほんっと狭い部屋。私のクローゼットより狭いんじゃない？」

「何か用？」

「沙耶ってほんとにムダ毛剃《そ》ってないの？」

「そんなこと聞きに来たんですか」

「放置してるの？」

「どうせ夏でも長袖だから」

美耶はレジ袋を黙って机の上に置いた。沙耶が仕方なく勉強を中断して覗くと、中にむきだしの剃刀《かみそり》が六本入っていた。

「あげる」

「はあ」

「剃刀すら買ってもらえないんでしょ。私は除毛クリーム使うようになったから、それもういらない」

「はあ。どうもありがとう」

生返事の沙耶を覗き込んで、美耶はつまらなそうにため息ついた。それからふいにワンピースの肩ひもを下げて、そのまま上半身を露わにした。

急にどうしたのかと、沙耶は訝《いぶか》しげに見つめた。

形のよい上向きのバストを、薄水色のレースブラジャーが包んでいる。細部まで花や蝶々の模様があしらわれた、凝《こ》った美しいデザインだった。美耶の肌は透きとおるほど白く水色がよく映えて、静謐《せいひつ》な雪原と湖畔を連想させた。

綺麗。

沙耶は素直にそう感じた。

「これもあげよっか」

美耶はフロントホックを指先で浮かせて、唐突に言った。

「どうせろくなの持ってないでしょ」

「いらないよ」

沙耶はそう言って机に向き直り、シャーペンを握り直す。

「……私には似合わないし、別に必要もないし」

消え入りそうな声。

「あっそ」

美耶は頬を膨らませ、ワンピースを元どおり着直した。

「ねえ虚《むな》しくない？　なんか私は沙耶のこと見てるとすごく虚しくなってくる」

「別に。私は勉強が好きだもの」

沙耶はそう言ったきり、シャーペンをノートに走らせた。


美耶は拒絶と受け取って、踵《きびす》を返し部屋を出た。沙耶の部屋は薄暗く陰気な感じがして、あまり長居もしたくなかった。

すぐ隣にある、花柄のメッセージボードがかかった両扉。特注した金色のドアノブをひねると、そこには美耶だけの世界が広がっている。

二十畳の広やかな室内。天蓋《てんがい》のついたヨーロピアンクラシック調のベッド。北米から直輸入した最高品質のマホガニーの机。フランス製のドレッサーには溢れんばかりのきらびやかなコスメ、フレグランス、アクセサリーの数々。

出窓には光沢のあるサテン生地の白いカーテン。右手の扉を開けると広々としたウォークインクローゼット。美しい高価な洋服や鞄、靴の数々。

奥の扉を開けると、美耶専用のバスルームとトイレとミニキッチンが備わっている。もちろんここにもアンティーク調の細やかな意匠がほどこされている。

お姫様が住むのにふさわしい場所だ。

美耶は鏡台の前に座り、自分の美しい顔をまじまじと見つめる。自然と笑顔がこぼれてくる。フェイシャルクリームを塗って顔全体を丹念にマッサージして、その後は三十分かけてストレッチをする。就寝前にヘアオイルを毛先までなじませてから、ふかふかのベッドにダイブする。

幸せ。

幸せ？

突如《とつじょ》ものすごく空疎な気分に襲われて、ベッドから勢いよく飛びあがる。この部屋、なぜだか時折ひどく息が詰まる。どこにいても、ふとした瞬間に母の視線を感じるのだ。

心を落ち着かせるように深く息を吐く。静かにベッドから降りて、机に向かう。真新しい英語の参考書を開いてみる。二分ほどで集中力が消え、手元のスマホをいじり始める。十分ほどして、やばい、と思いスマホを置く。参考書を読む。また二分で飽きる。スマホ十分、参考書二分、スマホ十分……その繰り返し。もちろん全然頭に入ってこない。だから成績はどんどん下がっていく。

冬江高校には推薦で入った。私立の女子校に行けと散々言っていた母が、どういった心境の変化か、急に沙耶と同じ共学の冬江に入るよう命じたのだ。

中学生の頃は沙耶と同じ塾に通っていたし、模試の結果は芳《かんば》しくなかったけど、学校の成績は上々だったから問題なかった。だが高校生になってから、母は勉学に関する投資のいっさいを沙耶につぎ込むようになった。反対に、美容に関しては美耶にそのすべてを投資するようになった。

子供の得意を伸ばしてあげるスタイル――そう言ってしまえば聞こえはいい。実際のところ、美耶は勉強が大嫌いで美容やおしゃれに気を遣うのが好きだった。自分は容姿に恵まれているし、磨けば磨くほど美しくなるという自負もある。みんなから始終ちやほやされ、欲しいものはなんでも買い与えてもらえる。

それなのに、ふとした瞬間にすごく疲れるのはなんでだろう。

胸が空っぽな気持ちになるのはなんでだろう。

ぴかぴかの参考書を棚にしまい、ふたたびベッドに寝転ぶ。スマホを手にとる。


〈デートの件どう？　日程は卯月君の都合に合わせるから、セッティングよろしくね〉


蓮司にメッセージを送るのはこれで八度目だ。ミスドで作戦会議してから二週間経つのに、まるで進展がない。もどかしかった。

早くデートしたいのに。

卯月君。まだ一度しか喋ったことないけれど、見た目どおり素敵な王子様に違いない。

第二章　惨劇にはまだ遠い日常

一

梅雨《つゆ》を迎えた六月のある放課後、森林公園の草原に蓮司はいた。今しがた雨は止《や》み、夕陽に照らされた葉先の露《つゆ》がきらきらきらと光っていた。

「あったよ、四つ葉のクローバー」

土だらけの手を差し出すと、古田《ふるた》すみれ子《こ》はわっと歓声をあげた。

「ありがとう！　これで従妹《いとこ》のお誕生日にクローバーのしおりを作れるよ」

「どういたしまして」

「すごいね滝君。私、十日連続で神社、お寺、海、山、公園、裏道……いろんなところを探したのに全然見つからなくて。でも滝君は二時間足らずで見つけ出したね」

「探し物は得意なんだ」

断崖に落ちたコンタクトレンズ、十年前に裏山のどっかに埋めたというタイムカプセル、屋根裏に隠してあるはずだという亡き祖母のへそくり……それらの捜索依頼に比べたら、今回のは実に容《た》易《やす》かった。

それにしても、四つ葉のクローバーひとつでこんなに喜んでもらえるなんて。

蓮司は嬉しい気持ちでいっぱいになった。すみれ子はクラスメイトで、沙耶の唯一の友人でもある。あっさりした和風の顔立ちで、竹を割ったような性格の女子。ふだんほとんど接点はないのだが、沙耶の紹介でこうして依頼を受けたのだった。

「お礼に私の家でお茶でもどう？　お祖母《ばあ》ちゃんが作る芋《いも》ようかん、すごく美味《おい》しいんだけど」

二つ返事で誘いに乗ろうとしたが、面倒な要件を思い出した。

麗一にあの頼みごとをしなくてはいけなかった。


麗一の家は、鎌倉湖畔通りにひっそりと佇《たたず》む築六十八年の木造アパートだ。

紫陽花《あじさい》と花菖蒲《はなしょうぶ》に彩られた小路を抜け、鉄錆《さ》びた階段をのぼり、壊れかけの扉をノックすると、死んだ目の麗一がのっそり顔を出した。

麗一は諸事情あって独りで暮らしている。

「よう元気？」

「うっぷ」

「元気じゃないな。出直すよ」

身を翻《ひるがえ》そうとした蓮司の腕を、麗一が強くつかんだ。

「あがってくれ。頼みがある」

「嫌な予感しかしない」

四畳半一間の殺風景な部屋。台所とは名ばかりの小さいシンクと一口コンロ。畳は色褪《あ》せ、ところどころささくれ立っている。風呂無し共同便所の物件で、いつも自転車で銭湯まで通っているそうだ。麗一は、先輩から譲り受けたという、『五十嵐《いがらし》』と書かれた中学の体操着を着ていた。これが彼の私服だった。

蓮司には見慣れた光景だが、いつもと違うことに、中央のちゃぶ台に大きな四角いタッパーが置いてあった。その中に、色とりどりの丸い物体が大量に敷き詰められている。

「何これ？　粘土？」

腰を下ろして中身をのぞく。

「失礼な。大福だよ」

力士の絵柄が入った年季物の湯呑を差し出しながら、麗一が答えた。

「今日の依頼人、三年の山根《やまね》って人。なんでも、祖父母が経営している老舗《しにせ》和菓子屋の隣に洒落《しゃれ》たフルーツ大福屋ができたせいで客をとられて困ってるんだと。それで、ライバルに対抗すべく新しい大福のメニューを開発することになったんだ」

「ああ、それで試食係になってくれって？」

「いや、試食係は職人の弟子たちさ。山根の依頼は『試食会で余った大福を食べてほしい』。よく見ろ、どれもナイフで切った跡があるだろう」

そう言って麗一が大福を掲げると、確かに球体が欠けている。蓮司は首を傾《かし》げた。

「余った大福なんてわざわざ麗一に頼まんでも、親戚とかに配ればあっという間になくなるんじゃないか」

「それが、俺が頼まれたのは、余った大福の中でさらに余った大福……言うなれば居場所を失《な》くした大福たちなんだ。たとえば最右列はキシリトール大福、その手前は筋子《すじこ》大福、その手前は鶏ガラ大福……とこんな風に。どんなに食べても減らなくて途方に暮れてたけど、蓮司が来てくれて助かった。さあ一緒に食べようぜ」

最悪なタイミングで来てしまった。同じ和菓子なら古田家の芋ようかんが食べたかった。蓮司はげっそりしたが、たこ糸研究会の会長として無下《むげ》にすることもできず、仕方なくキシリトール大福に手を伸ばす。

「なんでこんなもの作ったんだよ……。和菓子屋が大福を冒瀆《ぼうとく》している」

「それだけ切羽《せっぱ》詰まっているんだろう。ところで蓮司はなんの用？」

問われてハッと思い出す。こっちにも大事な頼みがあるではないか。かなり寝かせていた依頼を一気に言葉にする。

「単刀直入に言うけど、藤宮美耶さんとデートしてくれないかな」

「はっ？」

「あの子、他校に好きな男子がいて夏休みにデートするんだって。その前に君に練習相手になってほしいという、切実な依頼なんだ」

麗一はすぐ顔をしかめた。

「わけがわからない。そんなの、志望校の受験まで時間がないのに、あえて滑り止めの過去問を解くようなもんじゃないか。時間の無駄だろ」

「麗一の言い分もよくわかるけど、依頼人の頼みだからさ。請負人として、断るわけにいかないじゃん。それに俺もう〇Kしちゃったし」

「じゃあ蓮司が練習相手になってやれよ。中三の時長く付き合ってた子がいたし、俺よりはるかに適任だろ」

　蓮司はキシリトール大福と五秒ほど見つめ合ってから、スッと立ち上がった。

「帰るわ」

「え」

「俺たちは持ちつ持たれつ支え合いでやってきたのに。麗一が協力してくれないなら俺も協力しない。大福の消費期限はせいぜい当日〜二日。君ん家《ち》は冷凍庫がないから、二日以内に一人で完食しないとな。よもや食べ物を捨てるなんて言語道断だし、島流しされた大福をわかち合えるほど親しい友人なんて俺以外いないだろう」

　麗一は山盛りの大福と蓮司の顔を見比べるなり、小さく唸《うな》って言った。

「わかった、協力する」

二

「また来たのかい、F組の卯月麗一君」

　あくる日の昼休みのこと。A組を訪れた麗一の背後で、どこからともなく現れた志田がささやいた。麗一は露骨に冷たい視線を送った。

「滝君ならお友達とサッカーしに行ったよ」

「今日は藤宮さんを探している」

「藤宮沙耶君なら、たいてい裏庭のベンチでお弁当を食べているよ。いつも同じメニューなの。焼き鮭《じゃけ》、青菜、五穀米。魔法瓶《びん》には麦茶」

「志田お前、藤宮さんのストーカーなのか」

「聞き捨てならないことを言うね。僕はただの情報通さ。居場所を教えてあげたんだから感謝してよ」

「それに関してはありがとう。ただ、なんで弁当の中身まで知ってるんだよ」

志田はニヤリとほくそ笑み、麗一の肩に腕をまわした。

「僕は藤宮君には興味ないの。お友達の古田すみれ子君を慕《した》っていて、渡り廊下の窓から二人の食事風景をたまに眺めるんだ。その時ついでに藤宮君のお弁当も拝見するの」

どっちにしろ気持ちが悪い。麗一は逃げるようにその場を後にした。

寂れた裏庭に、たしかに二人の姿はあった。足元に咲くすずらんの花のように、沙耶は楚々《そそ》とした雰囲気をまとい、木陰のベンチでお弁当を食べている。

「藤宮さんこんにちは。ちょっと頼みがあるんだけどいい？」

沙耶はぽかんと口を開けて、箸《はし》からは青菜がこぼれ落ちた。

「私……ですか？」

「ああ。三分くらいお時間いただきたい」

すみれ子に肩を小突《こづ》かれ、沙耶はパッと立ち上がって麗一のそばに駆け寄った。

用具入れの裏で沙耶と向かい合った麗一は、まっすぐその目を見据えた。

「突然だけど、俺のデートの練習の練習の相手になってほしいんだ」

数秒停止した後、沙耶は訝し気な表情で尋ねた。

「えっと……つまり、卯月君がどなたかのデートの練習相手をすることになった。しかし、うまくやり遂《と》げる自信がないので、事前に私に練習の練習相手になってほしい……こういうことですか」

「ご名答」

「ええっ！」

沙耶は耳まで真っ赤にしてのけぞった。それから思い切り首を横に振った。

「そんなこと私できません、完全に力不足です。すみませんが、他の方にお頼みください……」

しかし麗一は引かなかった。

「本当に面倒な依頼で申し訳ないんだけど、藤宮さんしかいないんだ。その、俺の練習相手っていうのが藤宮さんにすごーくそっくりで。ほぼ藤宮さん……っていうのは言い過ぎだけど。とにかくあなたほどの適役はいないんだ」

熱心に頼み込まれて、最終的に、沙耶はとまどいながらも承諾した。

「私でよろしければ、はい……」

「ありがとう藤宮さん、末代《まつだい》まで恩に着るよ」

「それは言い過ぎです」

「俺はほとんどいつでも暇だから、藤宮さんのスケジュールに合わせます。できれば早い日程が助かる」

「はい。それでは、候補日をいくつかメールさせていただきます」

「よろしく」

相変わらず真顔だが弾んだ声色《こわいろ》で片手をあげると、麗一は颯爽《さっそう》と裏庭を後にした。

半《なか》ば放心状態で戻ってきた沙耶を見て、すみれ子は目を丸くした。

「何、あの変人美男子に告白でもされたの」

「まさかぁ」

沙耶は素直に打ち明けることにした。

「卯月君から、デートの練習の練習相手になってほしいと言われて承諾したの」

「どういう意味？」

詳細を話すと、すみれ子は猫のような目を細くしてニンマリした。

「いいじゃん！　練習どころか本当に付き合うことになっちゃうかもよ」

はしゃぐすみれ子を尻目に、沙耶は複雑な感情を抱いていた。沙耶が好きなのは、紛れもなく蓮司だ。あの時、なんの見返りも求めずに純然たる善意から自分を救ってくれた彼。初夏の風のように爽やかな後ろ姿も、口角がキュッと上がる愛嬌のある笑顔も、ちょっとソプラノがかったあの声も、思い出すだけで胸が苦しくなる。

もちろん、滝君が私のことを好いてくれてるなんて微塵《みじん》も思ってない。

滝君にとって私は、単なるクラスメイト、単なる依頼人……。それでも、もしデートしてるところを見られたら嫌だな。

滝君はなんとも思わないんだろうけど、いや、なんとも思わないだろうからこそ、嫌だ……。

突如ズーンと沈んだ顔になる親友を目の当《ま》たりにして、すみれ子は困った表情を浮かべた。

「どうしたの悲しい顔して。この私になんでも言ってみなさい」

そう言って自分の胸を拳《こぶし》でどんと叩いた。思いがけず強く叩きすぎたようで、ちょっとよろめいている。

沙耶は頬《ほお》を赤くしながらボソリと呟く。

「私が好意を寄せているのは滝君じゃないですか……」

「あっ、そういえばそうだったね。滝蓮司。いい名前だよね。タキレンジ」

「名前もそうだけど、人柄がとても素敵だと思ってて……」

「そっか、辛いとき助けてもらったんだもんね」

「うん。だから、いくら練習とはいえ、もし滝君に見られちゃったら嫌だな、とか思っちゃって……」

すみれ子はしばらく悩んでから、パッと顔を明るくさせた。

「沙耶、私いいこと思いついた！」

「へ？」

「まあまあ、私に任せなさいって！」

困惑する沙耶の肩をバシッと威勢よく叩くなり、すみれ子はリズム感の壊滅的なスキップをしながらその場を後にした。

沙耶の胸には不安だけが残った。


放課後、たこ糸研究会の部室を訪れたのは古田すみれ子だった。

ひとりでボケーッと頬杖《ほおづえ》ついていた蓮司は、すみれ子と目が合うなりパッと目を輝かせた。単純に暇だったので、来訪者の存在が嬉しかったのだ。

「おぉっ！　古田さん。今日はどんなご相談かなっ」

はりきって肩をまわしながら、にこやかに振舞う。

すみれ子は向かいの椅子に腰を下ろし、身を乗り出して意気揚々と言った。

「こんにちは滝君。さっそくだけど、沙耶のデートの練習の練習相手になってほしいんだよね」

何を言っているのか理解しがたかったが、やっかいな状況になりつつあるのは明白だった。

「……もしかして麗一のやつ、何か変なこと言ったか」

「ううん。正真正銘、私の依頼だよん」

すみれ子はそう言って、親指を立ててウインクした。いまどきお目にかかれないような古くさい仕草だった。

「理由は？」

問いかけながら、蓮司の頭はすぐ真相に辿《たど》り着いた。

おそらく麗一が藤宮さんにデートの練習の練習相手を頼み、そのことを藤宮さんが古田さんに相談し、古田さんは藤宮さんの練習の練習がうまくいくよう俺に練習の練習の練習相手を頼んだのだ。

――ややこしい！

蓮司は頭を掻《か》きむしりたくなる衝動をこらえつつ、毅然とした態度で宣言した。

「悪いけどそれはできない」

「えぇっ、なんで。滝君ともあろうお人がにべもなく断るだなんて」

「単純に、本人以外の依頼は受け付けできないってだけだよ。藤宮さん本人からの依頼だったらもちろん承《うけたまわ》るけど、代理人からの依頼は受けられないルールだから」

「そんなぁ」

すみれ子は机に額《ひたい》が沈みこみそうになるほどうなだれてさんざん悩んだ末、何か妙案を思いついたらしい。人差し指をぴんと立てて得意げな表情で言った。

「それじゃ滝君、私のデートの練習の練習相手になってくれないかな」

「えっ」

「だって本人の依頼ならいいんでしょ」

「まあ、そうだけど……」

蓮司は面食らいつつも頷《うなず》いた。すみれ子は小さくガッツポーズをすると、

「じゃ、よろしく！　日程は決まったら連絡するねっ」

断る隙など与えまいと言わんばかりに、勢いよく部室を去っていった。

呆然とその姿を見送って、めんどくさいことになったぞ、と蓮司は唸った。だが、辿って行けば自分が元凶だ。麗一に半《なか》ば無理やり押しつけたことが、いろいろややこしくなって自分の元に戻ってきただけだった。

魔法瓶から麦茶をとくとくと注ぎ、静かに飲み干す。ふっと息をつき、『やるしかない』と覚悟を決める。

いや、覚悟を決めるなんて何を大げさな。

むしろ、女子と二人で楽しく遊んで過ごすだけのとってもハッピーな依頼じゃないか。

なのに、こんなに胸がざわつくのはなぜだろう。

言いようのない不安に駆られるのはなぜだろう。

開け放した窓からは生ぬるい風が流れ込んでくるのに、なぜか妙な寒気を感じた。

——気のせいかな。

蓮司はこれ以上深く考えることはやめて、次なる依頼人の来訪を待つことにした。

三

沙耶は予備校の自習室が好きだった。みなが勉強だけを目的に集まる空間。誰の目に怯《おび》えることもなく、ひとり静かに過ごせる空間。

座席は高い仕切りに隔《へだ》てられ、すぐ後ろはカーテンを引くこともできた。シャーペンをさらさら走らせ、参考書のへたれたページを何度もめくる。きっちり整列してある知識や情報を、余すことなく脳に刻みこむ。よけいなことなど考えずに、ただ目の前の対象だけに集中すればいい。その簡潔さが、胸に心地よかった。

沙耶はいつも誰かの視線に怯えていた。

学校では、美耶と比較して露骨に蔑《さげす》んだり同情したり嘲笑《あざわら》ったりするクラスメイトたちの視線。

そして、学校の外では常に……母の視線に怯えていた。

家に限らず、通学路でも本屋でもコンビニでも、常に母の眼がじっとりと背中に張りついているような、そんな錯覚に陥った。

あの視線から早く逃れたい。

だが、それまでに何年かかるだろう。

母の希望どおり都内のK大医学部に進学する。これはもう避けられない既定ルートだ。K大は家から片道二時間とかからない距離にある。母は娘たちを絶対的な監視下に置きたがるから、一人暮らしなんてさせてくれるはずがない。

徐々に気が滅入《めい》ってくる。

だめ。よけいな雑念なんて捨てて勉強に集中しなくちゃ。また母に叱られる。

参考書をきつく睨《にら》みつけた。

だが、無意識に憂鬱《ゆううつ》が襲ってくる。

医学部に進学したら六年間、母の強力な支配下に置かれることになる。

六年も……。

くらりとした。シャーペンを握る手が震えて、ノートに連《つら》ねた規則正しい文字がゆがんだ。

母。逃れられない呪縛《じゅばく》。

いったい、いつまで私を苦しめるのだろう。

いったい、いつになったら私は解放されるのだろう。

誰かが……。

誰かが母を殺してくれたら……。

鋭い刃が母の不自然に角張った胸に突き刺さる。深く深く、赤い血がカシミヤの真っ白なニットを染めあげて……。

閉館を告げるチャイムが自習室に鳴り響いた。

ハッと我に返る。

いけない。なんて不謹慎なこと考えてしまったんだろう。

動揺しながら、広げていた参考書とノートを鞄に押し込んで席を立つ。

二十二時。自習室の席は全部カーテンが開いていて、沙耶が一番最後だった。

予備校を出ると、しとしと雨が降っていた。頬に生ぬるい風が当たり、湿った前髪が額に張りつく。本格的な梅雨が始まり、息苦しい気候が続いている。そのせいで余計に気分が塞《ふさ》ぎこむ。

重たい傘を傾けて、英語のリスニングを聴きながら、藤沢《ふじさわ》銀座通りを抜ける。藤沢駅はいつも混雑している。くたびれた顔のサラリーマンを見るとなぜか心が落ち着いた。きらきらした自分と同じ世代の子を見ると、無性に虚しくなった。

大船駅で東海道線から横須賀《よこすか》線に乗り換え、北鎌倉駅で降りて足早に改札を抜ける。物憂《ものう》げな街灯がぽつりぽつり照らす閑静な住宅街を、すばやく歩いて自宅に向かう。

予備校から自宅までドアｔｏドアで三十分。つまり、閉館いっぱいまで自習した場合、通常二十二時半に帰宅となる。

これより早いのも遅れるのも駄目だった。以前にどうしても家に帰るのが億劫《おっくう》で、わざとゆっくり歩いて帰ったら、二十二時四十分だった。

『いつもより十分も遅いじゃない。いったいどこでサボっていたの？』

母にこっぴどく叱られ、その日は罰として朝四時まで母の寝室で勉強することを強要された。

『一秒たりとも無駄にしちゃ駄目よ。勉強以外のことに時間を割くなんて愚かだわ。あなたにはそれしか取柄《とりえ》がないいんだから』

『買い物に出かける時は、必ずママの許可を取りなさい。必ず十五分以内に済ませること』

『どうして台所に立ってるの？　料理なんてする暇あったら勉強しなさいよ。どうせ結婚できるわけないいんだから、料理なんて覚える必要ないでしょ。……いやだ。何その顔。あなたのことを思って本当のこと言ってあげたのに』

吊り上がった蛇のような目。ひん曲がった薄い唇《くちびる》。ファンデーションのよれた不自然に白い肌。

夜の闇の中に、ぼうっと鋭い刃が浮かび上がる。

切っ先がきらりと光って、母の胸に突き刺さる。次の瞬間にはもう、母は地面にばたりと倒れ込んでしまう。そして、もう二度と起き上がらない——。

無意識にそんな空想が脳内を駆けめぐる。大きくかぶりを振って、両手で頬をつねる。

だめだ。

最近の私はどうしちゃったんだろう？　変なことばかり考えてしまう。

こんな思いは打ち消さなくちゃ。

携帯ミュージックプレイヤーをスカートのポケットから取り出し、リスニングの音量を最大にする。淀みなく流れる英文に神経を集中させる。

坂道を上ると、白亜の家が亡霊のように佇んでいるのが見える。

胃の奥がぎゅっと痛くなる。

きっと勉強のしすぎでよけい追い詰められているのだ。ほんの少しでもいいから、息抜きが必要だ。

ただ母の呪縛から解き放たれる時間が欲しい。

帰宅したら、卯月君にメールしてみよう。

来週の土曜日、都合がつくかどうか。

問題はどうやって監視の目を眩《くら》ますかだけだった。予備校の自習室に行くという嘘《うそ》は通用しない。どこで何をしているか、母がいつでもわかるように、沙耶の携帯にはＧＰＳ機能がついていた。

申し訳ないけど、すみれ子にお願いするしかないかな。

学年上位で東大志望のすみれ子。彼女の家で勉強会をするのだと言えば、さすがの母でも許してくれた。といっても、半年に一回という制限付きだが。

去年も、横浜みなとみらいの赤レンガ倉庫で開催されたクリスマスマーケットにどうしても行きたくて、〝勉強会〟と偽《いつわ》ってすみれ子とこっそり出かけた実績がある。携帯は古田家に置いていったから、母にばれることはなかった。

あの手をもう一度使わせてもらおう。

数か月のうちの一日くらい、勉強のことなんて考えずに過ごしたっていいじゃないか。

そう考えると、途端に胸がすくような思いで、足取りも軽くなった。

帰宅して玄関の扉を開ける。

ローズヒップティーの香りとともに、母と美耶が談笑する声が聞こえてくる。憂鬱が再び胸に影を落とす。だが、リビングを通らなければ自室にも浴室にも向かえない。

「ただいま」

沙耶の声は室内に響き渡ったが、「おかえり」の返事はない。いつものことだった。無視されるのは不快だが、かと言って何も言わずにリビングを通り過ぎようとすれば、「どうして『ただいま』すら言えないの？」と咎《とが》められる。理不尽だけど、口答えする気力も勇気もまるでなかった。

自室に向かおうとする後ろ姿に、美耶の無邪気な声が投げかけられた。

「ねえ沙耶、アホ毛やばいよ。自覚してる？」

「……帰り道、湿気と風がすごかったから」

沙耶はうつむきがちに振り返り、つむじあたりを撫《な》でつけながらボソリと呟いた。

「いや、朝学校ですれ違った時もやばかったから。高校生にもなって身だしなみに気を遣えないのやばいし、姉としても恥ずかしいんだけど」

下唇を噛んでうつむく沙耶を見かねたように、美耶は隣に座っている母に視線をやった。

「ねえママ、ヘアスプレーくらい買ってあげたら？」

サテン素材のネグリジェを身に着け、芝居がかった動作でエルメスのティーカップを傾けていた母は、ピクリと眉《まゆ》を動かした。

「必要ないわ」

「でもみすぼらしい」

「誰も沙耶のことなんて見てないわよ」

美耶は美しく澄んだ目を何度かぱちぱちさせて、頷いた。

「あ〜、確かにぃ」

それでこの会話は終わった。母と美耶の胸にはなんの余韻《よいん》も残さなかったようだ。ただ沙耶だけが無駄に傷を負った。

夕食は摂《と》らず、風呂は短く切り上げ、自室に戻る。

二十三時過ぎ。学習机に向かい、いつもどおり参考書を広げてから、そっと携帯を手に取る。慣れない動作で文字盤を押す。

〈卯月君へ
こんばんは。夜分遅くに申し訳ありません。
ご相談いただきました件、来週土曜日の六月十八日でご都合いかがでしょうか？
ピンポイントで恐れ入りますが、何卒よろしくお願いいたします。

藤宮より〉

どうしよう。ちょっと堅苦しいかな。ふだんすみれ子に送ってるようなくだけた感じのほうがいいのかもしれない。


〈やっほー！　沙耶です。夜遅くにごめんね。

デートの練習だけど、来週土曜日でどうかな？

お返事待ってます♪〉

だめだ。慣れ慣れし過ぎる。こんなの確実に引かれる。この中間くらいがいいのかな。そもそも、いくらメールとはいえこの時間帯に送るのって非常識かな。私はマナーモードにしてるから夜中でも問題ないけど、卯月君はそうじゃないかもしれないし……。沙耶はひたすら小さな画面とにらめっこしたが、いっこうに答えは出てこない。

勉強と違って明確な答えがないから、沙耶にとっては迷宮的な難題だった。悩み続けていたら、いつのまにか深夜一時を回っていた。

そろそろ寝なきゃ。寝不足は翌日の勉強に響く。

帰宅後ろくに勉強もせず就寝することに罪悪感を覚えながらも、浮足立ったような充実感が胸に湧《わ》き起こってくるのを感じた。

中一の時、初めてすみれ子にメールを打ったときも、三時間くらい悩んだっけ……。

あの時も結局送れずじまいで、翌日にそのことを直接打ち明けたのだった。

懐かしいなあ。

携帯を握りしめたまま、ベッドに横たわる。こういう楽しい気持ちは久しぶりだった。

なんだかよくわからない相談だったけど、受けてよかったな。

それにしても、卯月君のデートの練習相手は誰なんだろう？

私によく似ている……ほとんど私だと言っていた。

そんな子が冬汪高校にいただろうか。

私みたいな子……。

地味で、冴えない見た目で、暗くて、陰気で、引っ込み思案で、なんの取柄もなくて……。

考えれば考えるほど、ネガティブなワードしか出てこない。次第に胸がズキズキと痛んでくる。

感情がジェットコースターのように急転直下していく。

『高校生にもなって身だしなみに気を遣えないのやばいし、姉としても恥ずかしいんだけど』

美耶の言葉がフラッシュバックして、思わずベッドから飛び起きる。

勉強を言い訳にしていたけど、実際美耶の言うとおりだ。きちんと反論もできず、笑い飛ばすこともできず、ただただ胸が痛んだのは、図星をつかれたせいだった。

眠気がスーッと覚めていき、冷や汗がたらりと顎先を伝う。

だめだ。いくら練習とはいえ、こんな見た目でデートするなんて卯月君に失礼だ。

それに、本当は滝君のことを想っているのに、はなから諦めてまったく変わろうともしない、そんな自分が急に腹立たしく思えてきた。

ベッドから起きあがり、机の引き出しを開ける。スカスカだった。シャーペンの芯、ホッチキス、のり、定規などの文具一式……それだけしか入っていない。本棚には辞書や参考書がぎっしり。

小さなクローゼットを開ける。制服は上下一式。ワイシャツが三枚。靴下が四足。体操服は二着。春夏用の私服は、薄手のパーカーが一着。半袖のTシャツが一着。長袖Tシャツが二着。ジーンズが二本。全部中学生の時に買ってもらったもので、くたくたによれている。とてもじゃないけど、こんな服を着て男の人と出かけるなんてできない。

予備校に通う時も、すみれ子に会う時も、いつでも制服かジャージを着ていたから、今までとくに気にもしてこなかった。

どうしよう……。

もしかして、とんでもない依頼を引き受けてしまったのかもしれない。

もちろんアクセサリーや化粧品なんてあるはずもない。自分の部屋に鏡すらないのだ。スクールバッグを開いて、布がほつれ色褪せたナイロン製の財布を取り出す。

数えるまでもない。

全財産は六百二十円だった。

両親が離婚してから、お小遣いやお年玉というものをもらうことがなくなった。それまでにこつこつ貯めていたお金も、離婚を機にすべて母に没収されてしまった。

食費と参考書代はその都度必要分を支給されたが、必ずレシート付きで収支を報告することが義務付けられていた。それは一円のズレも許されなかった。予備校のある藤沢駅までの交通費は、定期券として支給されるから、ごまかすこともできない。

どうしよう……。

デートなんてしたことないけれど、きっと電車に乗ってどこかに出かけて、昼食だってレストランとかで食べるはずだ。

サーッと血の気が引いていく。

だめだ。断らなくちゃ。

悪い便りは一秒でも早く知らせたほうが、双方傷が浅く済むものだ。沙耶はふたたびベッドに倒れこむと、胸にぽっかり穴が開いた心地のまま、メールを打った。

〈卯月君、申し訳ありません。ご依頼いただいた件、諸事情によりお受けできなくなりました。誠に申し訳ございません。何卒ご了承のほどお願いいたします。　藤宮〉

決心が鈍《にぶ》る前に送信ボタンを押す。メールは呆気《あっけ》なく送信される。

深いため息をついて、沙耶はベッドに仰向《あおむ》けに寝転がった。泣きたい気持ちになるのを、必死でこらえようと両手で顔を覆う。

どうしてみんなが普通にできることが、私には許されないんだろう。せめて週一回、ほんの数時間でもバイトすることを許可してくれたら、交際費くらいは稼ぐことができるのに。

考えれば考えるほど胸が苦しくなって、涙が出そうになる。

やりきれない気持ちを打ち消すように部屋の明かりを消して、枕に顔を押し付ける。

『頬っぺたにニキビあるの汚らしいじゃん』

美耶の声がフラッシュバックする。すぐ仰向けに寝返りを打つ。

どうして私の枕はいつも埃臭《ほこりくさ》くて湿っぽいんだろう。

どうして母は枕を干すことすら許してくれないんだろう。

堪《こら》えようとしたのに、自然と涙がこぼれてくる。

それにしても、隣室の物音がやけに耳につく。壁を叩くような音が何度も聞こえてくる。美耶の部屋は防音がしっかりしているようで滅多に物音など聞こえてこないのに、いったい何をやってるんだろう。

『肌に悪いから、絶対に日付をまたぐ前に寝るんだ』

いつもそう言う美耶が、こんな時間まで起きてるなんて珍しい。

四

同時刻、美耶はウォークインクローゼットから出した溢れんばかりの洋服たちと対峙《たいじ》していた。

ビジュー付きの白ブラウス、パウダーイエローのノースリーブニット、エメラルドグリーンのシフォンスカート、キャメル色の台形スカート、小花柄のノースリーブワンピース、チェック柄のAラインワンピース……列挙したらきりがない。春夏用の私服は、トップスだけで三十着以上、ボトムスだけで二十着以上、ワンピースは実に四十着ほどあった。

もちろん、帽子やストール、アクセサリーにバッグなどのファッショングッズも、大量に持ち合わせている。そしてそのどれもが、生地も縫製もしっかりとした高品質なブランド品だった。

美耶は今、レースをあしらったサテンスリーブの白いブラウスに、小花柄のフリルスカートを身に着けていた。手首にはピンクゴールドの腕時計。花柄のイヤリングも、ハート形の華奢《きゃしゃ》なネックレスもピンクゴールドで統一した。

姿見の前に立ち、着飾った自分の姿を見つめ、首を傾げる。

やっぱり、どれもしっくり来ない。

——ママのチョイスって、似たり寄ったりでつまんない。

洋服を自分で選んで買うことはいっさい禁じられていた。

『美耶にふさわしいファッションはママが一番わかってるから』

『その辺のファッションビルで売ってるような安いブランドとか、品のない派手なお洋服なんて、ママ絶対許せない』

『お金を出してるのはママなのよ。当然、選ぶ権利もママにあるわ』

思い出すたび、頭がずきずきしてくる。

ママの言っていることはわからなくもない。けど、それって結局パパのお金じゃん。

女子大生と浮気した末に、子供まで作ったパパ。突如離婚を宣告し、逃げるように去っていったパパ。パパに逃げられて、娘に縋《すが》るしかないママ。

かわいそうなママ。

でも、着せ替え人形の私だって、かわいそう……。

美耶は冷たい眼差《まなざ》しを洋服たちに向ける。確かに可愛くて、女の子らしくて、美耶には最上級に似合うデザインだった。しかし、女子高生のトレンドからはどうにもピントが外れた過剰なほどの少女趣味だった。

無地のシャツにタイトなジーンズ。あるいは、友達が着ているような暗色系のだぼっとしたラフな洋服。ああいうシンプルなコーデのほうが、自分の美しさがより引き立つのではないか、と美耶は感じていた。

だが、そんなものはクローゼットのどこを探しても見当たらない。

白とパステルカラーの洋服だけで埋めつくされて、甘い胸やけを起こしそうなほどだった。

ブラウスを脱いで、パウダーイエローのノースリーブに手を伸ばす。タートルネックの部分がぴっちりしていて、その周りに細かなビーズがあしらわれている。

あーあ。こんなのいまどき着てる子いないよ。

小さくため息をつき、ベッドの上に放り投げる。せめて暗色系のトップス一着か、ジーンズの一本でも買ってくれればいいのに。過去に何度もねだったが、母は頑《かたく》なに拒否した。アルバイトは禁じられているし、ファッションもコスメもスキンケア用品も何もかも母が選んだもの。

どんなにきらびやかでも美しくても、母の存在がじっとり染みついている。

ふいに、胸元で光るネックレスが囚人の枷《かせ》のように感じられて、美耶の全身に鳥肌が立った。慌てて首から外して、それもベッドに放り投げる。

気づけば深夜二時近かった。

やばい。目が充血しちゃう。

手近の洋服を適当にクローゼットにしまい、急いで扉を閉める。ガタン、と想像以上に大きな物音が響く。嫌な予感に、冷や汗が背中を伝う。

予感は的中した。

階段をすり足で上る音が聞こえて、数秒後には部屋の扉が開いた。

扉の向こうの暗闇に、母の顔がぼうっと浮かび上がる。

爬虫類《はちゅう》のようなぎょろ目に睨みつけられ悪寒《おかん》がした。

母は何も言わず、ただ左手の人差し指を曲げてこっちに来いと合図する。美耶は拒むことができずに、大人しく廊下まで出る。母はこの美しい部屋を神聖な領域と考えているようで、叱るときなどは必ず廊下まで呼び出すのだ。

「どうしてこんな時間まで起きてるの？」

「……ノックくらいしてよ」

「質問に答えなさいよ」

「別に。眠れなかっただけ」

母は黒目をぎらりと光らせて、いっそう険《けわ》しい顔つきになる。眉間《みけん》の皺《しわ》が彫刻刀で刻んだみたいに深く窪《くぼ》んでいた。

「ねえ美耶、どうして夜中に一人でファッションショーなんてしてたの？　これは誰のためのコーディネート？　来週の誕生日は誰と過ごすつもりなの？　何かはしたないこと考えてるんじゃないの？」

甲高い声。責め立てる口調。ヒステリックな形相《ぎょうそう》。

美耶の華奢な肩に、途方もない疲労感が一気にのしかかる。

クソばばあ。

心の中で悪態をつき、ふてくされた顔をプイと背ける。その従順でない態度が、母をいっそう苛《いら》立《だ》たせたようだった。骨ばった青白い素足でずかずかと歩み寄り、爪のやたらと長い両手を美耶の肩に優しく置いた。決して強くつかんだりはしない。ただ添える程度だった。

ガラスケースで保護された観賞用の人形。母は美耶をそんな風に扱った。ふさわしい人の手に渡るまでは、一ミリの瑕疵《かし》が生じることも許されないようだった。

「男の子と出かけるのは駄目だって、ちゃんと理解してるわよねえ」

美耶は片目だけ細くして、うっとうしそうにその手を振り払う。

「別に出かけるくらいいいじゃん」

「だめよ。ふざけないでよ。自分の立場わきまえなさいよ」

「は？　わけわかんない。何、私の立場って」

「決まってるじゃない。あなたは特別なのよ。他の子とは違うのよ。そこらへんの小汚い金も分別もない男の子なんかと下手に関わって傷物にされたら人生おしまいよ。成人するまでは、恋人をつくるなんてママ絶対に許しませんからね。高校生の分際で男の子と遊ぶなんてもってのほかよ」

母の苛立ちが伝播《でんぱ》して、美耶もつい声を荒らげそうになる。

「なんでママにぜんぶ指図されなきゃいけないわけ？」

「シッ！　沙耶が起きちゃうじゃないの。明日は英語の特別講義があるんだから、寝不足で集中力が低下したら大変でしょう」

母は人差し指をピンと突き立ててゆがんだ口元にやった。

ママのほうがよっぽどうるさい。

美耶は途端に白けた気持ちになった。もう言い合うのも面倒なので、部屋に戻ろうと背を向けたが、何やら母がぼそぼそ呟き始めたので思わず足が止まった。

「沙耶は頭がよくて自分で稼げる能力があるからいいわよね。K大の医学部に進学して、お医者さんになってたくさん稼いで、一生人から敬《うやま》われるような立場で悠々と暮らしていくのよ。学歴と国家資格は一生ものだもの。

でも、あなたはその美貌が失われたら何もかもおしまいよね。自分で一番わかってるでしょう。容姿に甘んじて何も身につけてこなかったんだから。でもその美しさも若さも、年を経《へ》るごとにどんどんすり減っていくのよ。真っ白な肌は徐々にくすんでいって、いつの間にか茶色い染みが浮かんでくるし、目は落ち窪んで瞼《まぶた》は垂れ下がり、ほうれい線が深く刻まれて、頬はこけていくのよ。ねえ……美耶！」

急に名前を叫ばれて、美耶はびくりと肩を震わせた。

振り返ると、化粧をすっかり落としてやつれた母の顔が目の前にあった。寒気がした。

「私を見て。どんなに美容に気を遣っても、老化は止められないの。これでもね、若い頃は評判の美人だったのよ。こんな風に美貌がすっかり失われていく日が来るなんて、あなたの年齢の頃は、ママだって夢にも思わなかった。でもその時は必ず来るのよ。美耶……あなた、見れば見るほど若い頃のママにそっくりだわ。信じられないって？　本当よ。今度昔の写真を見せてあげるわ。今目の前にいるママが、将来のあなたなのよ」

美耶は空恐ろしささえ感じながら、鬱々とした気持ちで母を見つめた。老いに必死で抗《あらが》いながらも、虚《むな》しく敗北した顔。年相応の美しさや、自然体の美しさとは程遠い。そこにはたしかに、美しかった頃の面影がわずかに残っていた。だが、皮膚や表情筋にまで意地の悪さが深く刻まれて、かつての美しさはすっかり滅びてしまっていた。

その姿に将来の自分を重ねて、美耶はぶるりと震えた。

何もない。

空《から》っぽ。

空っぽのまま、朽《く》ちていく。

「……そんなこと言われても、私どうすればいいの？」

怯えた表情の美耶を見て、母は満足そうにニッと歯茎《はぐき》をむき出しにして笑った。不自然に真っ白なセラミック製の歯が、トウモロコシの粒みたいにぎっちり詰まっていた。

冷たい手のひらで美耶の頰を撫ぜながら、いやに優しい声で言う。

「ママがね、美耶にふさわしいとびっきりの王子様を探してあげるわ。身なりがきちんとしてい て、家柄も学歴も経済力も申し分なくて、一生あなたのことを高水準の生活レベルで養ってくれる 人をね。ママが選ぶのよ。どんなに稼ぎがよくたって、パパみたいな浮気性の人は駄目よ」

母はここでグニャリと顔をゆがめた。

「あの人は駄目だったわ。ママの人生の汚点よ。あんなに若くて綺麗だった二十代をあれのために 捨てたの、ママ未だに悔しくてたまらない。ママが結婚したのは二十二歳の頃よ。今のあなたと五 つしか違わないの。若くて美しくて、街を歩けばみんなが振り返ったわ。本当に薔薇《ばら》色の人生だっ たの。

けど、パパがねえ。パパに騙《だま》されたのよ。あの男が、生涯をママに捧げるって、一生楽させてや るって言ったから、未来への投資だと思って若く美しい時期を全部捧げてあげたのに。本当はまだ まだ遊んでいたかったし、子供なんて欲しくなかったのに。

惨《みじ》めでしょうがなかったわよ。学生時代の友達はやれ合コンだやれ飲み会だって、めいっぱい着 飾っていろんな男と遊びまわって。なのに私は、家事に育児に身も心も滅ぼされて、一時は死ぬこ とだって考えたわ。本当に……一人っ子でよかったのに、どうしていっぺんに二人も生まれてきち ゃったのかしら。あなたたちと初めて対面した時、ママは絶望したわ。

まあ、あの頃さんざん遊び回ってた子たちも、結局ろくな相手と結婚しなかったけど。学も無け りゃ見た目も悪い行き遅れだもの、当然よね。

あら、いやだ、話がずれちゃったわ……。

そう、パパとの結婚は人生最大の汚点よ。わかる？　結婚相手を間違えると、ママみたいに若くて綺麗な時期を全部吸い取られた挙句《あげく》、年老いたら簡単に捨てられるのよ。あいつ……あの男……一生面倒見るって言ったのに。とんでもない嘘《うそ》吐きだわ。

ねえ、だから美耶には絶対に失敗してほしくないの。あなたは沙耶みたいに一人で生きていける能力も学もないいんだから、一生男に頼って生きていかなきゃダメなのよ。でも、相手を間違えるとママみたいになるのよ。……何？　そんな沈んだ顔して。大丈夫よ、安心して。ママが絶対に裏切らない素敵な男性を探し出して、美耶に引き渡してあげるわ。だから、今は精一杯その美しさに磨きをかけて、綺麗な身体のままでいるのよ。約束だからね」

母はヌッと小指を差し出した。

美耶は半ば暗示にかかったように、その小指に自分のを絡《から》めた。

深夜二時の奇妙なほど真っ白で明るい部屋に、母のいびつな声が響いた。

「ゆびきりげんまん、うそついたらはりせんぼん、のぉーます」

蒼ざめた美しい面差しの美耶をじっとり見つめ、満足そうに頷くと、母は静かに廊下を去っていった。枯れ枝のような後ろ姿は言いようのない哀切に満ちていた。

美耶はしばらく硬直していた。

ハッと正気を取り戻し、頭痛を感じてこめかみのあたりを押さえながら部屋に戻り、よろりとベッドに倒れ込んだ。

母の言葉が暗雲のように胸に垂れこめる。

仰向けになり、鳥肌の立つ両腕をさすりながら、天井を見つめる。

翳《かげ》りを帯《お》びた白いレースがかすかに揺れている。

息苦しさを感じて、ベッドから起き出して姿見に近寄る。冷たい鏡に額を軽く押し当て、自分の顔をじっと見つめる。

息をのむほど美しい顔。

透き通るつややかな白い肌。

『あなたはその美貌が失われたら何もかもおしまいよね。自分で一番わかってるでしょう。容姿に甘んじて何も身につけてこなかったんだから。でもその美しさも若さも、年を経るごとにどんどんすり減っていくのよ……』

母の声がこだまする。脳内にぐわんぐわんと響きわたる。

『真っ白な肌は徐々にくすんでいって、いつの間にか茶色い染みが浮かんでくるし、目は落ち窪んで瞼は垂れ下がり、ほうれい線が深く刻まれて、頬はこけていくのよ』

……そんなの信じられない！

私に限ってそんなことがあるはずない。自分が年を取るなんて、全然考えられない。そんなのは、永遠よりもずっと先のことのように思えた。

それでも、母の言葉を無意識に反芻《はんすう》し、美耶の心は強迫観念に苛まれた。

いやだ……。あんなふうにはなりたくない。

ママみたいには絶対になりたくない。

ふたたびベッドに寝転がる。スマホを手にとる。

午前二時十二分。

眠気がすっかり覚めてしまった。

そもそも夜中までファッションショーを始めたのは、二十三時過ぎ、蓮司からのＬＩＮＥが発端だった。

〈あの件、再来週の土曜日でいいかな？〉

〈もちろん！〉

二秒で条件反射的に返信し、ベッドから飛びあがった。そのままクローゼットまで駆け込み、デートのコーディネートを選んでいるうちに、すっかり夜が更《ふ》けてしまったのだった。

デートのことを考えると、憂鬱が瞬《また》く間《たま》に霧散《むさん》していく。

ママはあんな風に言ってたけど、成人するまで恋愛禁止なんて頭おかしい。いつもどおり友達と遊びに行くと言って、出かけちゃえばバレるはずもない。

よく考えればオバサンになるなんてずっと先のことだし、そんな先のことでいちいち悩むのも馬鹿馬鹿しい。

心のわだかまりがスーッと消えていくと、急に眠気が襲ってきた。

ヘアオイルを髪にのばしてブラッシングし、ハンドクリームで指先を念入りにマッサージし、仕上げにネイルクリームを爪に塗り、軽くストレッチ。それから加湿器のタイマーを二時間に設定し、アラームを七時にセットして、ようやく布団にくるまって眠りについた。

五

朝六時半。暗灰色《あんかいしょく》の雲が垂れこめて、絶え間なく吹く重たい風は、この時期特有の不快な湿り気を帯《お》びている。ややもすればまた一雨来そうだった。

廃校舎二階の部室で、蓮司と麗一は窓辺から身を乗り出し地上を見下ろしていた。

本校舎と廃校舎に挟まれるようにして、職員用の駐車場がある。日当たり悪く、じめじめして、なんの面白みもない無機質な景色。

「……それ必要か？」

双眼鏡をのぞく麗一の真剣な横顔に、蓮司は白けた視線を向けた。麗一は双眼鏡をスッと胸元まで下ろして、首を傾げた。

「必要ないことないだろう。少なくとも裸眼よりはよく見える」

「はあ。そんな馬鹿でかい双眼鏡覗《のぞ》いてたら目立つし、もしバレたら怪しまれるじゃん」

「それもそうだな」

麗一は素直に双眼鏡を首から外して、そばの机に置いた。

蓮司はあくびを噛み殺しつつ、ふたたび窓の外を見やった。

駐車場に停められているのは、真っ赤なランボルギーニが一台だけだった。曇天下だというのに、車体はつやつやに照り輝いている。古く寂れた校舎の風景には、およそ似つかわしくない高級車の持ち主は、担任の大岩だった。

二人はある生徒の依頼により、今週の月曜日から朝六時に登校して駐車場を見張っていた。今日は木曜日だが、今のところ四日連続で大岩が一番早く出勤している。

蓮司は窓枠に肘《ひじ》をついて、ほぼ頭上にある麗一の顔を見上げた。

「なあ、大岩はとっくにバレー部の顧問は退いたはずだろ。で、今はまりも研究会の顧問だ。それなのに毎朝なんでこんなに早く学校に来てんのかな」

「まりもの観察じゃないか」

「ばかいえ。ランボルギーニ乗りまわすような男がまりもに関心あるわけないだろ」

「どうして断定できるんだ。愛車がランボルギーニの男性はまりもに対して関心が低いとか、そんな統計があるでもなしに」

「そう言われりゃ、そうだけどさあ……」

なんとなく腑《ふ》に落ちないまま、蓮司は駐車場に視線を戻した。それから深くため息をついた。

「俺あんまりこの依頼は受けたくなかったな。なんか悪趣味じゃない？」

「明日までの辛抱だよ」

麗一が励ますように蓮司の肩を叩いた。彼は毎朝五時に目覚めるらしいが、とくにやることもなく暇なようで、こういう仕事が舞い込むとまあまあ嬉しそうにしている。

六時四十分頃、お目当ての車があらわれた。

「あれ、今日はやけに早いな」

蓮司が意外そうに呟く。昨日まではいつも七時十五〜三十分ごろに来ていたのに。

ワインレッドのシックな車から、ハイヒールの音を響かせて、颯爽と降り立つショートカットの美女。

養護教諭の四条綾乃だった。

美耶みたいに圧倒的な華やかさはないものの、遠目でもわかる整った顔立ちをしている。

紺のタイトニットを着ているせいで、豊満な胸がよけいに目立った。

「なんかいつもと雰囲気が違う。思いつめたような顔をしている」

麗一が神妙な顔でボソリと呟く。

「そうかな〜あ」

蓮司は全然気づかなかった。無意識に胸に目がいっていた。

四条は険しい顔をして早歩きで大岩のランボルギーニに近づくと、やや神経質な素振りで周囲を見まわした。誰もいないことを確認するやいなや、肩にかけたバッグから何かを取り出し、それをすばやく車体に向けた。

「あっ」

二人はほぼ同時に声をあげた。

四条が手にしていたのはスプレー缶だった。つやめく真っ赤な車体が、見る間に黒いスプレーで汚されていく。彼女はなんのためらいもなくスプレーを吹きかけ続け、それから、フロントガラスにぺたぺたと張り紙をすると、ダッシュで自分の車に乗り込み、瞬く間に駐車場を去っていってしまった。

わずか数分のできごとだった。

後には、真っ黒なスプレーまみれで、皺くちゃの張り紙をされた哀愁《あいしゅう》漂うランボルギーニだけが残った。

二人は呆然と口を開いたまま顔を見合わせた。

「……止めるべきだったかな」

蓮司の言葉に、麗一は小さく首を振った。

「何の事情も知らない人間が、首をつっこむべきじゃないだろう」

「けど、あれは器物損壊じゃん。犯罪だし、通報すべきじゃない？」

「大岩が四条にひどいことをしたのかもしれないだろ。泣き寝入りするくらいなら、やり返したほうがいい」

麗一の物騒な見解が腑に落ちず、蓮司は「せめて張り紙くらいはがそうよ」と言って部室を出た。それには麗一も同意した。


〈裏切り者〉

〈教師失格　即刻辞職せよ〉

〈絶対に許さない〉


新聞記事を切り貼りしたような怪文。

これを、あの気高く美しい綾乃さんが……？

駐車場にやって来た蓮司は、もろにショックを受けてその場に立ち尽くした。麗一は手際よく張り紙を引きはがした。養生テープで貼られていたため、簡単にはがすことができた。窓ガラスには一ミリの傷もつかなかった。

カラースプレーはすっかり乾ききっていて、爪を立てるとパラパラはがれた。麗一はなんとなく拍子抜けした顔で、黒く汚れた自分の爪を見つめて呟いた。

「甘いな」

「え？」

「本当に憎んでいたら、ガラスを割ったり、車体に傷をつけたりするはずだろう。これは単なるポーズじゃないか」

「つまり？」

「痴情《ちじょう》のもつれ。振られた腹いせとか」

「あ、綾乃さんが……大岩に、振られた？」

とてつもない衝撃が蓮司を襲った。

皆の綾乃さんが。高嶺の花の綾乃さんが、あんな毛むくじゃらのおっさんと恋愛関係にあったというのか？　いや、確かに大岩にもいいところはある。行動力と決断力。それから……。それから……。

「大地主だもんな。そりゃ美人からもモテるよ」

麗一がさらりと言ってのけたので、がっくり肩を落とした。

「結局世の中金か……」

敗北感に打ちひしがれる蓮司の背後に、ヌッと大きな影ができた。

「これはどういうことだ？」

まさに大岩本人だった。意外にも落ち着き払っている。

「巨大イカがイカ墨でも吹っかけたのかな？」

みじんも笑えぬ冗談を得意げな顔で言われ、麗一と蓮司は困惑したまま首を振る。

「いえ、誰かがいたずらしたようです」

蓮司はそう答えて、大岩の巨体を恐る恐る見上げた。

『こんな朝早くから何やってたんだ？』『お前らが犯人じゃないのか』

そんな風に詰問されるのではないかと懸念していたが、大岩は飄々《ひょうひょう》とした様子だった。

「そうか」

たった一言呟くなり、指先に唾《つば》をつけて車体をこすってみせた。黒いスプレーは簡単に拭き取られた。

「ぞうきんで拭きゃすぐ綺麗になるな」

「手伝いますよ」

ふだんの習性から蓮司がすかさず言うと、大岩は、

「おお助かる」

と悠然たる笑みを浮かべた。全然参っている様子も驚いている様子もなかった。まるでこうなることを予期していたかのようだった。

「職員室から古ぞうきん取ってくるから、お前らはバケツに水を溜めといてくれるか」

「了解です」

二人はグラウンド横の流し台に向かい、そこに放置してあるアルミ製のバケツに勢いよく蛇口の水を流し込んだ。野球部と陸上部が朝練を開始したようで、幾分か気怠《けだる》そうに準備体操をしている。

水の流れを目で追いながら、麗一が口を開く。

「大岩には小さな娘もいるのか」

「もうずっと独り身だって聞いてるけど……急になんだよ」

「助手席にやたらと小さいボタンが落ちてた。きっと人形の洋服のボタンだと思う」

「相変わらず変なとこに気がつくな。そんなことより、ウン千万の高級車があんな目に遭ったのに、どうして動揺せずにいられるんだろう」

蓮司の問いに、麗一はあまり不思議がる様子もなく答えた。

「想定内のできごとだったんだろう。犯人が四条だってことも、見た瞬間にわかったんじゃないか」

「じゃあ、綾乃さんにあんなことされる心当たりがあるってことかな。でも……」

「これが引っかかるんだろう」

麗一がポケットから丸めた紙を取り出して、目の前で広げた。


〈裏切り者〉

〈教師失格　即刻辞職せよ〉

〈絶対に許さない〉


「うん。ただ振られたくらいじゃこんなこと書かないだろ」

「蓮司は何があったと思う?」

「裏切り者って書くくらいだから、浮気してたとか二股かけてたとか。それか……教師失格ってことは、女子高生と援交?　さすがにそれはないか。麗一はどう思う?」

「四条の狂言って線もあるんじゃないか」

「狂言?」

「二人は別れたけど、四条のほうはいまだに未練タラタラで、怪文書で大岩を振り向かせようとした」

「そんなあ」

「可能性の一つだよ」

ショックを受けて使い物にならない蓮司を置いて、麗一は水のたっぷり溜まったバケツを持ってさっさと歩き出した。

蓮司はその後ろをショボショボとついていく。自分がなぜこんなに落ち込んでいるのかもよくわからなかった。ただ、手の届かないような憧れの女性が、実は担任のむさ苦しいおっさんと付き合っていたうえ、彼女のほうが惚《ほ》れ込んでいたのだと考えると、やりきれない気持ちでいっぱいだった。

「俺もう帰りたい」

「まだ始業のチャイムすら鳴ってないのに」

駐車場に戻り、三人で協力して汚れを拭き落とした。他の教員が登校する頃には、ランボルギーニはもうすっかり元の輝きを取り戻していた。

何度も感謝の言葉を述べた大岩だったが、結局、最後までこの件について言及することはなかった。二人もあえて尋ねることはしなかった。張り紙は教室に戻ってから、麗一が細かく切り裂いてゴミ箱に捨てた。

一限目の国語が終わる頃になってようやく、蓮司はなぜ自分が駐車場を監視していたのかを思い出して肝《きも》を冷やした。

ある男子生徒から『四条先生に告白をしたい。二人きりになれるチャンスがないか探ってほしい』と依頼されたのだった。

今朝のことさえなければ、『四条先生は毎朝七時十五〜三十分の間に車で登校する。その時間帯の駐車場は他に誰もいないから、二人きりになれるチャンスだよ』と教えてあげられたのだが……。

蓮司は額を押さえてうなだれた。

あんな現場を見てしまった後で、いったいなんのアドバイスができよう。

綾乃さんの本命はあの大岩で、経済力ゼロの青臭い男子高校生なんて、はなから眼中にないのだ。

「滝君、滝君」

ざあざあ降りの放課後。蓮司が帰りの支度をしていると、雨音にかき消されそうなほどか細い声で名前を呼ばれた。振り返ると沙耶が困った顔で立っていた。

「おお、藤宮さん」

「あの、大丈夫ですか？　朝からずっと元気がなさそうだったので、心配で……」

蓮司はいささか面食らった。ほとんど接点のない沙耶から見ても明らかなほど、自分は落ち込んでいたのだろうか。たしかに今朝の件でずっと憂鬱だったが、昼休みのかにパン争奪戦に勝利したことで、もうだいぶ元気を取り戻していた。

「大丈夫だよ、ちょっと寝不足なだけだから。ありがとね」

「いえ……よかったです。こちらこそどうも」

沙耶は恥ずかしそうに何度も頭を下げると、小走りで去っていった。

「滝君。タキレンジ君！」

活気のある声。今度はすみれ子だった。蓮司の肩をポンと叩いて言った。

「相談した件、十八日の土曜日でよろしく」

「ああ、うん。わかった」

「十二時半に藤沢駅の改札口待ち合わせで！　まあ、後でまたメールさせてもらうよ」

「オッケー」

蓮司が指先で輪っかを作ると、すみれ子も同じように輪っかを作って笑顔を見せた。そして、ご機嫌な様子で教室を出て行った。

その姿を見送りながら、なんとなく引っかかるものを感じた。

麗一が沙耶に依頼していたデートの練習の練習というのも、確か十八日になったと聞いていた。だから、美耶に対してはその翌週末の二十五日でどうかと連絡したのだった。

ま、単なる偶然かな……。

それにしても、美耶のLINE攻撃はすごかった。なんとなく面倒な話だし、自分のせいで麗一に負担がかかるのがやはり気になって、どうにか有耶無耶《うやむや》なまま終われないかと思っていたのだが、日程の催促が鬼のように来てはぐらかすことなどできなかった。いざ日程の連絡をすると、もののの二秒で返信が来た。

美耶のことを考えると、またどうも憂鬱が胸になだれ込んでくる。

重い足取りで教室を出て行こうとする背中に、ふっとただならぬ気配を感じて、蓮司は振り返った。

志田とばっちり目が合った。

「な、なんだよ?」

動揺する蓮司をよそに、志田は口をへの字に曲げて鼻を鳴らした。

「フン、別になんでもないよ」

明らかに何かある様子だった。蓮司に対する敵対心丸出しだった。だが問いかけようとすると、志田は追及を逃れるようにして、ぷりぷりしながら足早に教室を出て行ってしまった。

六

梅雨の晴れ間の夕暮れどき、美耶が帰宅すると、自宅の門扉に母が寄りかかっていた。

まさか、またあれなの？

美耶は恐る恐る尋ねる。

「急ぎの用事って何」

「ああ、おかえりなさい。ちょっとねえ、あの人が来てるのよ」

「はあっ？　この前来たばっ――」

強く口元を塞《ふさ》がれる。ハンドクリームと香水の混じった毒々しい芳香に、美耶は激しく咳《せ》き込んだ。

「庭園や美耶のテラスがあんなに美しいのは、みんなあの人のおかげなのよ。絶対に失礼な態度なんてとらないでちょうだい。さ、いま庭園にいるの。挨拶してちょうだい」

母に強く手を引かれ、美耶は仕方なくその後に続く。

薔薇《ばら》や芍薬《しやくやく》、アマリリスなど鮮やかな色彩を誇る広やかな庭園――その中心に、あの人がいる。

須藤《すどう》とかいう、腰の曲がった白髪の老人。身長は百六十五センチの美耶より十センチ以上低く、晩秋の枯れ枝を思わせるほど痩せ細っている。

「やあ。今日もね、お写真を撮らせてもらいたいんだ。緋色のゼラニウムがちょうど満開だからね」

皺だらけの色のない唇をもごもごさせ、舌ったらずな声で須藤が喋る。美耶は寒気を感じて両腕をさすった。二メートル近く距離を置いているのに、老人の臭いに蝕《むしば》まれる感じがする。

須藤は数年前から二、三か月に一度のペースで来訪していたが、最近になってその頻度が増えてきた。

「ぜひぜひ、もう何枚でも撮ってください。美耶も光栄でしょう、ふふ。私はこれで失礼しますから。ぜひぜひごゆっくり」

母は気持ち悪いくらいの猫撫で声でひといきに言うと、ぺこぺこ何度も頭を下げながら自宅の中へ戻って行く。

須藤が何者なのか、いったい母はなぜここまでこびへつらうのか、美耶にはまったくわからない。何度たずねても曖昧にはぐらかされる。

母が消えると、広々とした美しく鮮やかな庭園で、美耶と須藤は二人きりになった。

「ごめんね、ちょっとお写真撮らせてもらうからね。そこのゼラニウムと一緒にね」

「はあ……」

美耶は言われたとおり、渡された白いワンピースに着替え、咲き乱れる緋色のゼラニウムの前に立ち、ぎこちない笑みを浮かべた。須藤は首に下げていた一眼レフカメラを構えて、執拗《しつよう》にシャッターを押す。

何度も繰り返していることなのに、美耶は未だに少しも慣れず、気味が悪くて仕方がない。

だが拒むことなど決してできない。部屋の窓ガラスにべっとり額を張り付けて、物凄い形相でこちらを見つめている母の姿が嫌でも目に入るから。

須藤も自身の悪臭を認識しているようで、必ず美耶と二メートルは距離を保っていることが、まだせめてもの救いだった。

写真を撮り終えた須藤が去ると、美耶はまた別の憂鬱に襲われる。普段は窓もカーテンも閉め切っている母が、室内の窓という窓を一斉に開け放つのが見える。

「お疲れさま。入って良いわよ」

許可されても入りたくなかったが、ずっとここに留まっていると母の怒りを買うので、仕方なく玄関に向かう。

扉を開くと、もうじんわりとあの悪臭が鼻腔《びこう》を蝕む。

黴《かび》と汗と下水を煮詰めて腐らせたようなひどい臭い。

廊下を進み、階段をのぼる。臭いはどんどん酷くなる。意を決して自室のドアを開くと、華やかで美しい空間を台無しにする悪臭が部屋いっぱいに立ち込めていた。

今日はとくに酷い。というか、回数を重ねるごとに臭いがきつくなっている気がする。

美耶は鼻を押さえながら窓を全開にすると、リビングに向かった。

母はソファに腰掛けて足を組み、ハーブティーを嗜《たしな》んでいた。須藤はいつもどおりリビングには滞在しなかったようで、ほとんど臭いはしない。

「百歩譲って写真撮影は我慢するから、私の部屋に入れないでほしいんだけど」

「どうしてそんなこと言うの。ちゃんとテラスを見た？　美耶のために、複色の珍しいグラジオラスをたくさん飾ってくれたのよ」

「そんなのどうでもいいよ。臭すぎて気持ち悪いんだってば。絶対風呂入ってないよ、あの人。せめてここに来る前にきちんとシャワー浴びてもらうとか……」

「ママだって嫌よ」

ティーカップを静かに置くと、母は視線も合わせず淡々と述べた。

「嫌に決まっているじゃない。当たり前よ。でもああするしかないの。だってあの人が私たちに提供してくれるのは、花みたいに安価な消耗品だけじゃないんだから。美耶、あんたってわざわざ説明してあげないとわからないの？　沙耶と違って『察する』っていうことがまったくできない子なの？」

「……ごめんなさい」

美耶は打ちひしがれたまま重い足取りで自室に戻った。

悪臭はまだ残っていた。


同日、沙耶はいつも通り閉館までみっちり勉強して、足早に帰路につき、玄関の扉を開けた。

二十二時半、ちょうどだ。

「ただいま」

やはり返事はない。毎日のことなのに、沙耶の心はいつもささくれ立つ感じがする。

リビングには母一人。二時間サスペンスを観ながらストレッチをしていた。濃厚なアーモンドオイルのボディクリームの匂いがむんと鼻腔に流れ込んできて、沙耶は軽い吐き気を覚えた。

「勉強は順調なの？」

「うん」

話しかけられると胸がイガイガした。常に甲高く急《せ》き立てるような口調が、疲弊した心に不快に響くのだった。

母はぽきぽき関節を鳴らしながら、腰を捻《ひね》って沙耶のほうを振り返った。目が合って、沙耶はギヨッとした。母の顔の皮膚は、不自然に突っ張っていた。特徴的な吊り目がよけいに上方向へ引っ張られ、頬骨の凸《でっぱり》が異様に目立つ。

沙耶の動揺に気づいた母は、不快そうに眉をひそめた。

「何よ。美容外科でリフトアップしてもらっただけじゃない。あんたは勉強ばっかりで世間を知らないだろうけど、こんなことお金に余裕がある人はみんなやってるんだからね」

「………」

母はどうやらあの出来に満足しているらしい。変だよ、とか、不自然だよ、とか正直に言うことはできなかった。

「今週の土曜日はあなたたちの誕生日だけど、ママの彼氏の誕生日でもあるの。まあ、正確に言うと彼の誕生日は木曜日なんだけど、仕事が忙しいから、土曜日にお祝いをすることになったのよ。だから、悪いけどあなたたちの誕生日会は来週の日曜日にやるからね」

「うん」

「文句ある?」

「ないよ。ありがとう」

沙耶は短く会話を打ち切って自室へと逃げた。内心ホッとしていた。母にいつの間にか恋人ができていたことには驚いたが、かえって好都合だ。

土曜日はすみれ子と遊ぶ約束をしていた。お手製のケーキで、沙耶の誕生日を祝ってくれるという。よけいな言い訳や憂慮をせずに、思う存分楽しめると思うと胸が躍った。

母主催の誕生日会は毎年憂鬱だった。

オーガニックの味気ないパサパサしたケーキを前に、長ったらしい説教やスカスカな訓示を述べたあとで、いかに娘二人の育児に金と労力を費やしたか、一年間の収支をまとめた資料とともに、これ見よがしに振り返るのだ。

たった一週間延期になるだけだが、誕生日当日は母の存在を忘れて楽しめるのだと思うと、心が軽くなった。

風呂を終えふたたび自室に戻り、いつもどおり深夜零時まで勉強しようと参考書を開く。

コンコン。

軽やかなノック音。毎度のことだが、返事も待たずに扉が開けられる。

無味無臭の部屋に、サボンの香りがふんわり流れ込んでくる。

美耶はシフォン素材の真っ白なレースワンピースを着て、ルビーカラーのネックレスを身につけていた。

家にいるのにネックレスなんてするんだ。

きらりと光る胸元を見て、沙耶はぼんやりとそう思った。

美耶は口元に笑みを浮かべたまま、沙耶のすぐそばまで寄ってきてささやいた。

「土曜ママいないじゃん？」

「うん」

「友達呼んでこっそり誕生日パーティーしようと思ってるの」

「うちに呼ぶの？」

「うん、だってママ一日中いないでしょ？　早めに解散すればバレないっしょ。で、沙耶に家にいられると白けるから、ずっとどっか行っててほしいんだけど」

沙耶は本当のことを言うのがためらわれて、適当に嘘をつくことにした。

「その日は友達の家で勉強会だけど、六時前には戻ってくるよ。そんなに長居するのも失礼だし

「……」

「友達ってアレ？　なんか古くさい名前の貧乏くさい子？」

「美耶にそんなこと言われる筋合いないから」

珍しく沙耶がピシャリと反発したので、美耶は少々面食らったようだ。

沙耶のくせに。そんな声が聞こえた気がした。

美耶は気怠そうに前髪を掻きあげながら、苛立ちを隠せない様子で言った。

「ま、どうでもいいけどさ、あんたの友達なんて。そんな早く帰ってこられても困るから、九時くらいまでどっかで時間潰してきてよ」

「無理だよ。予備校だって土日は八時までしかやってないもの」

「はあ？　適当にマックとかスタバとかで時間潰したらいいじゃん」

「どうして美耶の言いなりにならなきゃいけないの？　ここは美耶だけの家じゃないでしょう」

「はあっ!?　うちに口答えするわけ？」

美耶が声を荒らげると、階下からあの忌々《いまいま》しい足音が響いてきた。

まもなく扉がばたんと開いた。

能面のような白い美容マスクを張りつけた母が、ヒステリックに叫んだ。

「何やってるの？　とっとと自分の部屋に戻りなさい！　美耶！」

沙耶の背すじに冷たいものが走る。

美耶は苛立ちを隠せない様子で、引き攣《つ》った笑みを浮かべている。

「ママうるさいよぉ。ちょっと勉強教えてもらってただけじゃん」

「沙耶の邪魔しないでちょうだい。あなたは沙耶とは比較にならないほど知能が低いんだから、勉強なんて教えてもらったってなんの役にも立たないわよ。さっ、早く戻って」

母はずかずか部屋に入り込み、美耶の華奢な手首を引っ張った。その時、ふいに沙耶の携帯が目についたようだった。

「沙耶？　どうして机の上に携帯なんか置いてるの。勉強中でしょう」

指摘されて、とっさに携帯をつかんで引き出しの中にしまう。すみれ子と土曜日の件でメールのやり取りをしていたし、麗一からメールの返信が来ないのが気がかりだったから、つい手元に置いていたのだ。

だが、とっさに隠したのがまずかったようだ。美耶からパッと手を離し、次の瞬間にはもう勝手に引き出しを開けて、沙耶の携帯をふんだくっていた。

「ちょっとお母さん。勝手に見ないでよ……」

うろたえる沙耶をよそに、母は目をかっぴらいて画面を見た。それから、一分も経たぬうちに鼻で笑った。

「沙耶、ママ以外の誰ともメールのやり取りすらしてないのね。通話履歴もママばっかり。本当に友達いないのね、あなた」

屈辱感を覚えながらも、沙耶は小さく頷いた。本当は、メールに関しては逐一《ちくいち》消去していただけだった。抜き打ちで母から携帯を見られたことが前にも何度かあったので、メールは読んだらすぐ消すようにしていたのだ。送信したメールも然《しか》りだった。

母はなぜか嬉しそうだった。

「しっかしかわいそうねえ。みじめだねえ。美耶はいつもたくさんのお友達に囲まれてるのに。あなたは本当に独りぼっちなのね」

「すみれ子は友達だから。一緒に勉強したり、ご飯食べたりしてるから」

スルーしようと思ったのに、嫌悪感が勝って沙耶はつい反論した。その姿が鼻についたようで、母は甲高い声でまくし立てた。

「友達じゃないわよ。あなた利用されてるだけよ。学年トップだもの、とりあえず仲のいいポーズ取っておけば何かと便利じゃない。そんなことすらわからないの？　可哀想《かわいそう》ね。ほんとうに、普通の高校生なら当たり前にできることが、どうして沙耶にはできないのかしらね」

「勉強が忙しすぎて、友達つくってる暇がない！」

我慢ならずに声を張り上げると、母は一瞬キョトンとした顔になり、それから真顔で頷いた。

「そうね、それでいいわ。普通の子は勉強も人間関係も両立できるもんだけど、ママあなたにはそこまで求めない。あなたのことはよくわかってるから」

そして携帯を机に放り投げると、

「やだ。パックの時間過ぎちゃったわ」

と急に慌てた様子で部屋を出て行った。

涙目でうつむく沙耶を見下ろして、美耶はぽつりと言った。

「可哀想に」

沙耶も赤い目で美耶を見上げて、「あなたも可哀想だよ」とかすれ気味の声で返した。

美耶は反論しなかった。

「ママ、死んじゃえばいいのに」

うわ言のように呟くと、覚束ない足取りで部屋を出て行った。サボンの香りはほんの数瞬残ったが、しばらくすると部屋はふたたび無味無臭の殺風景に戻った。

沙耶は机に向き直り勉強を再開したが、母の言葉が無意識的に脳内で繰り返され、まともに集中できなかった。思い返せば思い返すほど、屈辱感と悔しさで目頭が熱くなった。

シャーペンを握っていた手に力が入り、芯がノートを貫《つらぬ》いてぽきりと折れる。

死んじゃえばいいのに。

心の中で、静かに呟いた。

第三章　惨劇への伏線だらけの日常

一

六月十八日、土曜日の朝六時。

薄灰色《うすはい》の雲間から、白い朝陽が光線のように降りそそぐ。珍しく乾いた空気で、風は少し冷たい。例年より早く、もう一週間もすれば梅雨明けとの予報だった。

沙耶がいつもどおり自室で勉強していると、階下からあの不快な足音が響いて、勢いよく部屋のドアが開いた。

「あ、お母さん。おはよう」

「いつから勉強してるの？　自習室には何時から行くの？」

「五時過ぎに目が覚めたから……。今日はすみれ子と勉強会があるから、自習室には行かないよ」

「勉強会って何時から何時までなの？」

「十一時から十八時くらいまで」

朝からきつい口調で問いただされ、胃がむかむかするのを堪《こら》えながら答える。

「はあ？　だめじゃないの。行きなさいよ、自習室。予備校代にいったいいくらかかってると思ってんのよ。ちゃんと元とって成績上げてママに報《むく》いなさいよ。最近模試の成績も好調だし、勉強会に行くのは許してあげるわよ？　でも今すぐ準備して、九時から十一時まではきっちり自習室で勉強しなさい。家じゃいつサボるかわかりゃしないんだから。

沙耶は根が怠惰《たいだ》だから、監視の目がないとすぐだらけるでしょう。で、勉強会が終わったらそのまま自習室に直行して、閉館の八時までしっかり勉強すること。わかった？　歯向かうなら勉強会にも行かせないわよ」

「……わかった」

沙耶はシャーペンを強く握りしめたまま頷《うなず》いた。そのまま母めがけて振り上げてしまいそうになるのを、どうにか堪《こら》えようとしている。そんな自分が恐ろしくもあった。

「わかればいいのよ」

母はくるりと身を翻《ひるがえ》したが、数歩ほど歩いて、それからふたたび沙耶のほうを振り返った。

——お誕生日おめでとう。

そんな言葉が聞けると思った。

だが、母はムスッとした顔で言った。

「朝起きてからそのまま勉強するのやめなさいよね。頭にきちんと入ってこないでしょう。起床したらまず洗顔して歯を磨いて、朝食をとって思考をクリアにするの。勉強はそれからしなさい。基本よね？　ちょっと模試の成績がよかったからって、気を緩《ゆる》めないでちょうだい」

沙耶はもう相槌《あいづち》を打つことすらしなかった。母は言うだけ言うと満足そうに部屋を出て行った。

——そもそも、お母さんの顔を見たくないから、下に降りていかなかったのに。

今だって、せっかく集中できていたのに、母が来たせいで台なしだ。

こめかみあたりがズキズキ痛み、胃はむかむかし、胸には暗澹《あんたん》たる苛立《いらだ》ちが渦《うず》巻いた。

最悪最悪最悪最悪最悪最悪最悪。

勝手に出てくる涙を思いきり擦《こす》って、振り切るように立ち上がる。

嫌だ。

リビングに降りたら母がいる。

嫌だ。

またどれだけの嫌味を言われるんだろう。

そう考えながらも、足は操られたように扉の方へ向かう。自室を出る。隣の美耶の部屋を見る。

明かりは漏れ出ておらず、まだ眠っているようだった。

美耶が羨《うらや》ましい。さんざん嫌味を言われているのは一緒だが、美耶にはある程度の自由があった。少なくとも、いつまでも部屋で寝てていいのだし、お小遣いを月五千円もらっているうえ、門限はあれど友人と自由に遊ぶことだってできるのだ。

白亜の城のお姫様。

沙耶は、無意識に美耶の部屋の金色のドアノブをひねった。だがピクリともしなかった。鍵がかかっているのだ。沙耶の部屋の鍵は、とうに壊されているというのに。

そもそも私が美耶の部屋に入るのは禁じられているのに、なぜ逆は許されているのだろう。

美耶がお姫様で、私は奴隷だから？

途方に暮れて冷たい廊下で立ち尽くしていると、階下からドンッ！　と足を踏み鳴らす音が聞こえてきた。母からの『早く降りてこい』の合図だった。沙耶は死んだ目で階段を降り始めた。美耶みたいに自分の部屋にお風呂もトイレもついていてたら、極力母の顔を見ないで暮らしていけるのに。

塞ぎこんだ気持ちでリビングに入ると、やけに着飾った母と目が合った。繊細なレースをあしらったグレイッシュカラーのパーティードレスをまとい、きらびやかなジュエリーを身につけている。ただ、傷《いた》んだ髪の毛はそのままで、顔も土気色だった。上品で高級なコーディネートを素材が全力で殺している。

母はエルメスのミニバッグを肩にかけて、シャネルのサングラスをかけると、なぜか言い訳がましい口調で言った。

「フルメイクとヘアセットは銀座《ぎんざ》のサロンにお願いしてあるの。だからノーメイクで出かけるのよ。あっ、冷蔵庫にあるミックスベリーヨーグルトとグレープフルーツジュースは美耶のだから絶対に食べないでよ」

早口で言うなり、まだ七時前だというのに、そそくさとリビングを出て行った。

玄関の扉が完全に閉まる音を聞くと、沙耶の心はたちまち解放感でいっぱいになった。

両腕を思いきり伸ばし、大きく息を吐く。

母がいないというだけで、こんなに幸福な気持ちになれるなんて！

鼻歌交《ま》じりで洗顔と歯磨きを済ませ、ふだんは禁止されているテレビを観ながらゆっくり朝食を摂《と》った。

そして着替えるため自室に戻ろうとした時、ちょうど美耶が部屋から出てきた。

胸元の大きく開いた白いAラインワンピースを着て、いつものルビーカラーのネックレスをつけていた。ゆるく巻いたハーフアップの髪型と濃いメイクも相まって、ふだんよりずっと大人びて見える。

身内とはいえ、あまりの美しさに見惚《みと》れていると、美耶は不快そうな視線を沙耶に向けた。

「何。ボケッとして」

「あ、ううん。別に」

「十二時に来るようみんなに言ってあるの。それまでにどっか行ってよね」

「……うん。でも、大丈夫なの？　友達呼んだのバレたら、まずいんじゃない」

二人とも、家に友達を連れて来ることを固く禁じられている。母は自分のテリトリーに他人が入り込むことを異様なほど嫌っているのだ。

日中ほぼ家にいないので真相は不明だが、沙耶が観測した範疇《はんちゆう》においては、この家に越してから来訪者は一度もなかった。両親が離婚する前は、ママ友やら父の仕事仲間やら祖父母やら、何かにつけては人がやってきたというのに。

だが沙耶の心配を、美耶は鼻で笑った。

「バレるわけないじゃん。ママどうせ金で男買って遊び惚《ほう》けてんでしょ。うちらのことなんて気にも留めないってば」

おぞましいことをさらりと言われて、沙耶は辟易《へきえき》しつつ会話を打ち切ろうと自室に戻った。うっちゃってあった勉強を再開し、十時半まで一度も集中力を絶やさずにノルマを終えると、制服に着替えて家を出た。

空は青く澄みわたり、清涼な風が心地よい。ここ最近ずっと陰鬱な天気が続いていたから、からりとした爽やかな空気が、いっそう身に沁み入るようだった。

坂道を降り、北鎌倉駅の線路沿いの道から、県道21号に出る。しばらく歩くと脇道に苔《こけ》むす石段があって、そこをのぼっていくと古田家がある。

こぢんまりとした瓦屋根の平屋で、周囲には柿の木やモクレンの木が植えてある。どことなく懐かしさの漂う風景だった。

インターホンを鳴らすと、割烹着《かっぽうぎ》を着た小柄なおばあさんが微笑《ほほえ》みながら引き戸を開けた。

「おばあさん、こんにちは」

「こんにちは沙耶ちゃん。お誕生日おめでとう」

「あっ、ありがとうございます」

沙耶は嬉しさのあまり相好《そうごう》を崩した。彼女はすみれ子の母方の祖母だった。仕事の都合で両親がカナダに移住したため、今は祖母と妹の三人で暮らしているのだ。

居間の奥にある襖《ふすま》が開いて、すみれ子がひょっこり顔を出した。

「ハッピーバースデー！」

あれ、と思った。

いつもは休日でも制服なのに、今日はなぜか私服を着ていた。

水玉模様のブラウスに、ライトブルーのジーンズ。胸元にクローバー形のネックレス。唇にはアプリコットオレンジのリップ。

「すみれ子、かわいい！」

沙耶は感嘆の声を漏らした。本当にいつもよりずっと可愛《かわい》く見えた。

「妹に借りたんだ。私はファッションセンス0《ゼロ》だからね。で、こっちが沙耶のだよ」

そう言って彼女はハンガーにかかった洋服を掲げた。淡い水色を基調とした、小花柄のAラインワンピースだった。上品で涼しげなデザインに、沙耶は一目で心奪われてしまった。

「え……でも、急にどうしたの」

「誕生日じゃん！　せっかくだしオシャレして出かけようよ」

「でも、私なんかには可愛すぎて似合わないと思う」

「なーに謙遜してんのよ。スタイル抜群なんだから、似合うに決まってるでしょーが」

「いや、でも……ちょっと……」

なおも押し問答を続けている二人の元に、すみれ子の妹・さくら子があらわれた。彼女は襖の縁《へり》に片頬を押しつけて、詰《なじ》るような上目遣いで沙耶を見た。

「せっかく私が選んだのに、着てくれないんですか？」

その一言で決着がついた。

困惑しながらワンピースを身に着けた沙耶だったが、自分でも意外なほどしっくり来た。

「ほら〜、めっちゃよく似合ってるじゃん」

「私の見立てが素晴らしかったおかげですね！」

すみれ子とさくら子は得意げに腕を組んで寄り添いあった。

「かわいいねえ、沙耶ちゃん。お人形さんみたいねえ」

その後ろからおばあさんが顔を出してしみじみ言った。

沙耶は若干気恥ずかしさを覚えたものの、こんなに可愛くて女の子らしい服を着る機会が自分の人生に訪れると思っていなかったので、純粋にすごく嬉しかった。

その後、ワンピースだけではなくハート形のネックレスと白いポシェットまで見繕ってもらい、髪の毛はおばあさんに頭のてっぺんでお団子に結ってもらうと、十二時過ぎに古田家を出た。母に

GPSで追跡されているため、携帯は古田家に置いていくことにした。

「よかったあ。一昨日くらいにちょうど思い立ったんだよね！　そういえば沙耶とさくら子って背格好同じじゃんって」

「ありがとう。こんな可愛い格好したことないから嬉しい」

「私たちって意外と素材はいいのかもね。大学生になったらオシャレとか頑張ろうかなあ」

「そうだね」

明るい声色《こわいろ》で相槌を打ちながら、沙耶はそこはかとなく息苦しさを感じた。

大学生になったら制服を着ることができない。母は新しい洋服を買ってくれるだろうか？　アルバイトを許してくれるだろうか？

自分で稼げない以上、生活費も学費も母を頼るしかない。六年の歳月、母の支配下で鎖《くさり》につながれたまま生きていくしかない。

それならいっそ、大学なんて行かずに、そのまま働いたほうがいいんじゃないか。

母の呪縛から逃れて、最低限の自由が保証された暮らしを手に入れられるなら……。

「大丈夫？　沙耶」

「あっ、ごめん。ちょっとぼうっとしてた」

すみれ子は少し心配そうな笑みを浮かべて、それからバシッと沙耶の背中を叩いた。意外と力が強く、沙耶は前のめりに倒れそうになる。

すみれ子は威勢のいい声で言った。

「いろいろ悩みは尽きないけどさ、今日くらいはパーッと忘れて楽しもうや！」

「うん」

「記念すべき人生初デートだし」

「うん……えっ？」

とまどう沙耶に意味ありげな視線を送ると、すみれ子は足早に駅のほうへ向かって歩いて行った。

「何？　デートって、なんのこと……？」

「ふふふ」


JR藤沢駅の改札前に到着し、こちらに向かって手を振っている二人を見て沙耶は驚愕した。

蓮司と麗一だった。

衝撃のあまり逃げ出そうとしたのを、すみれ子が慌てて阻止する。

「藤宮さんお誕生日おめでとう！」

爽やかな笑顔で蓮司が言った。沙耶は夢心地のまま頭を下げた。

蓮司は深緑色のポロシャツに紺色のジーンズを穿《は》いていた。十月の修学旅行に参加することは母から禁じられていたから、好きな人の私服姿を見ることができるとは思っておらず、沙耶は胸が高鳴るのを抑えきれなかった。

「十七歳おめでとう藤宮さん」

横にいた麗一も祝いの言葉を述べる。彼はなぜか体操着を着ていた。あずき色の短パンにTシャツの裾をきっちりイン。『鎌中三年二組』と書かれた胸元のワッペンには、マジックで『二階堂《にかいどう》』と書き殴《なぐ》られている。

沙耶は言及を避けたが、すみれ子は遠慮なく問いただした。

「卯月君どうしたの。街に出る格好じゃないじゃない。芋ほりにでも行くの？」

「失礼な。『二階堂』は一軍だよ」

「もしかして私服持ってないの？」

麗一は大真面目な顔で答えた。

「これが私服だよ。オフホワイトにワインレッドのラインが入って、なかなか洒落《しゃれ》てるだろ。『西《さい》園寺《おんじ》』と『伊集院《いじゅういん》』もある」

「あずき色をワインレッド……おばあちゃんには聞かせられない……」

「懐かしいなあ。中学の卒業シーズン、『イケてる苗字ランキング』常連の先輩たちから体操着をもらってはしゃぐ麗一のすがたが、昨日のことのように思い出されるよ。あんなにいきいきとした麗一はめったに見られない」

蓮司がしみじみ回顧するものだから、沙耶はなんだか微笑ましい気持ちになった。

それにしても、どうして滝君と卯月君がここにいるんだろう？

すみれ子が気を利《き》かせて取り計らってくれたんだろうか？

高鳴る鼓動を落ち着かせようと、胸に手を当て深呼吸を繰り返す沙耶の後ろで、軽快な足音が響いた。

「やあ、みんな。奇遇じゃないの」

振り返ると代議委員の志田がいた。

麗一は露骨に嫌そうな顔をした。それ以外の面々はただ驚いていた。

志田は毛先をワックスでツンツン立ち上がらせ、スタッズのついた黒い革ジャンに胸元のはだけたワイシャツ、ブラックのスキニージーンズという出で立ちだった。おまけに先のとがった革靴を履いて、ジーンズのポケットにはジャラジャラとチェーンが巻きついている。

麗一が眉《まゆ》をひそめて問うた。

「どうしたんだ、志田？　その格好は」

「シド・ヴィシャスならぬ、シダ・ヴィシャスだよ」

うすら寒い沈黙が流れる。

数秒ほどして、麗一が呆れたように目を細めた。

「志田、奇遇じゃないだろう。お前、今日のこと知っていて偶然を装《よそお》って現れたんだろう」

その言葉に、志田はわかりやすくうろたえた。図星のようだった。だが必死で首を振る。

「違うさ。本当に偶然だよ。僕はこれから歯医者に行くんだ。君らに構っている暇なんてないの」

「そっか、そりゃ残念だ。また今度な」

蓮司が切り上げようとすると、志田は再びわかりやすく、

「あぁっ！」

と声をあげた。そして、左手で拳をつくってわざとらしく自分の頭を叩いた。

「いけない！　僕ったら。歯医者の曜日を間違えてしまった。今日じゃなくて明日だった」

それからチラリと蓮司たちに視線をやった。

「せっかく駅まで出てきたのに！　どうしよう！」

またチラチラこちらを見やる。明らかに何かを待っていた。

居たたまれなくなったようで、蓮司が、

「これからみんなで遊ぶんだけど、志田もよかったら一緒にどう？」

と誘ってあげた。

「まあ、どうしてもって言うならいいよ。ふむ」

志田は不承不承《ふしようぶしよう》といった感じを装いつつも、喜びを隠せない様子でそう返した。

「じゃ、行こうぜ。南口にあるステーキ屋さん、めちゃくちゃ旨《うま》いんだ」

蓮司が音頭をとる形で、五人は南口のロータリーへ歩き始めた。

沙耶は、眠そうに一番後ろを歩く麗一の隣に並んで声をかけた。

「あの、卯月君。あんな不躾《ぶしつけ》なメール送ってしまいすみませんでした」

「メール？」

「はい。依頼の件、急に断りの連絡を入れてしまったの、申し訳ないと思っていて」

「あ、俺たぶんそれ見てない」

「え？」

「携帯壊れちゃったんだ。冷凍バナナで叩いたら、割れたんだよ」

どういう状況なんだと困惑する沙耶をよそに、麗一は察しよく話を進めた。

「今日のこれは俺の依頼にも繋がってるし、古田さんの依頼にも繋がっている。彼女、蓮司にデートの練習をしてほしいって依頼したそうだよ」

「えっ？」

そんなこととは露《つゆ》知らず、沙耶は仰天した。点と点が徐々に繋がっていくようだった。

「親友として、藤宮さんの誕生日にサプライズを仕掛けたかったんじゃないの。君が蓮司のこと好きなの、彼女知ってるんだろう」

「それは、そうです」

「優しい友達だね。蓮司みたい。なんか話がややこしくなったし、おまけに志田がついてきたけど、難しいこと考えないで今日は楽しもうよ」

「はい。ありがとうございます」

いつも真顔の麗一が、めずらしく口元に笑みを浮かべて、沙耶の肩を優しく叩いた。

「せっかくだし蓮司と話して来たら」

「はいっ」

前に視線をやると、ちょうどすみれ子が手招きをしていた。沙耶は二人に背中を押されるかたちで、思い切って蓮司のそばに駆け寄っていった。

二

美耶は十分なお金を持っていない。アルバイトは禁じられていたし、月五千円のお小遣いは、放課後のカラオケやカフェ代であっという間に消える。だから当然、人をもてなす余裕なんてなかった。

だが今日、藤宮家のリビングには五名の友人が集まっている。テーブルの上にはホールケーキが二つ。チョコレートと苺ショート。それを囲むようにしてマルゲリータピザ、シーフードピザ、フライドチキンにフライドポテト、シュリンプサラダ。椅子に引っかけてあるコンビニの袋には、菓子袋が大量に詰まっている。飲み物の準備も万端で、二リットルサイズのジュースとお茶が計六本もある。すべて友人たちが持ち寄ったものだ。

美耶はただ一言『今週末、誕生日パーティーをするから来てね』と声をかけるだけでよかった。それだけで万事うまく行った。よけいなことは言わなくても、自分が望んでいるものをみんな勝手に持ち寄ってくれるとわかりきっていた。そして実際そのとおりになった。疑義《ぎぎ》を唱《とな》えるものは誰もいなかった。みんな当たり前のようにそういうものだと思っていた。

それにしても——。

美耶は散らかったテーブルの上にぐるりと視線を巡らせた。

ふだん私が食べているようなものは何もないな。サラダが唯一デパ地下のものだけど、ここのドレッシングは添加物がたっぷり入っていると母が気づいて、それ以降食卓に並ばなくなった。

「ホントお城みたい。美耶ちゃんのイメージそのまんまだね」

友人の小島香織《こじまかおり》が猫撫《な》で声で言う。太ってはいないが男子顔負けの肩幅のせいで、かなりガタイがよく見える。

「ねー。ずっと素敵な家だなあって思ってたから、招待してもらえて嬉しいよぉ」

同じく友人の松橋奈緒子《まつはしなおこ》がはしゃいだ声で言う。中肉中背に特徴のない平均的な顔立ちだ。

美耶は別に彼女らのことを好いているわけではなかった。ただ、よくノートを貸してくれるし、常に自分の立場をわきまえている点については少なからず評価していた。

「ありがと。私も来てもらえて嬉しい」

口当たりのいい言葉を述べて、ニコッと微笑む。笑顔を向けられただけで、二人ともハートを射貫かれたように瞳を輝かせた。簡単な魔法だった。

オレンジジュースの注がれたグラスを両手で持って座っていた美耶の手を、津村愛理《つむらあいり》が強く引いた。メイクの濃い顔をグッと近づけて耳打ちしてくる。

「ねえ、なんであんなん呼んだの?」

そう言って香織と奈緒子のほうを顎《あご》でしゃくった。美耶がぎこちない笑みを浮かべると、愛理は深いため息をついた。

「テンション下がんじゃん」

「けどいつもノート貸してもらったり、宿題手伝ってもらったりしてるからさ」

それに、愛理と違ってちゃんとケーキとお菓子持ってきてくれたしね。何も持ってきてくれなかったの、あんただけだよ。笑顔を保ちつつ、内心そう呟いた。

愛理とはだいたいいつも一緒にいる。彼女は美耶に気を遣わない。特別扱いしない。だから気が楽だった。尊重されたい、チヤホヤされたい、でも鬱陶《うっとう》しいし放っておいてほしいという矛盾した感情を常に抱えている美耶にとって、彼女は一種の清涼剤のようなものだった。

愛理の他に、佳奈美《かなみ》と唯《ゆい》がいつものメンバーなのだが、二人とも用事があるといって来なかった。本当は用事なんてないのだと、美耶はうっすら勘づいていた。二人は、香織や奈緒子みたいに美耶のことを殿上人《てんじょうびと》のごとく扱って引き立て役を甘受することも、愛理のようにまったく気にせず対等な立場で接することもできなかった。大多数の女子と同じように、表面上は仲良くしたり周囲に合わせて褒めそやしたりしても、心のうちは常にくすぶっているようで、ふとした瞬間にものすごい嫉妬心や憎悪の眼差《まなざ》しを向けてくることに、美耶はとうに気づいていた。

「つか男子も微妙なメンツじゃね」

しなったフライドポテトを三本一気に頬張《ほおば》りながら、愛理が半笑いを浮かべた。ポテトのカスが口からこぼれてぴかぴかの床に落ちる。ママが見たら発狂するに違いない。

「ひでーこと言うなよなあ」

井口雅也《いぐちまさや》がコーラを飲みながら近づいてきた。中学の同級生で、冬汪よりだいぶランクの劣る高校に通っている。

「げっ。聞き耳立ててたの？　きんも」

愛理が顔をしかめる。

「ちげーよ。俺らは藤宮さんの美声に耳を澄ませてただけ。津村には興味ねえよ」

「そうそう」

大森健吾《おおもりけんご》が加勢する。右手に持っている齧《かじ》りかけのピザのチーズが垂れて腕にへばりついていた。

「どっちにしろ盗聴してたことに変わりないじゃん」

「言い方。犯罪者扱いかよ」

「藤宮さん、こいつガチでひどくない？」

「あはは」

美耶はちょっと困ったような笑みを浮かべた。実際に困っていた。さり気《げ》なくチラリと時計に視線をやる。パーティーが始まってから一時間近く経《た》つというのに、美耶にとっての主役がまだ到着していなかった。

どうしよう。気になるけど、私から聞くのもあれかな。

「そういえば、久谷《くたに》はまだ来ないの？」

タイミングよく愛理が聞いてくれたので、美耶は胸を撫でおろした。

そう、彼らとのくだらない会話はどうでもよかった。久谷真一《しんいち》がまだ来ていないのが、美耶には何より気がかりだった。ここにいるのはどれも単なる数合わせで、久谷こそ今回の目的だったから。

「さあ？　道にでも迷ったんじゃないの」

井口は全然関心がない様子で、コーラを一気にあおった。

「ってかいないの気づかなかったわ。あいつ影うっすいよな」

大森が腕に垂れたチーズをべろりと舐《な》めあげながら、せせら笑う。

うえ。キッモ。

美耶は悟られぬように笑顔を張りつけたまま、心のうちで毒づいた。

「……久谷君なら、急にバイトのヘルプが入って遅れるって連絡あったよ。みんな知ってると思って、伝えなかったの。ごめんね。でも、もうすぐ着くみたい」

香織がためらいがちに声を張り上げる。緊張のせいか、語尾の声が裏返っていた。奈緒子ともに教室の隅っこで静かに本を読んでいるタイプで、井口や大森みたいな派手な男子に苦手意識があるようだった。

何拍かの沈黙のあとで、井口がフッと鼻で笑った。

「急に会話入ってくるからビビったわ」

「あいつらも俺らの会話盗聴してんじゃん」

と大森。

「あんたらの声がうるさいだけだっつーの」

愛理がわざとらしくため息をついて諌《いさ》める。

美耶はなんとなく不愉快だった。

どうして香織なんかが、久谷君の連絡先を知ってるんだろう。この私が知らないというのに。

まあ、男子からすれば、ああいうブス寄りで地味な子のほうが、気軽に話せて楽なんだろうけど。

井口がいい例だ。さんざん私のことを褒め称《たた》えるくせに、私と話したくてしょうがないくせに、必ず愛理でワンクッション挟もうとする。私がそっぽを向いている時は露骨に熱い視線を送ってくるくせに、ほんの一瞬でも目が合うと慌てて目をそらす。

井口というか、ほとんどの男子がそうだった。視線が交《まじ》わった瞬間、気後れしたように目を逸《そ》らす。滝君は違ったけど。あの人、テーブルを挟んだ至近距離で私と向かい合ったにもかかわらず、まるで動じなかった。いたって平然としていた。あれはなんでだろう？　いつも卯月君と一緒にいるから、綺麗な顔を見慣れているんだろうか。それとも、美的感覚が鈍《にぶ》い人なのかな。

そう思いを巡らせているうちに、美耶と沙耶の顔立ちが似ている、と蓮司が言っていたことを思い出し、一気に胸がむかついた。

どうしてあんな無礼な発言をしたのだろう。卯月君とのデートのことだって、自分から提案したくせになかなか話を進めてくれないし、LINEの返信だっていつも遅い。

もしかして、私がF組だからってバカにしてんのかな。美人だけど頭空《から》っぽとか、内心見下してたりして。

被害妄想が膨《ふく》らみ始め、モヤモヤが募《つの》っていくなか、高らかなチャイムの音が室内に響いた。

「あ。噂《うわさ》をすれば、来たんじゃないの」

愛理がさして興味もなさそうに呟く。

インターホンの小さな画面に久谷の姿を認めると、美耶の心のモヤモヤはたちまち消え去った。軽やかな足取りで長い廊下を抜け、玄関の重厚な扉を開く。

「すみません、急用で遅くなっちゃって」

開口一番謝罪を口にした久谷は、息を切らし前髪は乱れていた。ここまで駆けてきたのが見て取れた。

「ううん、全然！　来てくれてありがとう」

胸の高鳴りに比例して、美耶の声は自然と一オクターブくらい上がっていた。久谷は顔がよかった。くっきりとした二重まぶたが印象的な、今風の甘い顔立ち。ほとんど会話したことはないが、ずっと気になっていた。掃除の班で香織と久谷が同じだったから、彼女のことを誘うときに、さり気なく誘ったのだ。

「お邪魔します。あと、これ。つまらないものですが……」

久谷はなんとなく萎縮《いしゆく》した感じで頭を下げると、白い手提げ袋を差し出した。駅前の洋菓子店のプリン。美味《おい》しいと評判だった。

「わあ、ありがとう。プリン大好き」

「そう。よかった」

久谷は前髪を撫でつけながらはにかんだ。美耶が上目遣いで見つめると、恥ずかしそうにうつむく。

明らかに私のこと好きじゃん。

美耶はニヤけそうになるのを堪《こら》えつつ、リビングのほうへ久谷を案内した。扉を開け、中に入るよう促しながら、後ろ姿にすばやく視線を巡らす。

ちょっと撫で肩ぎみだけど、一七〇センチは超えてるし、まあ許容範囲だな。どストライクってわけじゃないけど、文句なしのイケメンだし。それに、二日前に急に誘ったにもかかわらずこうして駆けつけてくれた。さっきの反応といい、たぶん……ってか絶対私のこと好き。

卯月君が脈ナシだったら、最悪こっちでもいいかな。

そんなことをふと考えて、慌てて打ち消した。何を弱気になってるんだろ。せっかく来週デートなのに。あ、デートの練習なんだっけ。でも細かいことはどうでもよかった。長時間二人きりで過ごしたら、さすがに自分のことを好きになってくれるだろうという自信があった。

久谷の来訪にテンションをあげたのは美耶と香織だけだった。他のメンバーは、プリンがなかったら来たことすら気づかないような関心の薄さだった。

いちはやく席を立ち、グラスにコーラを注いで久谷に手渡した香織を見て、美耶はうすら寒い気持ちになった。実際、久谷も先ほど美耶に見せた表情とは打って変わって、無表情でそれを受け取っている。試しに美耶がチョコレート菓子を渡してあげると、わかりやすいくらいたじろいで頬を緩《ゆる》ませた。

「あっ、久谷だけずるい。藤宮さん俺にもちょうだい」

井口が横から口を挟む。美耶は仕方なく彼にも菓子を手渡してやった。

「うわあ、食うのもったいねえ。家宝にしたい」

「何それー。大げさだよ」

美耶がまんざらでもない様子で笑う。

「いやガチで。ってか藤宮さんの記念すべき生誕祭に招待されただけでも感無量《かんむりょう》なのに」

その言葉を受けて、愛理が不思議そうに周囲を見渡した。

「今日ほんと謎メンツだよね。ウチは美耶と仲良いからわかるじゃん？　で、雅也と健吾はウチと仲いいから、これもまあわかるじゃん？　けど小島と松橋と久谷は、マジで全然関わりなくね」

その三人にも聞こえるほど大きな声で無遠慮に言う。三人は気まずそうに苦笑いを浮かべて顔を見合わせた。久谷が居心地悪そうに視線を落とすのを見かねて、美耶が慌ててフォローする。

「ううん。香織ちゃんと久谷君とは掃除の班が一緒だからよく喋《しゃべ》るし、ノート貸してもらったりしてるの。奈緒子ちゃんは香織ちゃんと仲いいし、ね？」

目配せすると、香織と奈緒子はホッとした様子で頷いた。

「ああ、そういえば藤宮さんって双子の妹さんいるよね。あの方、そこのお二人と雰囲気そっくりじゃない？」

大森が馬鹿にしたような口調で言う。井口がすかさず同調する。

「わかるわかる。ってか俺、初めてあの人見たとき超ビックリしたわ。あんなのが藤宮さんの妹？って」

「あんなのって。ちょっと言い方」

愛理が意地悪く唇をひん曲げて笑う。

「いやガチで。言っちゃ悪いけどブ……じゃん」

「でも学年トップなのにそれを鼻にかけないところとか、すごくかっこいいと思うけどなっ」

香織が語気を強めて反論する。かなり勇気がいったようで、声がわずかに震えていたし、視線は明後日《あさって》の方向を向いていた。

「え、何？　急に声張り上げてどうした？」

「白けるわあ」

井口と大森が見下すように笑う。香織が頬を赤らめてうつむくと、隣に座っていた久谷がさり気なくその肩をポンと叩いてあげていた。

香織なんかのこと慰めてあげるなんて、めっちゃ優しいじゃん。

一部始終を目撃していた美耶の中で、人知れず久谷の好感度が上がった。

「妹さんと仲いいの？」

「うん。私が沙耶ちゃんの部屋に遊びに行って、夜遅くまで一緒に喋ったりするよ」

「へえ意外。ふだんどんなこと喋ってんの」

「んー、学校のこととか、将来のこととか、いろいろ」

井口の問いかけに、自分でも驚くほどすらすらと答えが出てきた。本当はろくに喋ることもないし、〝沙耶ちゃん〟なんて呼んだこともないが、姉妹仲がいいという設定のほうが印象がいいに決まっている。他のメンバーはどうでもいいが、久谷には好印象を与えておきたかった。

背もたれに沈んでスマホを眺めていた愛理が、何気ない様子で尋ねる。

「美耶の妹と卯月っていつから付き合ってんの？」

「はあっ？」

驚きのあまり感じの悪い声が出てしまう。他のみんなも驚きを隠せない様子で声をあげたので、幸い目立ちはしなかった。

一同が予想以上の反応を見せたことに気をよくして、愛理はニヤつきながら言った。

「亜由美《あゆみ》からＬＩＮＥ来た。駅前でデートしてるとこ目撃したって」

「見間違いでしょ」

食い気味に反応する美耶の目の前に、愛理はスマホの画面をやった。

「ガチ。ほら写真」

美耶はそれを食い入るように見た。

そこには確かに麗一と沙耶が並んで歩く姿が収められていた。ただ並んで歩いてるのみならず、麗一は沙耶に優しく微笑み、その肩を抱いているように見えた。沙耶ははにかんだような笑みを浮かべている。どちらも美耶が見たことのないような表情をしていた。

頭を殴《なぐ》られたような衝撃だった。全身からサーッと血の気が引いていくのに、頰だけカッと熱くなる。動揺と怒りと憎しみと悲しみとがいっぺんに押し寄せてきて、頭がぐちゃぐちゃになった。

美耶の気持ちなど露《つゆ》知らず、井口と大森は単純に面白がってはしゃいだ。

「うわっガチじゃん。今日イチ衝撃ニュースだわ」

「顔面格差やべー」

「でも超薄目で見ると意外とお似合いじゃね。雰囲気が似てんのかな」

「二人ともだっせえもん。卯月に至っては体操着だし。ある意味お似合いだろ。このワンピースとか髪型とか昭和じゃん。精一杯オシャレしたつもりなんだろうけど、完全に昭和」

「おい。藤宮さんの妹だぞ、失礼だろ」

「そうだった。ごめんねー、藤宮さん」

美耶はなおも言葉を失って押し黙っていた。頭がガンガンして、みんなの声が遠くなったり近くなったりした。下品な笑い声がよけいに神経を苛立たせた。

「その写真、私に送ってくれる？」

うつむいたまま、美耶は低い声で言った。

「え、なんで」

愛理が半笑いを浮かべたまま首を傾げた。

「いいから早く送って！」

必死な叫び声が響きわたり、室内はにわかに静寂に包まれた。

「……まあ、別にいいけど。急に何……」

愛理はぶつくさ言いながら、渋々《しぶしぶ》といった様子で画像を送信した。

怪訝《けげん》な表情を浮かべる周囲に気を配る余裕すらなく、美耶はリビングを飛び出た。廊下の冷たい壁に背中をもたれさせ、スマホを取り出す。

母に電話をかけるが、何度かけても留守電に繋がってしまう。ふだんはどうでもいいことですぐ電話をかけてきて、美耶の行動を逐一監視しようとするくせに、肝心なときに出てくれない。

留守電に感情的なメッセージを残してから、美耶は仕方なくLINEを送ることにした。


〈沙耶、勉強サボってF組の男子と遊び回ってるよ。友達が偶然目撃して、私に教えてくれたの。写真は藤沢駅前だけど、これからどこ行くかはわかんない。ママ、探して連れ戻したほうがいいんじゃないの？　たぶんこれ初めてじゃないよ。沙耶、ずっとママのこと裏切って勉強サボってたんだと思うよ！〉


半狂乱になりながら勢い任せで文字を打ち込み、写真添付で送信する。改めて写真を眺めて、悔しさとやりきれなさで涙が滲《にじ》んでくる。

意味わかんない。ぜんっぜん意味わかんない。一ミリも理解できない。

なんで沙耶なの？

ってかいつどこで知り合ったの？

ブスのくせに。勉強しか取柄《とりえ》がないくせに。

なんで沙耶なんかが卯月君と一緒なの。

付き合ってる？　まさか。

井口と大森もむかつく。沙耶のことはどうでもいいけど、卯月君のことまで侮辱したのは許せない。

リビングから甲高い愛理の笑い声が聞こえてくる。癪《しゃく》に障《さわ》る。頭は痛いし、むしゃくしゃするし、ふだん食べないような安い菓子を勧められるがままに食べたせいで吐き気がする。

私はこんなに最悪な気分でいるのに、沙耶は卯月君と二人きりでいるの？　信じられない。沙耶のくせに。絶対ありえない。気のせいだったんじゃないか。そう思ってふたたびスマホに視線を落とし、それが現実であることを再確認して絶望する。その繰り返しだった。

やがて廊下の扉が開いて、久谷がそっと美耶のそばに歩み寄った。

「大丈夫ですか？」

声をかけながら、美耶の顔をのぞき込んで驚いた表情になる。美耶の目は赤く、頬に涙の跡があった。

「えっ、本当に大丈夫？　具合悪い？」

心配してもらえたのが嬉しくて、美耶はふたたび涙を溢れさせた。そのままどさくさに紛れて久谷に抱きつく。久谷は困惑した様子で視線を落ち着きなくさまよわせ、抱きしめることも振り払うこともせずただおろおろしていた。

しばらく時間が経ってようやく落ちつくと、久谷のTシャツの裾をぎゅっとつかみながら涙声で訴えた。

「なんかいろいろ辛いことが重なっちゃって、涙が止まらなくなったの。びっくりさせてごめんね」

「全然大丈夫。そういうこともあるよね」

久谷は控えめな声でそう言って、自分の腰に回された美耶の両腕をごく遠慮がちに振りほどいた。

「どうする？　みんなのところ戻れそう？」

「ちょっと具合悪いから、自分の部屋で休みたい。一緒に来てくれる？」

美耶が上目遣いでたずねると、久谷は動揺してパッと目を逸らした。それから小さく頷いた。

綺麗に磨きあげられた階段を上がっていき、部屋の扉を開ける。後ろからためらいがちに室内を覗きこんだ久谷が、目を丸くしてわかりやすく驚いた。

「えっ、すごい。めちゃくちゃ広いね」

「そうかな？　二十畳くらいしかないよ。まあ、奥に私専用のバスルームと大きなクローゼットもあるんだけどね？」

美耶はつい鼻を高くして、自慢げに言った。だが、腕をつかんで部屋に引き入れようとするのに反して、久谷はドアの前に留まった。

「もう大丈夫そうだね。僕は戻るよ」

「なんで。せっかくだから来てよ」

「女の子の部屋に入るのさすがに悪いし、僕は戻るよ。もしあれだったら、小島か松橋を呼んでこようか」

「やだ、行かないで。久谷君に一緒にいてほしいの」

そう言ってふたたび久谷に抱きついた。今までさんざん見下していた沙耶に麗一をとられ、ほとんど自棄《やけ》になっていた。久谷が簡単に顔を赤くしたのを見て、美耶は『しめた』と思った。

もう久谷君でいいや。そこそこイケメンだし、完全に脈ありだし。

そしてさらに強く抱きついた。久谷の心臓が破裂しそうなほど高鳴っているのがわかって、美耶は嬉しくなった。

「あのね、正直私、今までずっと卯月君のこと好きだったんだよね。久谷君はちょっと気になる程度の存在だった。でも、今日こうやって優しくしてくれてすごく嬉しかったし、私の中で一気に特別な存在になったの。だから、私、久谷君と付き合ってあげても全然いいよ」

「えっ」

久谷はわかりやすくうろたえた。そして、しがみつく美耶の両腕を振りほどこうとした。

「ありがとう、藤宮さん。僕なんかにそんなこと言ってくれて。でも僕ら全然釣り合わないし、気持ちだけありがたくもらっておくよ」

「なんで。釣り合わなくてもよくない？　この私がいいって言ってるんだから。ね、付き合っちゃおうよ」

強引な美耶に耐えかねて、久谷はフーッと大きく息を吐き出してから言った。

「ごめん。僕、小島と付き合ってるんだ」

「はあっ？」

殴られたような衝撃が、ふたたび美耶に襲い来る。

今なんて言った？　こいつ。小島と付き合ってるって。小島って、香織のこと？

え？　香織なんかと付き合ってんの？

嘘でしょ。

ポカンと口を開けて絶句する美耶を見下ろして、久谷は気まずそうに鼻頭を掻いた。

「そういうことだから、藤宮さんとは付き合えない」

「え。でも、さあ……別れればいいだけじゃん」

呆然として目を見開いたまま、やっとの思いでそう呟いた。あんな風に自信満々で告白めいたことを言った手前、後に引けない。

「いや、別れるとかはできない。付き合って一年近く経つし……」

「そんなことないでしょ。別れたいって言えばそれで終わりでしょ。私と付き合えるチャンスだよ。言っちゃ悪いけど、久谷君が私レベルと付き合えるチャンスなんて、今後の人生でもう一生ないと思うよ」

「うん。そうかもしれないけど、ごめん」

「いやいやいや、冷静になって考えてよ。香織の顔思い浮かべて、それから私の顔よーく見てみて。ありえないでしょ。慈善事業じゃないんだから、自分の心に素直になった方がいいと思うよ。香織なんて正直ブスだし、スタイルだって……」

美耶の身体に強い衝撃が走った。久谷が思い切り突き放したのだとわかるのに、数秒かかった。

「香織ちゃんのこと悪く言うのは、いくら藤宮さんでも許せない。香織ちゃんは優しくていい子だよ。古跡めぐりっていう共通の趣味もあって、一緒にいてすごく楽しいんだ。彼女と別れるなんて絶対考えられないから」

今までの穏やかな表情が一変して、強く非難するような口調でそう言った。そして、冷たい眼差しで美耶を見下ろした。

「今のことは絶対に誰にも言わないから安心してください。今日は招待してくれてありがとう。藤宮さんは具合が悪くて休んでるってみんなには言っておくから、ゆっくり休んでてください」

言い切るなり、久谷は身を翻し階段を駆け下りていった。取りつく島もなかった。

美耶はしばらくの間呆然と立ち尽くしていた。さっきからずっと耳鳴りが止《や》まない。身体の芯が発火したように熱く、ひどい頭痛がした。

階下からかすかにみんなの笑い声が聞こえて来る。自分が馬鹿にされたような惨《みじ》めな気分になり、急いで部屋の扉を閉めた。それからふらりとベッドに倒れ込んで息を吐いた。

冷静になると、途轍《とてつ》もない屈辱感が一気に押し寄せてきて、堪《たま》らなくなった。自分がとった行動の一挙一動が思い出され、枕に顔を埋《うず》めて足を思いきりばたつかせた。

なんで一人で突っ走ってあんなこと言っちゃったんだろう？

あんなに馬鹿にして見下していた、沙耶にも香織にも負けたんだ、私。

「信じられない。こんなに可愛いのに。こんなの絶対おかしい」

無意識のうちに声が出ていた。

「ママ……」

苦し紛れにスマホを取り出し、ふたたび母に電話をかける。せめて沙耶の幸せはぶち壊してやりたかった。それには母の存在が不可欠だった。しかし何度電話をかけても留守電になってしまう。

「クソばばあ」

スマホを力任せに壁に投げつける。最悪の気分だった。枕に顔を埋めたまま、声を押し殺してむせび泣いた。

三

沙耶は湘南《しょうなん》海岸公園にいた。藤沢駅から歩いて四十分ほどの距離にある海浜公園である。芝生の広場に蓮司と並んで座り、何をするでもなくぼうっとしていた。遠景には、江の島（えのしま）を望む穏やかな海と砂浜。潮風と白い陽光を浴びて、サーフィンに興じる人や犬を連れて散歩する人のすがたがあった。

志田は「僕はいつも忙しくてねえ、本当は遊んでる暇なんてないの」と事あるごとに主張していたが、今ではすみれ子とともに浜辺で水切りをして遊んでいた。

よほど熱中しているらしく、ときおりものすごい雄叫《おたけ》びを響かせては砂浜を散歩する人びとを驚かせている。すみれ子も手を打ち鳴らしたりはしゃいだ声をあげたりして大いに楽しんでいる様子だった。

麗一は少し離れた場所で爆睡していた。砂浜の斜面から滑り落ちるような姿勢で、木柵に隠れるようにしてうつぶせになって眠っているのが、沙耶は気がかりだった。

徐々に傾き始めた太陽のまばゆい光で水面《みなも》が乱反射している。

こぢんまりと体育座りしていた蓮司が、首を傾《かし》げながら尋ねる。

「藤宮さん、本当にこんなんでよかった？　せっかく誕生日なのに」

「そんな。すごく楽しいですよ」

「本当に？　二時間近くずっと芝生で海眺めてるだけなのに。今からでもボウリングとか映画でも行こうか」

沙耶は慌てて首を振った。

「いえ、いいです。こっちのほうが楽しいです。ふだん、勉強ばっかりで心を落ちつけられる暇がないので、こういう時間はすごく幸せなんです」

「そう？　それならよかった。でも遠慮はしないでね」

「はい、ありがとうございます」

沙耶はどことなく夢心地だった。休みの日に勉強もせず、ぼうっと海を眺めている。これだけでもすごいことなのに、すぐ隣に蓮司がいて、二人きりで喋っている。

これは本当に現実なんだろうか。

さり気なく頬をつねってみる。もう何度も繰り返した動作だった。

駅で合流したあと、蓮司が予約してくれたステーキ屋に向かい、分厚いステーキランチを食べた。肉料理なんてめったに食べる機会がないから、あまりの美味しさに頬が溶け落ちそうになった。ただ、『誕生日だから』という理由で蓮司と麗一が奢《おご》ってくれたことに対しては、まだ罪悪感が消えない。いつか絶対にお返ししようと思うのだが、果たしていつになるのだろう。進学後の六年間だってアルバイトは厳禁だろうし、相変わらずすべての収支を子細に母に報告することを義務付けられるだろう。本当はこの後、映画館やゲーセンに行くことを計画していたらしいが、それは固辞した。いつ返せるかもわからないのに、これ以上人のお金に頼るのはどうしても避けたかったのだ。

海なら一円もかからない。心地よい自然の中、ただ悠然と時間が過ぎゆくのに身をゆだねるだけだ。

涼やかな風が頬を撫ぜるのを感じながら、沙耶は大きく息を吸った。

青葉と潮風の匂いが気持ちよかった。夏の予感がした。

「私、自分の人生にこういう瞬間が訪れるって思ってもみませんでした」

「こういう瞬間って?」

「何もしなくていい瞬間。私を私の中に押しこめるいっさいのものから解放される瞬間」

沙耶の目はずっと遠くを見ていた。瞳は陽のひかりを吸いこんだようにきらめいていた。

蓮司はその横顔をじっと見つめて、両手を広げたまま、ふいに芝生に倒れこんだ。仰向《あおむ》けになると、はるかに広い夕空が視界をいっぺんに染めあげた。

「藤宮さんも寝転がってみて。すごく気持ちいいから」

そう誘われて、沙耶はためらいがちにそっと仰向けに寝転んでみた。

草の柔らかい匂いがぐっと近くなった。空はうす蒼《あお》色に橙《だいだい》や朱や紫が入りまじって、彼方《かなた》まで幻想的に広がっている。視界の片隅には仄白《ほのじろ》い小さな月が淡くかがやいていた。美しい眺めだった。

横を向くと、すぐ近くに蓮司の顔があった。大自然に抱《いだ》かれたような感覚に陥《おちい》っていたためか、不思議と緊張はしなかった。ただとめどない幸福感が、沙耶の胸いっぱいに広がった。初めて経験する感情だった。

「このまま時が止まっちゃえばいいのに」

沙耶は無意識のうちに呟いていた。

「そうだね」

蓮司が優しい笑みを浮かべた。二人は少しの間見つめ合って、それからふたたび空に視線を戻した。徐々に蒼が深くなっていく空の下で、永遠とも儚《はかな》くとも感じられる時間が静かに流れていった。

四

美耶は暗澹《あんたん》たる気持ちでリビングの床に這《は》いつくばっていた。テーブルの下にポテトチップスのカスが落ちているのを見つけて、ティッシュで拭き取る。みんなが遊びに来た形跡を、跡形もなく消し去らなければならない。

ゴミや余った菓子はみんなが綺麗に持ち帰ってくれたから、ひとつも残らなかった。しかし、床に落ちた食べかすや髪の毛まで持ち帰ってもらうのは無理な話だった。

私、何が悲しくてこんなことしてるんだろう。

ティッシュをゴミ箱の奥深くにねじこみながら、底知れぬ絶望感に襲われる。

沙耶はまだ帰ってこない。卯月君と一緒にいるに違いない。もしかしたら卯月君の家に遊びに行ってるのかもしれない。叫び出したいような衝動に駆られ、頭をぐしゃぐしゃと掻《か》き乱しながらゴミ箱を思いきり蹴り上げた。呆気《あっけ》なく横転して、中からゴミが溢れ出る。

「ああもうっ！」

床に四つん這いになり、やけくそ状態で散らばったゴミを元に戻す。

「最悪最悪最悪最悪……」

久谷君は今ごろ香織と一緒にいるんだろうか。内緒にするとか言ってたけど、香織にだけこっそりバラすかもしれない。私に告白されたけど振ったと、自慢げに話しているかもしれない。香織がほくそ笑んでいる姿が目に浮かび、頭がカッとなる。

ママからの連絡もない。日中送ったＬＩＮＥがまだ未読だ。

どうせ恋人に現《うつつ》を抜かして家のことなんてすっかり忘れてるんだろう。ふだんは気が狂ったように私たちの行動を逐一監視したがるくせに。

片付けを終え、のろのろと階段をのぼっていき、自室のベッドに倒れ込んだ。

天蓋付きのベッドも高級なソファも、きらびやかなシャンデリアも美しいレースのカーテンも、空虚感をよけいに際立たせるだけだ。

どうしてこんなに可愛いのに、私は独りぼっちなんだろう。

沙耶とか香織みたいな陰キャのブスにイケメンの彼氏がいて、ママみたいな厚化粧のヒステリックなババアでさえ相手がいるというのに、どうして私は独りぼっちなんだろう。

横向けに寝転んで虚空《こくう》を見つめていたら、ふたたび涙が流れてきた。

こんなの、ありえない。絶対おかしい。

起きあがって母に電話をかける。留守電。沙耶にも電話をかける。留守電。苛立ちと焦燥感。少し悩んでから、蓮司に電話をかける。留守電。スマホを投げ出したくなるのをぐっと堪えて、電話帳をスクロールする。

蓮司以外に連絡先を知っている男子は二人しかいなかった。

井口と大森。

大森は完全に論外。だぶついた顎の肉や下品な笑い方を想像しただけで鳥肌が立つ。

井口でいいや。もう。

電話をかけると、ワンコールも経たぬうちに速攻で繋がった。

「えっ、藤宮さんだよねっ？　えっ！」

明らかに動揺を隠せないはしゃいだ声。街頭を歩いているようで、雑音混じりだった。

「うん。井口君さあ、今からうち来れない？　一人で」

「行く行く！　二秒で行く！」

「うん、よろしく」

応答を聞く間もなく、美耶はぷつりと通話を切った。ふっと息を吐き出し、ベッドに寝転んでスマホを投げ出す。

井口がやって来るまでの間、必死で井口のいいところを思い浮かべようと努めた。

中学時代はサッカー部のエースで、運動全般が得意。体育祭でも毎年クラス対抗リレーのアンカーを任されていた気がする。身長も一七〇センチは超えてるから及第点。顔だってイケメンとは言えないけど、まあ清潔感はある。見た目だけで好かれるタイプではないが、見た目だけで弾《はじ》かれるタイプでもない。

口は悪いけど男女かかわらず友達が多いし、コミュ力も高い。スクールカーストで言えば、卯月君や久谷君より全然上だ。比べ物にならないくらい、上。上、上、上……。

そんなことを繰り返し考えていたら、やがて玄関のチャイムが鳴った。

ドアを開けてやると、井口はわかりやすく興奮した様子で口元をだらしなく緩ませた。

「どうしたの、急に。いやメッチャ嬉しいけどさ！」

「んー、ちょっと寂しくて、喋りたいなって思っただけ」

「ガチっすか！　光栄です！」

「でもママに見つかるとやばいから、そんな長居はしてもらえないけど」

「全然大丈夫っす！　今こうやって一目見れただけで天にも昇る気持ちなんで！」

うるさいな。

でも、ここまであからさまに喜んでくれると気分がよかった。モヤモヤしていた胸が、少しだけすく思いがした。

「上がって」

美耶はさっさと階段をあがっていき、自室へと案内した。井口は、広やかな室内を見て、久谷がそうであったようにうろたえた様子を見せた。

「これ、藤宮さん一人の部屋？」

「うん。妹の部屋は隣」

「俺の部屋の五倍くらいある」

そう言って井口は感嘆《かんたん》の息を漏らした。同時に少し怖気《おじけ》づいたようだった。

所在なげに突っ立っていたが、美耶に促され、とりあえずといった様子でテーブルのすぐ横に腰を下ろした。

美耶は引き出しからグラスを取り出し、小さな冷蔵庫のそばにしゃがみこんだ。

「なんか飲む？　って言ってもまずいお茶か水しかないけど」

「まずいお茶？」

「うん。なんかいろんな葉っぱを磨《す》り潰して混ぜただけの苦いハーブティー。でもすごく美容にいいんだって」

「飲み物まで気ぃ遣ってるんだ。すげー」

「私じゃなくてママがね。食べ物も飲み物も全部管理されてるから」

美耶はグラスにミネラルウォーターを注ぐと、テーブルの上に置いて飲むように勧めた。誰かのために飲み物を用意してあげるなんて、人生で初めてのことだった。

井口は遠慮がちに頭を下げると、それを一気に飲み干した。

肩をこわばらせたまま沈黙する井口を見て、美耶は苦笑した。

「別にそんな緊張する必要なくない？」

「うん……そうだけど」

「こんなのおかしいって思ってるんでしょ。はっきり言っていいよ」

「まあ、正直子供部屋にしては何もかもあまりにも違和感があるというか、なんとなく誰かに見られているような気がして落ち着かないというか……」

井口が言いづらそうに答えると、美耶はどこか物憂《ものう》げな表情で視線を落とした。

「うちのママって変なの。娘のことを常に監視したがるし、何もかも自分の言うとおりにさせたがる。この部屋のインテリアも私が着てる洋服も髪型も、ぜーんぶママが決めたの。私に決定権なんてないの。

ママにとって私って、着せ替え人形でしかない。ドールハウスのお人形。だから勝手に動かれちゃ困るし、自分のお人形が他の誰かと遊んでたら嫌だから部屋に閉じ込めたがるし、傷がついたら大変だから過剰に保護したがる。自我を持たせないようにしたいんだろうね」

「それって絶対おかしいよ。大丈夫なの？」

心に押し込めていたことを吐き出してすっきりした美耶は、吹っ切れた様子で言った。

「大丈夫じゃないよ。でも、従うしかないじゃん。私を産んだのはママで、私を養っているのもママで、ママがいなきゃ生きていけないんだもん」

「でも、母親の所有物じゃないんだからさ、少しくらい自分の意見言ったほうがいいんじゃない」

美耶は半ば諦めたような冷めた視線を送った。

「もちろん言ってるよ。でも無駄なの。この家にいる限り、完全にママの支配下からは逃れられないから。両親が離婚する前はこんなんじゃなかったんだけどね。パパがママよりずっと若い女の子と浮気しちゃって、ママは捨てられちゃって、そっからおかしくなっちゃったの。昔は綺麗だったのに、今なんてやつれてシワシワだし。可哀想《かわいそう》だよね」

「それは可哀想だけど、子供にしわ寄せがいくのはなんか違くね」

「そうかもね。けど高級なスキンケア用品とか化粧品とかいっぱい買ってもらってるし、あんまり趣味じゃないけど、周りの子が絶対着られないようなハイブランドの洋服とかバッグとかいくらでも手に入るし、この見た目だって親の遺伝子のおかげだし、恵まれた立場ではあるわけじゃん。だから、多少の不便はしょうがないのかなって。大人になるまでの辛抱だし、折り合いつけてやっていくしかないと思ってるの」

後半はほとんど自分に言い聞かせるように喋っていた。だが、喋っているうちに苦しくなってきた。

大人になるまで、っていつまでだろう？　あと何年間、こんなに息苦しい生活を続けていかなきゃいけないんだろう。

今、こうやって話しているのも、実はどこかでママに監視されているのかも――。

静寂の中で、ピコンと電子音が鳴った。立て続けに四回。ベッドにほっぽってあったスマホから、ＬＩＮＥの着信だった。

美耶はゆっくりと立ち上がり、スマホを手に取った。

〈通報ありがとう。ママ、これから銀座でディナーなので探しにいけません〉

〈日付変わる前には帰れると思うけど〉
〈帰宅したら、すぐ折檻《せっかん》します〉
〈美耶は道を踏み外さないようにね〉

着信は母からだった。

美耶はLINEの文面を何度も見返して鼻で笑った。バカな沙耶。身のほど知らずなことして、呆気なくママにバレちゃった。これでおしまい。卯月君とは強制的に別れさせられて、卒業まで二度と誰かと外出することは許されないだろう。今は携帯のGPSだけで済んでるけど、これからは靴とかスクールバッグに盗聴器をつけて生活することを義務づけられるかもしれない。ママはそういう狂ったことを平気でするタイプだ。

それに、監視の強化だけではなく、手ひどい体罰も受けるに違いない。

中学二年生の頃だったか、沙耶がクラスで虐《いじ》められて成績ががくんと落ちたことがあった。あの時ママは何をしたか。虐めのことで沙耶を慰《なぐさ》めることも学校に訴えることもなく、ただ成績が落ちたことを執拗《しつよう》に責めただけだった。次のテストまで、毎朝四時まで勉強することを強要し、サボったり眠ったりできないように学習机と椅子の周りにワイヤーを張り巡らしていた。沙耶が少しでも体勢を変えようものなら、ワイヤーが皮膚に食い込んで切れるような仕組みだった。巨大な毒蜘蛛《どくぐも》の巣に捕らえられたかのように、微動だにせず身体を縮こまらせたまま、一心不乱に勉強する沙耶のか細い後ろ姿を、美耶は今でも鮮明に思い出すことができる。

あんなことが、今日また起きるかもしれない。そう考えると、美耶の胸をわずかに罪悪感がよぎった。

「大丈夫？　誰から？」

後ろから井口に声をかけられ、フッと現実に戻る。

「ママ」

井口は途端に顔をこわばらせ、立ち上がろうとした。

「俺、そろそろ帰らなきゃヤバイ感じ？」

「ううん。ママ夜遅くまで帰ってこないって」

そう言いながら、井口のすぐそばに腰を下ろした。肩が触れるくらいの距離だった。

井口は浮かしかけた腰を下ろし、心を落ち着かせるように何度も前髪を掻きあげた。

美耶は膝を抱えてぽつりと呟いた。

「沙耶……妹も帰ってこないし」

「ああ、卯月とデートだっけ。じゃあ夜遅くまで帰ってこないだろうね。あいつ一人暮らしだもん」

「えっ。一人暮らしなの？」

「単身者用の死ぬほどボロいアパートで暮らしてるって噂だよ」

「はぁ」

美耶は魂が抜けたように息を吐き出した。思い出したように息苦しさと胸の痛みが再燃した。二人で一緒に遊んだだけならまだしも、一人暮らしの麗一の家に沙耶が遊びに行っているのを想像すると、気が狂いそうなほどの嫉妬心が沸《わ》き起こってくる。さっき、一瞬でも罪悪感を覚えた自分が馬鹿みたいだ。

急に思い詰めた顔で黙り込む美耶を見て、井口は華奢な肩に遠慮がちに手を置いた。

「だ、大丈夫？」

「大丈夫じゃない」

震える声で呟くなり、美耶はわっと泣き出した。自分でも泣くとは思っていなかったので困惑したが、止めることができなかった。

井口は一瞬固まってしまったが、延々と泣き続ける美耶を見て、何か決心したかのようにそっと抱きしめた。

「俺じゃだめかな？　俺だったら絶対に藤宮さんのこと泣かせたりしないし、ずっとそばにいるよ」

美耶はとまどいながらも、受け入れようとしている自分に気づいた。実際、自分より身体の大きい男子に強く抱きしめられ、熱烈な告白を受けるのは今まで経験したことのない心地よさだった。その生身の体温や声が思考を麻痺《まひ》させ、悲しみや悔しさを徐々に消し去っていくようだった。それだけではなく、ふだん自分を縛りつけていた母の呪縛から、一気に解放されたような気分にさせてくれた。

美耶はだらんと下ろしていた両腕を井口の背中にまわして、その胸に顔を押しつけた。

二人はしばらく抱き合ったあと、どちらからともなく見つめ合い、キスを交わした。

五

十八時半を過ぎると、空が暗くなり始めた。遠景に連なる橙《だいだい》の明かりやネオンが蒼い海に反射して、波が立つたび目映《まばゆ》い光が鮮やかに揺れる。

草の匂いは冷たく冴えて、潮風もひんやりし始めた。

「そろそろ行きますかっ」

蓮司が勢いよく立ち上がって思いきり伸びをした。それに倣《なら》うように、沙耶も立ち上がって身体を伸ばした。勢い余って後ろによろけそうになったのを、蓮司がさり気なく背に手を当てて支えてくれた。

「すみません、ありがとうございます」

「謝る必要ないってば。夕飯、古田さん家で用意してくださってるみたいだけど、時間は大丈夫?」

「大丈夫です」

母はたぶん日付が変わるまで帰ってこないだろう。今まで何度も同じことがあった。いつも真夜中に酔っぱらって帰宅するのだ。朝の気合の入りようからして、今日もきっとそのパターンに違いない。

二人はまずひどい格好で眠り続けている麗一の元に近づいた。

蓮司がしゃがみ込み、その肩を強く揺さぶる。

「おい、起きろ朝だぞ」

「夜です」

沙耶がためらいがちに呟く。

麗一はウーンと唸《うな》ってから気怠そうに起き上がった。

「ずいぶん長いこと寝てたな」

蓮司が呆れたように言う。

「俺は一睡《いっすい》もしてないよ。ずっと起きてた」

「いや寝てただろ。ぴくりとも動かなかった」

「死んだふりしてたんだ」

真面目くさった顔で、麗一はポケットからおもむろにキッチンタイマーを取り出した。

「三時間二十八分だ。あんな風に生きているか死んでいるかもわからない体勢で砂浜に転がってても、誰も声をかけてこなかった。蓮司の位置からは俺が見えただろうけど、舗装路を行く通行人からは死角になってて死体は見えなかったんだ。検証成功だ」

「話が読めない」

「そういう依頼があったんだ。ミステリ小説を書いてて、死体が消えるトリックを思いついたんだけど、それが実現可能かどうか実験してほしいって」

「それで今までずっとやってたのか」

「ああ」

淡々と説明する麗一に呆《あき》れた視線を向けた蓮司だったが、沙耶が笑っているのを見ると、つられたように口元を緩ませた。

三人は、浜辺で未だに水切りに興じる志田とすみれ子の元に下りていった。

はしゃぐ二人の姿を薄目で見ながら、蓮司は首を傾げる。

「あの二人ずっと水切りしてたな。水切りって三時間半も潰せるほど奥が深い遊びだったかな。そもそも海で水切りってあんまり聞いたことないけどな」

「変わってるんだよ、二人とも」

「麗一にいちばん言われたくない台詞だよそれ」

近くまで寄ると、ちょうどすみれ子が石を投げているところだった。一般的な水切りのフォームではなく、ピッチャーのように大きく振りかぶって投げていた。

むろん石は跳ねることなく、ぽちゃんと覇気のない音を立てて荒波にのまれていった。

これは水切りでもなんでもない。ただの石投げだ。

蓮司は困惑した様子で傍《かたわ》らに立っていた志田に視線を向けた。志田はすみれ子に向けてスマホを翳《かざ》していた。

「志田、盗撮してるんじゃないだろうな」

麗一が眉をひそめて問いかけると、志田は心外そうに薄い唇をすぼめた。

「人聞き悪いなあ。スマホでお互いのフォームを撮影してただけだよ」

「フォーム？」

「うん。僕ら水切りの才能がないみたいで、全然跳ねないの。だから石が跳ねた回数で競うんじゃなくて、フォームの美しさで競うことにしたの」

「そうそう。今のところ志田君のこれが芸術点、技術点ともに最高得点なんだ」

投球を終えたすみれ子が嬉しそうに自分のスマホをみんなの前に差し出した。動画だった。志田が得意げに石を投げる姿が、スローモーションで映っていた。

「楽しそうで何よりです」

沙耶は苦し紛れに反応した。

「そうだね。楽しいのが一番だね。暗くなるしもう帰ろう」

呆れた蓮司が半ば強引に切り上げようとする。

「なんか変な奴ばっかりだな？」

麗一がボソリと呟く。蓮司はもう突っこむのも面倒になったのか、さっさと斜面を上がっていった。


十九時半ごろ、一行は古田家に到着した。

玄関を開ける前から、夕食のいい匂いがたっぷりと漂っていた。手洗いを済ませ居間に通されると、食卓の上にはハンバーグ、からあげ、ナポリタン……といった主役級の料理たちがところ狭しと並んでいた。すべておばあさんが作ってくれたものだった。

「さあさあ、皆さんたくさん食べてちょうだいね。今日は沙耶ちゃんのお誕生日だから、張り切って作ったのよ」

おばあさんに勧められるがままに、みな遠慮なく豪華な料理を頬張った。

沙耶は今まで年に数回、古田家の手料理をご馳走になっていたが、その美味しさにいつも震えるほどの衝撃を受けた。離婚してから、母は一度として沙耶のために手料理を作ってくれたことはないし、沙耶自身がキッチンに立つことも禁じていたから、手料理を食べる機会は調理実習か古田家以外になかった。

ふと顔を上げると、向かいで美味しそうにからあげを食べていた蓮司と目が合った。目が合うなり、蓮司はニコッと笑った。沙耶が好きな屈託のない爽やかな笑顔だった。

あれ。

こんなに幸せで大丈夫なんだろうか。

沙耶は急に怖くなった。

こんな幸せな一日は今までなかったし、自分の人生にあっていいはずもなかった。今後の人生のすべての運を使い果たしたような気さえし始めて、捉えようのない不安が胸に猛然と沸きたった。

ちょうどその時、玄関の扉ががらがらと開いた。

すみれ子の妹・さくら子が帰ってきたのだった。さくら子は居間にひょいと顔を出すなり、ちょっと困ったような視線を沙耶に向けた。

「沙耶さん、沙耶さんの携帯ね、私が出かける前ずーっと鳴ってたよ。伝えるのが遅くなっちゃってごめんね」

その言葉に、沙耶は弾かれたように立ち上がった。

「……すみれ子、部屋に携帯取りに入っても平気？」

「もちろん」

「ありがとう。さくら子ちゃんも、ありがとね」

消え入りそうな声で言うなり、沙耶はふらふらと襖の方へ歩いていった。

部屋の扉を閉め切って、恐る恐る携帯を開いた沙耶の目に飛び込んできたのは、着信履歴五十八件。ほぼ母で埋め尽くされていたが、美耶の名前もあった。十七時四十分から十八時七分にかけての局所的な着信だった。それ以降はぱったり途絶えている。

留守電も四件残っており、メールも十件近く入っていたが、怖くて見ることができなかった。とっさに電源を切ると、胸ポケットに押し込んで居間へ戻った。

「すみません、ちょっと急用で家に帰らせていただきます。今日は皆さん本当にどうもありがとうございました。すごく楽しくて幸せでした」

珍しく声を張り上げて、沙耶は深々とお辞儀《じぎ》した。指先がふるえていた。

すみれ子以外はみんな、呆気にとられた様子で彼女を見上げた。

蓮司が何か声をかけようとしたが、沙耶は鼻がつんとして涙が出そうでたまらなくなり、急いで居間を出た。

着替えを済ませ、玄関先で靴《くつ》を引っかけていると、紙包みを持ったすみれ子が駆け寄ってきた。

「これ、おばあちゃんと一緒に作ったバースデーケーキ。苺《いちご》のショートケーキに、粒あんが入ってるスペシャルバージョンだよ。小さく切り分けたの包んだから、家帰ったらこっそり食べて」

沙耶の胸はじんと熱くなった。

「本当にありがとう。こんな風に終わっちゃってごめんね。お洋服だって洗濯して返すべきだし、本当は市子《いちこ》おばあさんにもお礼が言いたかったのだけれど……」

おばあさんはあいにく風呂に入っていた。借りていた服をクリーニングしてから返すという沙耶の申し出は、すみれ子に頑《かたく》なに拒まれた。

すみれ子は沙耶の肩をぽん、と優しく叩いて笑顔を見せた。

「なーんも気にしないで！　うちらの仲じゃん。私もみんなも今日はめっちゃ楽しかったし、こっちこそありがとう」

「……うん」

嬉しさと悔しさで沙耶は涙声になった。すみれ子はその姿を見て心配そうな顔になる。

「本当に大丈夫なの？　やっぱり私も一緒に行って沙耶のお母さんに謝りに……」

「それはやめて」

沙耶はピシャリと言った。「もしお母さんがすみれ子にひどいこと言ったら、私お母さんのことどうにかしちゃうかも」

「どうにかしちゃうって……？」

すみれ子が首を傾げる。ちょうどそのタイミングで、居間の扉ががらりと開き、みんながぞろぞろと出てきた。

全員に仰々《ぎょうぎょう》しく見送られながら、その話は有耶無耶《うやむや》になったまま別れた。


県道までの細道は静かだった。遠くでうっすらと遮断機の鳴る音が聞こえる。他に歩く人はなく、さっき横を過ぎていった自転車が、数秒後には暗闇に溶けて見えなくなる。あんなに澄んでいた空気は、いつの間にかまた湿っぽくなって、容赦なく皮膚をむしばんでいく。通りの平屋の庭先に咲くクチナシが、湿気を含んでいっそう強い芳香を放っている。その匂いがやけに鼻につく。

沙耶はひとり静かに歩いた。

とっさに携帯の電源を切ったとき、知らんぷりして何食わぬ顔でみんなの元に戻ろうかとも考えたが、血眼《ちまなこ》の母が古田家に乗り込んでくるという悪夢が脳裏に浮かんできて、帰るほかなかった。

母はきっと、勉強会と偽《いつわ》って沙耶が遊んでいたことに気づいたに違いない。

それで怒り狂って鬼のように電話をかけてきたのだろう。

何十回かけても出ないものだから、携帯を古田家に置いてどこかに遊びにいったということまで、勘づいているかもしれない。

沙耶の背にずっしりと憂鬱がのしかかる。

速足だったのが、急に足取りが重くなる。

急いで帰らなきゃいけないのに、いや、本当は電源を切ったりせずにすぐ母に電話して謝罪するべきなのに、現実と向き合う気にどうしてもなれなかった。

なぜバレたのだろう？

私がみんなと遊んでいたのを、母が偶然見かけた？　その可能性は限りなく低い。銀座に行くと言っていたのに、あの時間帯に地元にいるわけがない。

とすると、誰かが見かけて母に告げ口したのだ。

背筋に冷たいものが走る。

そんなことする人なんて、たった一人しかいないじゃない――。

腹の底が鉛《なまり》のように重くなり、頭痛さえしてきた。

「藤宮さん」

名前を呼ばれ、振り返ると蓮司がいた。走ってきたようで、息があがっていた。

「滝君……」

「送っていくよ。暗いし」

そう言って蓮司はすぐ隣に並んで歩き始めた。

「えぇ……そんな、いいですよ……」

沙耶は動揺して、声がうまく出なかった。

「けど俺もこのまま帰るし、たぶん同じ方向でしょ。一緒に帰ろう」

あっけらかんとした口調で返されたので、沙耶もなんとなく気持ちが軽くなって頷いた。

自然と頬が熱くなったが、暗くて互いの顔が見えないのが多少緊張を和《やわ》らげてくれた。

「今日は本当にありがとうございました。夢みたいに楽しくて」

「それはよかった。俺もめちゃくちゃ楽しかったよ」

「すみれ子と二人で遊ぶ約束だったんですけど、駅についたら滝君と卯月君もいらっしゃったのでびっくりしました」

「古田さんがいろいろ考えて計画してくれたんだよね」

「そうなんですね」

軽く相槌を打って、はたと思い当たるところがあった。「そういえば私、卯月君から妙な依頼を受けていて、今朝伺《うかが》ったところ、今日のこれがその依頼に繋がっているような？」

「ああ、それね」

蓮司がかいつまんでわけを話すと、沙耶は驚いて肩をびくりとさせた。

「えっ、じゃあ卯月君のデートの練習相手って美耶だったんですか。というか、美耶って卯月君のこと好きだったんですか？」

沙耶の言葉に蓮司は戸惑いを見せた。美耶が麗一に好意を寄せていることを、当たり前に沙耶も知っているのだと思い込んでしまっていたようだ。

「うわっ、ごめん。俺軽率だった。今の話忘れて」

蓮司の慌てようが、問いかけに対する明らかな肯定《こうてい》のように思えて、沙耶は後ろ暗い気持ちになった。

知らなかったとはいえ、美耶の片思いの相手と、内緒で一緒に遊んだ。きっと、美耶の友人か誰かが偶然見かけて美耶に告げ口し、美耶が母に密告したのだ。

黙り込む沙耶の肩に、蓮司が優しく手を添えた。

「平気？　ごめんね、藤宮さんの気持ちも知らないでべらべら喋っちゃって」

「いえいえ」

石段を下りて県道に出る。車がひっきりなしに行き交う平坦な道をまっすぐ行き、線路沿いを抜けてゆるやかな坂を上れば、もう家だ。

足取りが徐々に重くなる沙耶を見かねたように、蓮司はいつも以上にからっとした口調で言った。

「今日、お母さんにはなんて言ってうちを出たの？」

「すみれ子の家で勉強会するって言って……」

「それで、外で遊んでたのがバレちゃったんだ」

「おそらく。怖くて折り返せてないんですけど、母からすごい件数の着信がありました」

沙耶はせっかく好きな人と二人きりでいるのに、絶えず母の影につきまとわれているのが辛くて仕方なかった。声が自然と沈んでいた。

「そう……」

蓮司は顎先に手を当て、少し口を噤《つぐ》んでから言った。「なんでバレたかにもよるけど、言い訳ならいくらでもできると思う。俺そういうのけっこう得意なんだ。だから家までついていって、藤宮さんのお母さんに俺から説明するよ」

「それはだめです！」

鋭《するど》い声に、蓮司は面食らって立ち止まる。

沙耶は強い口調で言った。

「滝君、お願いがあります」

「うん？」

「なんでも聞いてくれますか」

沙耶の雰囲気に気圧《けお》されたのか、蓮司は無言で頷いた。

「そうしたら、その電信柱に右手を当ててください」

蓮司は首を傾げながらも、指示されたとおり横にあった電信柱に手を当てた。

「それから目を閉じて、深呼吸を三十回繰り返してください」

「なんで？」

「なんでも。言うとおりにしていただけないと困ります」

蓮司は困惑した様子だったが、素直に目を閉じた。

その瞬間、沙耶はくるりと背を向けて、自宅へと続く道を全速力で駆けていった。

第四章　惨劇の夜

一

暗闇に浮かぶ白亜のお城。沙耶にとっては見慣れた監獄だった。坂道を上るにつれ、楽しい刻《とき》ものんびりした空気も美しい夕焼けも全部吸い込まれて萎《しぼ》んでいってしまうようだった。

沙耶は後ろを振り返って、蓮司がいないことを確認した。もう何十回もそうしていた。うまく撒《ま》けたようで、それだけが救いだった。

蓮司があの提案をした時、沙耶は身を引き裂かれるような恐怖心と羞恥心《しゅうちしん》に貫《つらぬ》かれた。蓮司が母と対面するなど、沙耶にとっては絶望でしかなかった。彼はきっと母がどんな姿で出迎えても、どんな悪態をついても、自分のことを軽蔑などしないだろう。それでも、自分の心が静まらない。なんとしてでも回避したく、苦し紛れにあんな妙案を思いついたのだった。

素直で人の好《よ》い蓮司ならうまく騙《だま》されてくれるだろうという予感がしたし、実際にそうなった。家が近づくにつれ、現実逃避的に今日のできごとが脳裏に去来《きょらい》する。

とりわけ、蓮司と二人きりで海辺の芝生に寝転んだこと。

母のいっさいを忘れ、幸せだった今日一日に思いを馳《は》せると、心が少しずつ落ち着いていく。

どうにか耐え抜こう。

母は怒り狂って私を半殺しにするかもしれない。

一生外には出してもらえないかもしれない。

それでも、どうにか耐え抜こう。

今日のこの思い出さえあれば、どうにでも耐えられるような、そんな根拠のない自信がわずかに芽生えてきた。

いよいよ自宅のある通りに出たとき、前から歩いてくる人影があった。

同い年くらいの男子。

すれ違う時、街灯に照らされて顔が見えた。

向こうは沙耶に視線すらやることもなく、変に高揚した様子で肩を揺らしながら過ぎていった。

しかし、沙耶は恐怖で身が縮こまる思いがした。

井口雅也。

はっきりと覚えている。中学生の頃、美耶と比べては沙耶をさんざん笑いものにしていた男子の一人だった。あの頃はほんとうに苦しかったが、彼にとってはもう思い出すこともないささいなできごとなんだろう。私は言われたこと一言一句すべて覚えていて、彼の名前も顔も、ずっと忘れられずにいるというのに。

苦く不快な気分だった。

もしかしてうちに来ていたんだろうか？

そういえば、美耶はうちで誕生日パーティーをするのだとはしゃいでいた。なぜ彼ひとりだけ、今この時間に帰ってゆくのだろう？

美耶が男子と遊ぶことを、母は断固として許さなかった。沙耶が勉強をサボるのと同じくらいの、禁忌《きんき》事項とされていた。

もし母が家にいたとしたら、井口のあの浮かれた様子とはどうにも結びつかない。母はまだ帰ってきてないのではないか。

予想したとおり、玄関の扉を開けても母の赤いミュールはなかった。ホッとして全身の力が抜けたが、叱られる時間が後ろにずれただけだと思うと、またすぐ気持ちが沈んでいく。

靴を脱いでいると、階段を降りてきた美耶と目が合った。

瞳が不思議に潤《うる》んで、ぐったりした顔をしていた。

今日のことを何か言われるかと思ったが、美耶は半《なか》ば魂が抜けた様子でリビングにふらりと歩いて行った。

沙耶はなんとなく不安な気持ちになった。

井口との間に何があったのか気になったが、気安く尋ねることもできない。

自室に入り、荷物を置き、深呼吸してから携帯の電源を入れた。

着信履歴はさっき見たままだった。どうやらずっと誰かと一緒で、合間に集中的に連絡を浴びせてきただけらしかった。

沙耶はもう一度深く息を吐き、恐る恐る母に電話をかけた。手が震えていた。

何コールか後、留守電に繋がった。身体が一気に脱力する。

もしかしたら、母は恋人と楽しい時間を過ごして、ずいぶんと幸福な気持ちでいるのかもしれない。上機嫌のまま帰宅するようなら、そこまで手ひどく叱られることはないかもしれない。そんな甘い考えが、沙耶の胸をよぎった。ほとんど願望に近かった。

ふたたび小さな画面を見つめると、すみれ子と蓮司から、無事帰宅できたかというメールが届いていたので、謝罪と感謝を織り交《ま》ぜて返信した。

時刻は午後八時半過ぎ。

母はまだ帰ってこない。きっと今も銀座か麻布《あざぶ》あたりにいて、恋人と楽しい時間を過ごしているのだろう。

狂ったように電話を寄こしてきたことだって、もう本人は忘れているかもしれない。

これ以上深刻に思い詰める必要はないのかもしれない。

せっかくの誕生日だもの。お風呂に入ってサッパリして、それからすみれ子が持たせてくれたケーキを食べよう。コーヒーも淹《い》れて。

沙耶にとって、それはすごく素敵な考えに思えた。

いそいそと立ち上がり、着替えの準備をする。気持ちがはやり、もらった紙包みに手を伸ばす。

包みを開けると、プラスチックパックの中に大きくカットしたショートケーキが入っていた。

真っ赤な苺。ふわふわの生クリーム。アルミホイルに包まれたロウソクまでついていた。

それから、可愛《かわい》らしいキリン柄の便箋《びんせん》も一緒に入っていた。

沙耶の心は途端に柔らかくあたたかくなった。

つい手を伸ばそうとして、ぐっとこらえる。

だめ。楽しみはとっておこう。

自分に言い聞かせ、鞄《かばん》の奥にケーキをしまうと、足早に階段を降りていく。

もう自室に引き返したらしく、リビングに美耶の姿はなかった。文句の一つでも言われるかと思ったのに、不思議な心地だった。

湯をたっぷり張り、久しぶりに一番風呂に入る。無断で入浴剤を使うと母の怒りを買いそうなので、やめておいた。

湯舟に肩までゆっくり浸《つ》かるのは、身体の芯まで洗われるようで気持ちよかった。ふだんは入浴時間は春夏十分以内、秋冬十五分以内と決められていたから、こんなふうに時間を気にせずに入れるのは幸せだった。

浴槽の縁《ふち》に頭をもたれさせ、どうにか悪い予感を消し去ろうとする。

きっと母が帰宅するまで二、三時間あるだろう。それまでの間は、母のこともこれから起こることもきっぱり忘れて、誕生日の夜を楽しもう。お風呂からあがったら、熱いコーヒーを淹れて、ケーキを味わって食べよう。そして、今日の思い出に存分に浸《ひた》るのだ。

こんなに楽しい日はもう、二度と来ないかもしれないから……。

そうして静かに目を閉じていると、大きな物音が外から響いた。瞬時に嫌な予感が胸を貫いた。

続けて、威圧するようなけたたましい足音が猛スピードで近づいてくる。

恐怖に全身の肌が粟立《あわだ》ち、浴槽の中で身動きが取れなくなる。

気の遠くなるような思いで身体を縮こまらせていると、洗面室の扉がバンッと開いて、次の瞬間には風呂場の扉が開けられた。

母の血走った眼がぎろりと沙耶を見下ろした。

「早く出なさい」

低い声で呟《つぶや》くと、すぐに浴室の扉を閉じた。恐怖に突き動かされるように、沙耶は浴槽から飛び出て、身体をいい加減に拭いてパジャマを着ると急いで洗面室を出た。濡れた皮膚に肌着が張りつくのが気持ち悪かったが、それよりも恐怖が勝った。

なぜ母はいつもみたいに怒鳴《どな》らないのか。

なぜこんなに早く帰ってきたのか。

さまざまな疑問が浮かんできたが、どれも突き詰めて考えるのは恐ろしかった。

リビングに突っ立ってこちらを見ていた母は、無表情のまま手招きして、二階の沙耶の部屋までついてくるよう指示した。

二階に上がると、廊下の壁に寄りかかっていた美耶と目が合った。野次馬のようだった。沙耶の怯《おび》えた姿を認めるなり、口元にいびつな笑みを浮かべて、鼻歌など口ずさみながら自分の部屋へ戻っていった。

母はずかずかと沙耶の部屋に足を踏み入れるなり、鞄をひっくり返した。

「あぁっ」

沙耶はたまらず声をあげた。ケーキの入っていた紙包みが、呆気《あっけ》なく逆さまに落下した。母が何か不潔なものでも扱うようにそれをつまみ上げる。

「これは何？」

「ごめんなさい、返してください」

くぐもった声は震えていた。母は神経質そうに右まぶたをひくつかせた。

「これは何？　って聞いているの」

「……すみれ子からもらったケーキ。お誕生日だから……」

「ママに勉強会だなんて嘘《うそ》ついて、ケーキ食って男とほっつき歩いてたわけね。自分がどれほど愚かしい行為をしたのか自覚してるの？」

「申し訳ありません。弁解の余地もありません。もうしません」

沙耶は完全に萎《しお》れてしまって、深々と頭を下げる。ケーキを人質に取られているのがひどく堪《こた》えていた。あの中にはすみれ子が書いてくれた手紙も入っているのだ。

「もう絶対に嘘はつかないと誓う？」

「誓います」

「大学受験が終わるまで、誰ともいっさい連絡をとらないで、毎日必ず予備校に通って起きてる時間はすべて勉強に充《あ》てると誓う？」

沙耶がわずかに言い淀むと、母は鞄から携帯を取り出して沙耶の足元にほっぽり投げた。

「壊しなさい」

「え……」

「携帯は必要ないわ。もう誰とも連絡とらせないもの。アマゾンでGPS付きの防犯ブザーを頼んだから、明日からはそれを持たせてあげる」

困惑して口を噤《つぐ》む沙耶に、母は容赦なく言い放つ。

「このケーキ捨てるわよ。……あら、中に手紙も入ってるのね。これも一緒に捨てるわよ。嫌なら十秒以内に壊しなさい」

沙耶はほとんど反射的に携帯を拾い上げ、それを思いきりパキンと折った。驚くほど容易《たやす》く、真っ二つに分断された。破片がパラパラと床に落ちる。

「……これで許してくれますか」

「いいこと」

母は真顔で頷《うなず》くと、うなだれる沙耶の横をするりと通り過ぎていってしまう。ケーキの包みを持ったまま、ドンドンと足音を響かせて、階段を降りていく。

沙耶は慌ててその後を追った。

「お母さん、ケーキは返してくれるって言ったじゃない」

「返すわよ」

振り返ることもせずリビングを抜け、洗面室横のトイレの戸を開ける。きつい芳香剤の香りがむんと漂ってくる。

母は無言で紙包みを破り、プラスチックパックの蓋《ふた》を開けた。ぐしゃりと崩れたケーキがトイレの空気に晒《さら》された。

「こんなもの、本当に食べるの？」

「うん。だから、お母さん……もう返して……」

腕に縋《すが》りつこうとする沙耶を振り切って、母はケーキをぼとりと便器の中に落とした。丸く張った水の中で、生クリームが分離し、スポンジがふやけ、粒あんが沈み、苺が虚《むな》しく浮かんだ。

沙耶はショックのあまり言葉を失った。おばあさんの優しい顔や、深く皺《しわ》の刻まれた小さな手が思い出され、涙がにじんだ。途轍《とてつ》もない罪悪感で頭が変になりそうだった。

「ほら、食べなさいよ」

「何を……」

「返してあげたんだから、食べなさいよ」

「…………」

「自分で食べるって言ったのよ、あなた。さっき、ママに絶対に嘘はつかないって誓ったわよね。

もう裏切るつもり？」

沙耶は絶望的な視線を便器に向けた。生クリームが溶けて、水は白濁していた。芳香剤の臭いと相まって吐き気がした。

「でも、この状態のを食べるとは言ってないから……」

「あら、屁理屈言うつもり？」

母は怖いくらい落ち着き払った様子でカーディガンからスマホを取り出した。そして便器の中を何枚も写真に撮った。

「ねえ沙耶。私、古田すみれ子さんの連絡先知ってるわよ。この前あなたの携帯を調べた時、メールアドレスを自分のにも登録しておいたの。きちんと食べてママとの約束を守りなさい。それができないなら、この写真あの子に送るわ。〝ひどい味で、私も娘も食べられたものじゃないのでトイレに捨てました。どうしたらこんな不味《まず》いもの人にあげようと思いつくのかしら〟って文面に添えて」

沙耶は目を見開いて、唇をがたがた震わせた。言葉も出なかった。

母は沙耶の小さな後頭部を左手で引っつかみ、そのまま便器の前に跪《ひざまず》かせた。

「ねえ、私本当にやるわよ。あの子どんなに傷つくかしら」

沙耶の頭がカッと熱くなった。

私のために一生懸命作ってくれたケーキ。

こんな風にトイレに捨てられているのを見たら、どれだけ傷つくだろう？

右手が無意識に便器の中へと動いた。濁った水の中に一気に沈ませ、底に沈んだ餡をつかむ。それを掬《すく》いあげ、口に含んだ。冷たくふやけた味がした。

それ以降の記憶が、沙耶にはほとんどない。

ときおり激しくむせながら、残骸を掬い上げては口に含む。機械的に喉《のど》の奥へ流し込む。その繰り返しだった。固形物をすべて食べ終えるまで、母はずっと後ろに突っ立っていた。食べ終えた後にふらりと立ち上がった沙耶の目の前で、母はすみれ子の手紙をびりびり破り裂き、便器の中に捨て、濁った水とともに勢いよく流した。

そうしてすべてが跡形もなく消えた。

沙耶は頭が熱っぽく耳鳴りや胸のむかつきがひどくて、もはや抗議する気力もなかった。ただ悲しくて悲しくて仕方なかった。

洗面室で口をゆすぎ、自室に戻ってむせび泣いた。

時刻は二十一時半を回っていた。

二

美耶は軽くシャワーを浴び、コップ一杯の水を飲むと、もう疲れてしまってそのままベッドに倒れこんだ。ストレッチもマッサージもする気になれなかった。

スマホを手に取る。ちょうどＬＩＮＥが入った。

〈今日はありがと♪　また遊びに行くね〉

「ばーか」

すっかり白けた美耶は、画面に向かって小さく呟いた。

井口には何度もキスをされたり、強く抱きしめられたりした。その時はいい気分でいたが、別れた後冷静になると疲労と虚しさだけが残った。あのうっとりしたような目も、唇に残った感触も今ではすごく気持ちが悪い。

付き合うことになったんだっけ。

両手を頭の後ろに置き、長い素足を放り出す。さらりと頭上を覆う天蓋《てんがい》を見つめる。

「めんどくさ……」

口に出すといっそうその気持ちが強くなった。

なんであんな格下なんかと。私ちょっとどうかしてたな。

弾みをつけて上体を起こし、ベッドの上であぐらをかく。ふわふわと柔らかい髪を雑に掻《か》きあげる。

沙耶ごときが卯月君と二人でデートしたのに、なんで私はあんなのと。

帰宅した沙耶はなぜか制服を着て髪の毛もいつもみたいに下ろしていたけど、薄づきの化粧をしていた。ママにバレないようにするため、わざわざ制服で出かけてどっかで着替えてカモフラージュでもしたつもり？

そもそも、あんなにひらひらしたワンピース、あの子持ってたっけ。

あらためて、愛理から送られたあの写真を見る。

並んで歩く二人。沙耶を見つめて優しく微笑《ほほえ》む麗一。右手は沙耶の肩に触れている。

必死に消し去ろうとしていた醜《みにく》い嫉妬心が、美耶の胸に猛然と沸き起こってくる。

長いこと壁に耳を張りつけて、どうにか二人の会話を盗み聞きしようとしたが、この部屋は防音がしっかりしているのかほとんど何も聞こえなかった。母の怒りが飛び火してきたらと思うと、うかつに覗くこともできなかった。

母が帰宅してしばらく経《た》つが、怒鳴り声ひとつ聞こえてきやしない。

いったいどうしたというのだろう？

なぜ沙耶のことを叱ってくれないのだろう？

もう二度と立ち直れないくらいまで、叩きのめしてくれればいいのに。

そうすれば私も気が晴れるのに。

苛立ちで落ち着かず、やけに喉が渇いて、何度も水を飲んでしまう。何も考えたくなくて、ＳＮＳでも徘徊しようとスマホに手を伸ばすと、母からＬＩＮＥの着信があった。

動画だった。

トイレにへたりこむ沙耶の後ろ姿――。

美耶はなんとなく気味悪さを感じながら、好奇心もあって動画をタップした。

そこには、便座にへばりつき、便器の中に手を突っ込み、水に沈んだ何かの残骸をすくいあげて口元に運ぶ沙耶の姿が映っていた。残骸がなくなるまで、その動作は続けられた。

あまりにもおぞましい映像に、美耶は反射的にスマホを投げ出した。ひどく混乱して、頭が真っ白になる。

は？　何やってんの。なんでこんなことしてんの。ありえない。意味わかんない。

いろんな感情がいっぺんに流れ込んできて、気がおかしくなりそうだった。

映像は脳内で何度もリピートされ、胸が異様にむかついてくる。

スマホがまたピロリと鳴った。立て続けに三回。

〈お仕置き完了〉

〈美耶もママを裏切ったら絶対に許さないからね〉

〈ママ、美耶のことだけは信じてるから〉


恐怖で身体が芯から震えた。

「ありえないよ。やばいよこの人。頭おかしいって」

わざと軽い感じで声に出したが、もう恐ろしくて仕方なかった。ほんの少し前まで、沙耶のことを打ちのめしてくれればいいと思っていたが、あんなのはいくらなんでもやりすぎだ。

率直に胸糞悪くて不愉快だった。

「ありえない。ほんとありえない……」

美耶はうわ言のように呟きながら、バスルームまで歩いてゆき、冷たい水を顔全体に何度も浴びせた。


〈美耶もママを裏切ったら絶対に許さないからね〉


ぞおっとした。全身に隈《くま》なく鳥肌が立った。強迫観念に駆られたように、今日一日のことを鮮明に呼び起こす。

むろんみんな母が出かけた後に来たし、母が帰宅するまでに帰っていった。ゴミは全部持ち帰ってくれたし、形に残るようなプレゼントはいらないと釘《くぎ》をさしておいたからその心配もなかった。

みんなが帰宅した後、舐めるように床を磨いた。何一つ証拠なんてない。バレるはずがない。大丈夫。大丈夫。

鏡に映る蒼ざめた顔に何度も言い聞かせ、バスルームを後にする。

ハーブティーを淹れ、ソファに深くもたれて、ファッション誌を手に取ったが落ち着かない。

やけに静かなのが怖かった。

沙耶はもう部屋に戻ったのだろうか。

あんなにひどいことをさせられて、正気を保っていられるものだろうか。

もし沙耶が壊れちゃったら、ママからのプレッシャーは全部私に来るのか。それとも、さすがのママも反省して考えを改めるのか。沙耶が壊れてしまって、ママが娘に対する異常な束縛をやめたら、私にも卯月君と付き合えるチャンスがめぐって来るんだろうか。

美耶は願望めいた甘い予感に縋《すが》ろうとした。だが、空想に耽《ふけ》る間《ま》もなく階下から獣《けもの》じみた絶叫が響いた。

「ああああああああっ！」

美耶は反射的にソファから飛び上がった。

誰？　ママ？

だとしたら、なんで――。

ものすごい勢いで階段を上がってくる足音。突き破るように扉が開いて、歯を食いしばり目を血走らせた母が現れた。異様な形相《ぎようそう》だった。

美耶は恐怖のあまりソファの横に突っ立ったまま硬直した。心臓が破裂しそうなほど動悸が激しい。

「ママ……？」

一直線に近づいてきた母は、美耶の薄い両肩を乱暴につかんだ。こんなことは今までになかった。美耶の身体を傷つけるようなことなんて。割れそうな痛みに顔を歪める美耶に、母は額が触れ合うまで顔を近づけた。そして、視神経がブチブチちぎれそうなほど目玉をひん剝《む》いたまま鼻息を荒くしてまくし立てた。

「美耶あなたなんてことしてくれたの取り返しのつかないことをしてくれたわねもう人生おしまいよ」

言っている意味が理解できなかった。ただ恐怖で震えが止まらなかった。

母は気が触れたようにフーッ、フーッと激しく息を吐き、肩を上下させ、瞳孔《どうこう》の開いた目玉をギョロギョロ動かしながら涙を流した。

殺される。

美耶は本能的に察知し、大声で叫ぶと、母が怯《ひる》んだ一瞬の隙にその手から逃れようと身をよじった。だが母は獲物を狩る獣のようにすばやく美耶の身体を引っつかんで壁に背中を押しつけた。足がテーブルにぶつかった弾みでティーカップが床に落下する。耳障りな音を立て、熱い液体が勢いよく飛び散る。

壁まで追いこんだ母は、美耶の細く柔らかい首を両手で鷲《わし》づかみにした。そして、握り潰すように力をこめた。

殺される。

殺される！

美耶はパニックになり必死でもがいたが、首を絞める母の力はどんどん強くなっていく。母は顔

中真っ赤にして咽《むせ》び泣きながら、

「どうしてママこんなに頑張ったのにどうして勝手なことするの全部ママのおかげなのよママの努力ぜんぶ台無しにしてもう終わりだわ全部終わり美耶を殺してママも死んでやるもう全部終わりだものあんたのせいで」

呪詛《じゅそ》のように繰り返す。

美耶は遠のく意識のなかで、必死に助けを乞うた。

誰か。誰か助けて。誰か。

殺されるようなことなんて一つもしていない。こんなの理不尽すぎる。こんなの――。

鈍《にぶ》い打音。

喉を締めつけていた両手が離れた。

美耶はその場に崩れ落ちて激しく咳《せ》き込んだ。涙や鼻水や唾液がぼたぼたと床に零《こぼ》れ落ちる。

気配を感じて前を見ると、横倒しになった母と目が合った。その目玉がぎょろりと動いた。

「ひっ!」

のけぞる美耶の腕を、誰かが強く引っ張った。顔をあげると沙耶がいた。左手に、きらびやかな装飾がほどこされた円筒形の置時計を持っていた。

「早く!」

急《せ》き立てられても膝が震えて立ち上がれない美耶の身体を、沙耶が抱きかかえる。その美耶の右足を、横たわったままの母が凄《すさ》まじい力で引っ張った。沙耶は信じられないほどの俊敏さで、起き上がろうとする母の額を再び殴《なぐ》りつけた。力が緩み右足が自由になると、美耶は沙耶の手に引かれるまま部屋を飛び出した。

転げるように玄関を出ると、二人は手を繋いだままあてもなく走った。立ち止まったら母に捕まって引きずり戻され、二度と生きて出られないような気がした。

坂道を下り、線路沿いの細道を抜け、集合住宅裏手にあるひっそりとした公園に辿《たど》り着くと、ようやく立ち止まった。ポプラの木がそよめき、ブランコが小さく揺れている。誰もいなかった。

二人は花壇の横にあったベンチに並んで腰を下ろした。木板は固くひんやりした。着の身着のまま逃げてきたものの、沙耶はTシャツにジャージのズボン、美耶は無地のワンピースという出で立ちなので、そう浮くこともない。そもそも、途中に人の姿はほとんどなかった。

重い沈黙を破ったのは美耶だった。

「ありがと、助けてくれて」

「ううん。遅くなってごめん。美耶の叫び声が聞こえて、やばい、と思ったけど怖くてすぐに動けなかった」

「沙耶、殴ったんだ。ママの頭」

「うん、手近に置時計があったから……衝動的に」

「これからどうすんの？」

美耶の問いかけに、沙耶はうつむいたまま口を噤《つぐ》んだ。そして消え入りそうな声で言った。

「部屋を飛び出る時、一瞬だけ後ろを見たの。お母さんすっかり起き上がってて、目つきも鋭かった。軽傷だったみたい……」

「それで……？」

「今ごろ、街中を血眼《ちまなこ》になって私たちのこと探してるか、家で帰りを待ってるか。この時間だから、後者のほうが可能性が高いと思うけど」

「死んでないかな」

「え？」

「ママ私の首を絞めたとき言ったの。私を殺してママも自殺するって。それで、一人で死んでくれてたらありがたいんだけど」

不謹慎だと咎《とが》められるかと思ったが、沙耶は予想に反して、

「そうだね」

と頷《うなず》いた。

それから、

「でもしぶとく生きてると思うよ」

遠い目で付け足した。

美耶はまだじんじんと痛む首筋を指先で撫《な》でながら、途方に暮れた声で言った。

「じゃあ、帰ったら殺されちゃうじゃん」

「うん、だから帰らない」

「何。家出でもすんの？」

「ううん、警察に通報して保護してもらうの。家の近くにコンビニがあるでしょう。あそこ、家庭科の山村《やまむら》先生のご両親がやっているの。今もいるはずだよ。事情を話して電話を貸してもらおうよ」

すらすらと述べて、立ち上がる沙耶。だが〝警察〟という言葉に怯えて、美耶はその腕を強くつかんで引き止めた。

「警察になんて言うわけ」

「正直に全部言うの。これまで受けた仕打ちのいっさい、今こうして美耶が首を絞められて命からがら逃げだしてきたことも全部。ああ……、もっと前にこうするべきだったのに。どうして今まで耐えてきたんだろう？　きっと洗脳されてたんだよね、私たち」

一人で納得する沙耶を横目に、美耶は激しく動揺した。

「そんな簡単に言って……だいたい、沙耶がママを殴ったことはどう隠すの？　絶対バレちゃうじゃん。証拠あるんだし」

「隠せるわけない。素直に言うよ。正当防衛になるから大丈夫だよ。美耶がありのままきちんと証言してくれれば、なんてことないから」

沙耶は涼しい顔で言った。吹っ切れた様子だった。

「それでママはどうなるの」

「殺人未遂で逮捕されるでしょう。お父さんにはもう別の家庭があるし、私たちは施設に入るんじゃないかな」

「そんな。あの家にはもう暮らせないの？」

「うん、だってあれはお母さんの名義でしょう」

「施設なんて絶対嫌。無理」

「じゃあお父さんに相談してみようか。アパートとかを借りて暮らせるように」

「賃貸アパートなんて絶対嫌。今の環境を手放すなんて無理」

「じゃあどうすればいいの？　あの環境にはもれなくお母さんがついてくるんだよ。月並みなこと言うけど、何かを得るためには何かを犠牲にしないと」

沙耶が冷静に諭せば諭すほど、現実味が増してきて、美耶は半ばパニックに陥《おちい》った。

白亜の邸宅。広やかで美しい部屋。自分専用のバスルーム。高級なスキンケア用品。新作のコスメ。クローゼットいっぱいのハイブランド。誰もが羨望《せんぼう》の眼差《まなざ》しを向ける美しいお姫様に、必要不可欠なものたち。

すべてがむざむざと切り裂かれていく幻影に、美耶の胸を鋭い恐怖が貫いた。

絶対嫌。

今の生活を手放すなんて、絶対に無理。

沙耶の腕に必死に縋りついて言った。

「ねえ、やっぱり無茶だよ。今の生活を捨てるなんて無理。二人で土下座して謝ろうよ。ママだってうちらがいなくなったら絶対困るもん。きっと許してくれるよ。今は冷静になってて、さっきあんなことしたの後悔してるはずだよ」

沙耶は信じられないといった様子で目を見開いた。

「何言ってるの？　自分がさっき何されたかわかってるの？　私が止めなかったら、あなた殺されてたかもしれないんだよ」

「そうだけど、でも……。沙耶はいいの？　今までみたいに勉強できないよ」

「いいよ。清々《せいせい》するもの」

「自棄《やけ》になんないで、ちゃんと考えてよ。ママが逮捕されたらうちら終わりだよ。だって犯罪者の娘になるんだよ？　どうすんの、これからの人生。就職とか、結婚とか……まともにできる保証あんの？」

問い詰められて、沙耶は言葉に詰まってしまう。

「ママのことどうにかして追い出せないかなあ」

美耶はぽつりと呟くと、また沙耶の両腕に縋った。

「ねえ、もう一回ちゃんと考えようよ。このまま家に戻ったら、最悪ママに殺されちゃう。許してもらえたとしても、今まで以上に地獄みたいな日々が待ってる。警察に言ったら、ママからは解放される。けど全部失って、おまけに犯罪者の娘っていうレッテルを貼られる。どっちにしても、うちらガチで絶望的な状況だよ」

「それはわかるけど、だからってどうやってお母さんのこと追い出すの？　あれはあの人の家なんだよ」

沙耶が諦めたような口調で言うと、美耶は苛立《いらだ》ちを隠せぬ様子で息を吐き出した。

「だからさあ、それを今から考えるんじゃん。沙耶、学年トップでしょ。いくらでもうまいやり方思いつくでしょ。ねえ、はなから諦めないでさあ、よーく考えてみてよ。何かあるでしょ？　ねえってばぁ」

駄々っ子のような美耶の言葉に、沙耶はベンチに腰を下ろしてうなだれた。

風が強くなってきて、頭上で鬱蒼《うっそう》とした樹々がざわめいている。遠くでクラクションやバイクのエンジン音が鳴り響く。

しばらく押し黙っていた沙耶は、やがてゆっくりと顔をあげた。すぐ目の前に立っていた美耶と目が合う。

美しいガラス玉がふたつ、夜の闇を透かして光っている。

沙耶は得体《えたい》の知れない幻惑にとらわれたように、静かに口を開いた。

「ないことも、ないかもしれないね」

三

隣には沙耶がいる。私の知らない沙耶が。

朝陽に照らされた横顔は凛《りん》として、目の前の光景をただじっと見つめている。ときおり吹く冷たい風が髪を揺らし、頭上で草木がささやく。それ以外は、すべてが静止しているようだった。

私は沙耶が怖い。どうしてこんなにも冷静でいられるのだろう。

窓ガラス一枚隔《へだ》てた向こう側に、ママの死体があるというのに。

姉妹は邸宅の庭に並んで立っていた。すぐ目の前に母の寝室があった。

美耶は震える指先で赤い目をこすりながら、沙耶と同じ方向に視線を戻した。

ドレープカーテンが開け放たれた、大きな掃き出し窓。

その窓の向こうに母が見える。

シャンパンカラーのリクライニングチェアに横たわり、穏やかな表情で目を閉じている。耳元で輝くダイヤのイヤリング、グレイッシュカラーのパーティードレス、ファンデーションを厚く塗った白い顔に艶《あで》やかなボルドーのリップ。袖机にはバカラのワイングラス。

周囲の床には零れ落ちた赤ワインが広がっていて、色鮮やかな美しい花々が、幻想世界を想わせるほどたくさん散らされていた。

窓枠を額縁に見立てれば、一枚の美しい絵画のようだ。

母の首に二重に巻かれ、赤黒い皮膚にめり込んでいる、あの電源コードさえなければ。

やがて葉擦れの音と小鳥のさえずりをかき消すように、遠くからけたたましいサイレンの音が聞こえてきた。美耶の身体に強い緊張が走る。無意識に隣にいた沙耶の手を強く握った。沙耶は優しく握り返してくれた。氷のように冷たいのに、なぜか不思議な安心感に包まれた。

第五章　惨劇の後

一

6月20日（月）　神奈川○×新聞　朝刊

鎌倉の邸宅　女性死亡　事件と自殺両面で捜査

　19日午前5時半ごろ、神奈川県鎌倉市山ノ内《やまのうち》の住宅に住む次女から「母親の意識がない」と119番通報があった。救急隊が駆けつけたところ、この家に住む女性（42）が寝室で死亡しているのが発見された。

　司法解剖の結果、死亡推定時刻は18日21時から24時頃で、死因は頸部《けいぶ》圧迫による窒息死。県警によると、女性は電動リクライニングチェアに仰向《あおむ》けで横たわっており、首には電源コードが巻きついていた。後頭部と額《ひたい》には、軽度の裂傷が見つかった。当時部屋の扉と窓には鍵がかかっており、救急隊が窓ガラスを割って室内に立ち入ったという。県警は、事件と自殺の両面から捜査を進めている。


朝七時半ごろ。寝ぼけ眼《まなこ》をこすりながら蓮司が階下に降りていくと、居間の様子が変だった。いつもはワイドショーを見るともなしに垂れ流しているのに、今日は静かだ。ソファに腰かけた父は新聞を開いたまま硬直し、台所の母はいくぶんか蒼ざめた顔をしている。

「おはよ。どうしたの？」

蓮司が声をかけると、食器を洗っていた母は蛇口の水を止めた。蓮司と目を合わせると、悲痛な面持《おもも》ちで言った。

「大変なことが起きたのよ」

「また大げさな」

「違うの、本当に。お父さん、新聞を見せてあげてちょうだいよ」

蓮司は父から新聞を受け取り、その記事に目を通した。

「すぐ近くだね。もしかして母さんの知り合い？」

「藤宮さんって、同じ学校でしょう。そこのお宅で起きたそうよ」

蓮司は激しい衝撃を受けた。

「そんな。そんなことはどこにも……」

「今朝ママ友のグループＬＩＮＥで知ったの」

「その人の勘違いとかじゃなくて？」

「藤宮さんのすぐ近所に住む人が、救急車やパトカーが停まっているのを見たんだって。ひょっとして蓮司のお友達？」

「双子の姉妹で、妹さんは同じクラスだから……」

コーヒーをすすっていた父が顎《あご》をさすりながら呟いた。

「まあ、こう言ってはなんだけど、お子さんが無事なのが不幸中の幸いだよ」

「そうねえ……。それにしても不安だわ。まだ犯人が見つかってないんでしょう」

「この記事を見るに、自殺の可能性が高そうだけどね」

「どちらにしても辛い話だわ。蓮司、今日は母さんが学校まで車で送ってくからね」

「えっ、いいよ」

「だめよ。もし殺人事件だったら、まだ犯人がそこらへんにいるかもしれないんだよ。一人で歩かせたりなんてできない。中学校はすぐ臨時休校の連絡が来たのに、高校からはなんの連絡もないんだから……」

母はぶつくさ言いながら食器洗いを再開した。

蓮司は食卓につき、目玉焼きをつついたがまるで食欲がない。オレンジジュースを飲み干すので精一杯だった。

事件と自殺双方の可能性がある、というのはどういうことだろう。

藤宮さんの母親が、誰かに首を絞められて殺害された可能性があるということか。

蓮司は無意識に一昨日《おととい》のことを思い返す。何か自分が関係しているような気がしてならなかった。もし、帰り道必死で追いかけて家までついていっていれば。もし、一緒に遊んだりしなければ。こんな悲劇は起きなかったのではないか？　自分にも少なからず責任があるのではないか？

そんな自問自答が幾度も繰り返され、すさまじい良心の呵責《かしやく》に苛《さいな》まれた。

「大丈夫？　今日は学校お休みしようか」

母が肩に優しく手を置く。

「ううん、大丈夫」

自室に戻って制服に着替え、少しためらったが沙耶と美耶の両方にメッセージを入れた。直接電話をかけるのは憚《はばか》られた。


〈何か力になれることがあれば、いつでも連絡ください〉


身支度を整えていると、玄関のチャイムが鳴った。

麗一だった。若干顔色は悪いが、ごく落ち着いていた。ふだん一緒に登校することなどなかったので、蓮司は面食らった。

「おはよう。何？」

「何、ってひどいな。心配だから一応来たんだ。一緒に登校したほうが安心かと思って。古田さんにも連絡したけど、彼女は体調悪くて休むみたい」

「そう。志田は？」

「志田？　あいつは……まあ、いいだろう」

麗一が言葉を濁していると、台所から母がぱたぱたスリッパの音を響かせてやってきた。

「あら、ちょうどよかった。麗一君も乗って行きなさいよ」

「母さんいいってば。もう父さんも家出るだろ？　花梨ひとり家に残る方が不安だよ」

蓮司の言葉に、母はハッとした表情を見せた。

「それもそうね。そうしたら、気をつけていってらっしゃいね」

通学路はいつもとなんら変わらない風景だった。大通りに出るまで、人はまばらだ。立ち並ぶ住宅から、味噌汁の匂いが漂ってきたり、テレビの音が漏れてきたり、目覚ましの音が響いたりする。たまにカラスが鳴く。

薄い雲間から柔らかい陽射しが降りそそぎ、風も冴えていて気持ちのいい朝だった。早くも梅雨明けの気配がした。

「なんか全然実感わかないけど、事実なんだよな」

蓮司がうつむいたまま呟く。麗一は澄ました顔で頷いた。

「こんな閑静な住宅街で殺人が起きるとは考えてもみなかった。ましてや被害者が藤宮さんの母親だなんて」

「なんで断定的な口調なんだ。自殺の可能性のほうが高いだろ」

「……新聞読んでないのか？　次女は通報時に母親の様子を意識がないと伝えている。一方で、救急の人は窓ガラスを割って室内に入っている。つまり現場が密室状態でありながら、中の様子を窺《うかが》い知れる状況だったわけだ。きっと窓のカーテンが開いていたんだろう。確実に自殺を遂《と》げられるよう、なるべく第三者からの発見や救助を遅らせたい。そのために自分の寝室に閉じこもって鍵をかけて自殺したのなら、なぜシャッターやカーテンは開けっぱなしにしたんだ？」

「庭の景色が気に入っていて、それを眺めながら死にたかったとか」

「死んだのは夜だぞ」

「じゃあなんだって言うんだ」

「密室をつくったのはもちろん、自殺と見せかけるための偽装工作だよ。カーテンを開けていたのは、自殺を裏付けるべく、密室状態で確実に死んでいることを第三者に目撃させたかったからだ。

それにしても藤宮さんの行動は不可解だな。ふつう肉親が生死のわからない様子でぐったりしてたら、おちおち隊員なんか待ったりせず自分で窓ガラスを蹴破っていきそうなものだけどな。強化ガラスでも使われていたのかな」

「おい、もしかして藤宮さんのこと疑ってるのか？」

「客観的な事実だよ。いずれにせよ、縊死《いし》なんてポピュラーな死に方でこんな詳細記事が出る時点で、他殺の線が濃厚だ」

「たった一つの新聞記事でたくましい妄想力だな。呆《あき》れるよ」

「妄想じゃなくて推測だよ。こんな興味深い事件が身近で起きたとなれば、関心を抱かずにはいられないさ」

淀みなく喋《しゃべ》る麗一を、蓮司は訝《いぶか》しそうな顔で見上げた。

「全然平気そうだな」

「え？」

「俺はちょっと……いやかなり責任を感じてるんだけど」

今度は麗一が眉《まゆ》をひそめた。

「なんで」

「なんでって……事件があった日、藤宮さんの母親に内緒で一緒に遊んだじゃん」

「その理屈はおかしいだろう。俺らが遊んでいる間に亡くなったならまだしも、藤宮さんと別れてからおよそ一時間以上後の出来事じゃないか」

「そうだけど。もし自殺だったら責任があるだろ。娘が嘘《うそ》をついて出かけたのがショックで、衝動的に自殺をはかったのかもしれない」

「それもおかしいだろ。百歩譲って、娘が家出して何週間も帰ってこないとか、不良とつるんで非行に走ったとかならまだしも。たった一日、高校生の娘が勉強サボって友達と遊んでただけで首吊るほどのショックを受けるなんて、信じがたい。そんなの命がいくらあっても足りないよ。万が一そうだったとしても、そんなこと誰も予測できるわけないんだから、誰の責任でもないだろ」

そう言われるとそうなのだが、蓮司はなんとなく胸のわだかまりがとれなかった。


学校が近づくと、登校する生徒の中には親が付き添っている人もちらほら見られた。校門の前には、三年の学年主任と教頭が硬い表情で立っていた。

蓮司は心のざらつきを感じたまま、昇降口で麗一と別れた。まったく動じることなく平気な顔をしている麗一が羨ましかった。

教室に足を踏み入れた瞬間、志田と目が合う。嫌な予感がして視線を逸《そ》らしたが、おかまいなしに近づいてくる。

「おはよう滝君。もう教室中あの話題一色だよ」

「言われなくてもわかるよ」

室内はある種の興奮状態に包まれていた。非常事態に対する高揚感、恐怖、不安、野次馬的な好奇心……いろいろなものが渦巻いてごった煮にされていた。

「滝君はどう思うの。自殺か、他殺か。他殺だとしたら、犯人は藤宮姉妹か、第三者か」

「はあっ？」

思わず大きな声が出て、一瞬のうちに教室中の視線が蓮司に集まった。決まりが悪くなり、志田の腕を引っ張って廊下に出た。

「何馬鹿なこと言ってんだ。藤宮さんが人を殺すわけないだろ」

「あくまで可能性の話じゃないの」

「不謹慎すぎる」

「でもありえない話でもないと思うの。あの姉妹、異様なほど母親に束縛されて生きてきたそうじゃないの。一昨日《おととい》、沙耶君は僕らとこっそり遊んだでしょう。噂《うわさ》によると、美耶君も親に内緒でこっそり自宅で誕生日パーティーを催《もよお》したそうなの。両方とも母親にバレて、ひどい仕打ちを受けた。それで今まで我慢していたのが限界を超えて、衝動的に殺してしまった。とってもしっくり来ると思わない？」

「思わない。不愉快だからもうその話は聞きたくない」

蓮司はキッパリ告げると、志田を押しのけて教室に戻って行った。クラスメイトたちがいろんな推測や噂をべらべら喋り続けているのが耳に障《さわ》り、イヤホンをつけて音楽を大音量で流すと、机に突っ伏して目を閉じた。

あの二人が母親を殺した？

ありえない。殺せるわけがない。

微笑み合った沙耶の優しい顔や折れそうなほど華奢《きやしや》な身体がちらつく。それから、人形のように美しく、みんなから常に羨望《せんぼう》の眼差《まなざ》しを受けていた美耶の姿もぼんやりと浮かんでくる。

そのどちらか一方が、あるいは二人が、母親を殺害して自殺に見せかけるために偽装工作までした。それも自分の誕生日の夜に。そんなことがあり得るだろうか。

だが、それがあり得ないことだと一蹴する証拠は何もなかった。蓮司は、藤宮姉妹のほんの一面しか知らない。殺人に至る憎悪や苦しみがその小さな胸に渦巻いていたとしても、おかしくはないのだ。

ホームルームの時間、担任の大岩が疲労に蝕《むしば》まれた様子で事件について触れた。事件の可能性があるため、不要不急の外出や単独行動は避けること、メディアの取材には決して応じないようにすることなどが簡潔に伝えられた。学校側でも事態をまだ正確に把握できておらず、したがって対策も練られていないような状況で曖昧な点が目立った。

大岩は最後に、空席にちらりと視線をやって痛切な表情を浮《う》かべた。

「藤宮は忌引《きび》きで一週間休むことになる。本人の気持ちを汲《く》み取って今はそっと見守ってあげてほしいし、登校できるようになったら、みんなで支えてあげてほしい。よろしく頼むな」

先ほどまでの喧騒《けんそう》が嘘のように静まり返って、大岩の野太い声がやけに冴えて響きわたった。

四限目の現文の時間、蓮司は校長室に呼ばれた。嫌な予感がした。教室を出るときみんなの視線がいっせいに自分を向いたのも落ち着かない。

ニスのきいた古めかしい両扉を開くと、校長と大岩の他に、刑事を名乗るスーツ姿の男性が二人立っていた。一人は古谷《ふるや》警部補という強面《こわもて》の男で、小柄なのにやけに威圧感がある。年のころは四十代半《なか》ばくらいに見えた。もう一人は草野《くさの》巡査部長という長身の男で、こちらは反対に柔和《にゅうわ》な顔立ちで体つきも細かった。刑事というよりは研究者のような風貌《ふうぼう》をしている。

挨拶もそこそこに、言われるがままソファに腰を下ろすと、刑事二人も向かいのソファに座った。校長と大岩は、深刻な表情で壁際に立って彼らを見下ろしている。

全員の圧を一身に感じて、蓮司はたいそう居心地が悪かった。

麗一がいてくれたらどんなに心強いか。最悪志田でもいい。

だが予想に反して、強面の古谷警部補は優しい声色《こわいろ》で話しかけてきた。

「ごめんなさいね、授業中に。ちょっと話を聞かせてほしいんだ。藤宮さんのお母さんが亡くなったことは知っているかな」

「はい、新聞で読みました。それに、みんな噂していますので」

「そう。それで、君は十八日に妹の藤宮沙耶さんと一緒に遊んでいたそうだね」

「はい……。彼女の誕生日だったので、みんなでお祝いしました」

「一緒に遊んだ子の名前を教えてくれるかな」

「はい。全員冬汪の二年で、A組の志田君、古田さん、F組の卯月君です。もともとは藤宮さん含め四人で遊ぶつもりだったんですけど、駅で偶然会って志田君が合流しました」

古谷が両手を組み合わせじっくり耳を傾けている横で、草野はペンを走らせ手帳に証言を書きつけている。

「当日のこと、思い出せる範囲で構わないから全部話してもらえないかな」

「全部、ですか」

「うん。待ち合わせてから一緒に遊んで別れるまで。できるだけ詳細に教えてほしい」

「わかりました」

後ろめたいことなど何もなかったので、蓮司は言われたとおり素直にすべて打ち明けた。古谷が絶妙なタイミングで相槌《あいづち》を打ってくれるので、すらすら淀みなく話すことができた。

勉強会と偽《いつわ》って遊んでいたことが母親にばれたとわかり、沙耶が慌てて帰宅した件《くだり》では、草野のペンを握る手にいっそう力が入る。しかし、特段驚いている様子もなかったので、すでに本人から聞き取って織り込み済みの事実らしい。

質疑応答は二十分ばかりで終わった。

去り際、蓮司はどうしても気になって尋ねてみた。

「あの、藤宮さんたちは今どうしてるんですか？」

草野が胸ポケットにペンを戻しながら答える。

「二人ともまだ署にいるよ」

「大丈夫そうですか？　体調とか」

「うん、まあ」

「あの、僕にできることがあればなんでも言ってください。二人のためになることであれば、なんでもしますので」

草野は少し困ったように頷いた。蓮司は小さくお辞儀して、校長室を後にした。

胸ポケットからスマホを取り出したが、むろん二人からの返信はない。

教室に向かう階段を降りたところで、志田と出くわした。

彼は野次馬根性丸出しの顔で蓮司にすり寄って来た。

「事情聴取を受けた帰りかな」

「うん。え、志田も？」

「君と入れ替わりでこれからさ。当日遊んでいた全員が対象だと思うの。それで、滝君はごまかさず洗いざらい話したのかい」

「ああ。だって後ろ暗いことなんて何もないじゃん」

「そうかしら。藤宮家が異常に厳格で、勉強おさぼりして遊んだら母親から大目玉喰らうということとを知ったうえで一緒に遊んだと、そこまで喋ったわけだね？」

「いやだって……厳しいとは知ってたけど、そこまでとは誰も思わないだろ、ふつう」

うろたえながら答えると、志田は意味深な言葉を呟《つぶや》いた。

「第三者の殺人がいいと思うの」

「え？」

「自殺だとしても藤宮姉妹による殺人だとしても、僕らは少なからず罪悪感を覚えるでしょう。だから、第三者による殺人であれば助かるのだけれど」

「そんな言い方よせよ」

「なぜ？　君は罪悪感を感じないの？　そんなはずないでしょう」

そう言い残して校長室の方へ去っていった。

蓮司はしばらくその場を動けなかった。

志田の言葉に少なからず共感している自分がいた。

二

事件から四日後、山沿いにある大型斎場にて、藤宮礼子《れいこ》の葬儀が営《いとな》まれた。参列者の人数としては八十人ほどだろうか。梅雨が明けて早々に夏日となり、ホール内は人いきれでむせ返るようだった。ほとんどが姉妹の同級生で、蓮司も見知った顔をそこらに見つけた。

受付の列に並びながら、麗一が小声で言った。

「門の前に刑事がいたよ。学校で事情聴取していた……」

「古谷さんと草野さん？」

「そう。喪服姿で一般参列者を装《よそお》っているようだけど、眼光《がんこう》が鋭《するど》くて一目でわかった。道路付近で屯《たむろ》してる下衆《げす》い連中はマスコミだろう。弔《とむら》う気持ちなんてまるでないんだあいつら」

「なんでこんなに注目されてるんだろ」

「そりゃあの豪邸だし、娘二人は全国有数の進学校に通っているうえ、被害者には悪い噂がまとわりついてる。嫌な言い方だけどマスコミの格好の餌食《えじき》だろう」

「悪い噂って……？」

「男遊びが激しくて、しょっちゅう若い男と出歩いてはいろんなものを貢《みつ》いでいたんだと」

「………」

蓮司の中で固まりつつあった藤宮礼子像が瞬《また》く間《ま》に瓦解《がかい》した。真面目で厳格で子育て一筋の教育ママかと思っていたのだが、実態は全然違うらしい。

「警察は他殺の線で進めているらしいが、不特定多数との行きずりの関係が災いして、捜査が難航しているみたい」

「亡くなった人のこと悪く言うのあれだけど、娘にあれだけ厳しくしといて、自分はそんな自堕落な生活送ってたんだ」

「その結果がこれなんじゃないのか」

麗一は冷たく言い放って、祭壇のある隣室へと視線をやった。

蓮司も視線を巡らせたが、参列者は不安や戸惑いの色を見せるばかりで、純粋な喪失感に悲しんでいる者は見当たらない。

九十歳で大往生した曾祖母の葬儀だって洟《はな》をすすったり涙を流したりというのがあちこちで見ら

れていたのに、それが一つもないというのは、蓮司にはかなり異様に感じられた。

二人は受付を済ませると、参列者用の座席が整列した隣室に入り、焼香の順を待った。祭壇には薄黄色を基調とした百合《ゆり》や菊の花が楚々《そそ》と添えられ、その中央に礼子の遺影が佇んでいる。遺族席は祭壇のすぐ横にあって、そこに藤宮姉妹の姿もあった。照明が白く光り、席も離れているためその表情まではうかがえない。

焼香の順番が近づくにつれ、どういった言葉をかけたらいいものかと蓮司は落ち着かなくなったが、麗一は浮き足立つような様子は見られなかった。

二十分ほどして蓮司たちの順番が回ってきた。焼香をあげる際に、蓮司は二人の表情をはっきりと捉えた。

美耶は明らかに憔悴《しょうすい》しきっていた。充血した目や蒼ざめた唇、赤くなった鼻頭、そのすべてが痛々しい。

沙耶は魂が抜け落ちたような無表情で、がらんどうの瞳は色を失《な》くし、焦点が合っていない。部屋を出ていくときに蓮司はふたたび沙耶のほうを見たが、彼女は機械仕掛けのような動作で頭を下げるのみで、完全に感情が欠落してみえた。

ほんの数日前には笑い合っていた沙耶が、親を失くし自分が経験したことのない深淵《しんえん》に陥《おちい》っているのを目の当《ま》たりにして、蓮司は強い衝撃を受けた。同時に息苦しさを感じたが、ホールの外に出て陽射しを浴びると、少しだけ気分が落ち着いた。

外は黒山の人だかりで、立派な門構えの周囲にカメラを携えたメディア関係者が屯していた。帰宅しようとする参列者を片っ端から捕まえて、何か情報を得ようとしている。

「死体に湧《わ》く蛆《うじ》みたい」

麗一がぼそりと呟き歩いていこうとするのを、蓮司は慌てて引き止めた。

「裏手から帰ろう」

「なんで」

「あの人たちの横を通りたくない。今遠くから見ただけで胃がむかむかする」

「いいけど。蓮司って案外繊細なんだな」

「真っ当な感情だろ。遺族に対する配慮がまるでない」

二人は人波に逆らってホールの反対側へと向かった。鬱蒼《うっそう》と緑が生い茂る山があって、そのどこかに抜け道があるように思えた。

生垣で囲われた駐車場を抜け、山の傾斜を下っていく。汗ばむシャツをはためかせながらしばらく進むと、下の道路へと続く打ち捨てられたような階段があった。

そこを降りていると、ふいに、二人の耳に人が争うような声が聞こえてきた。

「やめろよ、こんな場所で不謹慎だろう」

大岩の声だった。

蓮司と麗一はギョッとして顔を見合わせた。木陰に身を潜めて見下ろすと、階段を下ってちょうど開けたスペースに、男女の姿が見えた。

相手の女性は四条綾乃だった。片方の足に体重をかけ、腕を組んで不機嫌な顔をしている。

大岩はがっちりとした図体《ずうたい》に似合わず萎縮しているように見えた。

「俺はもう戻らないと」

「どうせ私が殺したと思ってるんでしょう」

「まさか」

「じゃあなんでマスコミに見つからないようにしろ、なんて言ったの」

「そりゃ、君があんなことしたからだ。自覚ないのか？　いずれ被害者の交友関係が明らかになれば、君に疑いの目が向けられるに決まっている」

「あんたのせいでしょ。散々待たせて裏切ったんだから」

苛立《いらだ》ちの募《つの》る声。

「俺に責任転嫁するな。自分の行動の責任は自分で持てよ。君だってもういい大人じゃないか」

「ふうん。私はもう用済みってわけだね」

「そんなことは一言も言っていない」

「もういい。あんたみたいな偽善者と話したってなんの役にも立たないし」

それから、神経質な尖《とが》った口調で言った。「言っておくけど、私は絶対に殺してないからね。殺すわけないいじゃない！　せっかくいいカモだったのに」

「言い方に気をつけろ」

「事実よ。私の味方してくれとは言わないけど、よけいなこと警察に喋ったら許さないから」

言い終えると、四条はくるりと背を向けて階段を駆け下りていった。耳障《みみざわ》りなハイヒールの音が響くなか、大岩が大きくため息をついてうなだれた。ひどく参っている様子だった。

「やばい、見つかる」

「戻ろう」

我に返った二人は、急いで来た道を戻った。

幸い大岩には気づかれなかった。

二人は駐車場の片隅に身を寄せて、大岩が館内に戻っていくのを確認してから、入れ替わるようにまた裏道の方へ戻っていった。

駅前のファミレスに寄り、麗一は生姜焼き定食を、蓮司はオレンジジュースを頼んだ。

「食欲ないのか」

「うん」

蓮司は腹の底に拳《こぶし》を押しこまれたように、重苦しい心地がずっと続いていた。麗一がふだんと変わりなく箸《はし》を進めるのをぼうっと眺めながら、先ほどの二人の会話を反芻《はんすう》していた。

いろんな事がいろんな意味でショックだった。

「綾乃さんってあんな感じだったんだ」

「見た目そのままじゃん。気の強い美人」

「あの二人ってやっぱり付き合ってたのかな」

「みたいだな。しかもけっこう深い付き合いの末に、大岩が四条を捨てたっぽいな」

「さっきの感じだと、綾乃さんだって大岩にはとっくに愛想つかしてただろ」

「四条はいつも同じネックレスをしている。今日もしていた」

「は？」

「水色の石とやや丸みを帯びたハートモチーフのついたシルバーのネックレスだよ。あの人はいつも、ワインレッドの車に乗って赤い口紅をつけハイヒールを響かせて、腕時計も指輪も幅の広いゴールドを選んでいる。あの可憐《かれん》なネックレスは、明らかに彼女の趣味じゃない。にもかかわらず、いつも身につけている。きっと大岩がプレゼントしたものだろう。本当に愛想をつかしているなら、投げ返してやればいいものを」

「……相変わらず凄《すさ》まじい妄想力だな」

「妄想じゃなくて推測だよ。言葉であぁ言っても、四条はまだ大岩のことを愛してるんだ」

麗一の推測とやらは、どうにも的を射ているようで、蓮司の胸を深く抉《えぐ》った。四条に本気で恋心を抱いていたわけではないが、遠い淡い憧れをずっと抱いてきた蓮司にとって、目を背けたい事実に思えた。

ファミレスは十三時過ぎというのに閑散《かんさん》としている。近くにできた外資系のファストフード店にごっそり若い客を持っていかれたせいだった。

麗一はそれとなくあたりを見まわし、知った顔が見つからないことを確認すると、テーブルに身を乗り出した。

「で、どう思う」

「どうって」

「あの二人の会話は、今回の事件と何か関連がありそうだろ」

「まあ、確かに……」

あまりこの話題に気乗りしない蓮司が曖昧《あいまい》にはぐらかそうとしても、麗一はおかまいなしに話し始める。

「俺の推測はこうだ。四条と大岩は交際していた。付き合い始めは四条に金も時間も捧げていた大岩だったが、飽きてきたんだろう、次第に金をかけることも頻繁《ひんぱん》に会うこともなくなった。だが四条は贅沢《ぜいたく》な暮らしが忘れられず、大岩に金を無心できなくなってからは、なんらかの方法で藤宮礼子を利用して金を得るようになった。そこに今回の事件が発生したため、容疑者として疑われるのではないかと危惧《きぐ》している。以上」

蓮司は細かい氷をかみ砕《くだ》きながら、遠い目を窓の向こうにやる。

「破綻《はたん》のない推測だと思うけど、そんなこと考えてどうするわけ。警察でもないのにいろいろ勘ぐって事実を明らかにしようとするなんて、それって結局マスコミと同類じゃない？」

「問題は、四条綾乃がどうやって藤宮礼子を利用して金を得ていたか、ということだ。これは、礼子が男遊びにのめりこんでいたという噂と関連がありそうだよな」

「ちょっと、人の話聞けよ。俺はあんまり事件のことを探りたくない。そういうのは警察に任せたほうがいい」

蓮司がつい声を荒らげると、麗一は狐《きつね》につままれたような顔をした。

「やけに及び腰だな。いつもなら専門外のどんな無理難題でも解決しようと奔走《ほんそう》している蓮司が」

「それは、依頼人から正式に依頼を受けたからだ。誰に頼まれたわけでもないのに、好奇心で周囲を嗅《か》ぎ回るようなせこせこした真似は、俺は嫌だ。それに、今まで学校で受けた依頼と、今回の件じゃ、ことの重大さが全然違うじゃん。俺たちの出る幕じゃない」

「そうですか。月並みな言い訳をどうも」

麗一の軽く受け流すような態度に、蓮司は眉をひそめた。

「君は何？　本気で犯人捜しでもするつもりか。ずぶの素人《しろうと》なのに」

「だってそうしないと藤宮さんの立場が危ないんじゃないか」

「え？」

「報道を見るに他殺の線で捜査が進んでいるそうじゃないか。真っ先に疑われるのはあの姉妹だろう」

「あの二人が殺すわけないじゃん。そもそも、二人が気づいたときすでに、母親は鍵のかかった部屋で亡くなっていたんだぞ」

「証言が事実とは限らないだろ。事件から四日経つのになんの進展もない状態だし、早期に解決するに越したことはない。蓮司に協力しろなんて無理強いはしないけど、俺は自分で犯人を捜してみるつもりだよ」

麗一が淡々と告げた。

蓮司は釈然としない気持ちを抱えたまま、何も返すことができなかった。

三

沙耶はソファに深く沈み、早朝から延々《えんえん》とワイドショーやニュースをザッピングしていた。どの局も依然として事件と自殺両面で捜査が進んでいると報じている。こんなに地味なニュースなのに、決まって自宅の外観が画面いっぱいに映される。母の派手な交際関係が面白おかしく伝えられる。

いつまでこのニュースは人々のおもちゃにされ続けるのだろう。

真相が解き明かされるまで？

そんな日が訪れたら、私たちは今度こそ本当に――。

「詰んだね」

投げやりに言って、美耶が横に腰を下ろした。電子レンジで温めたシーフードピザを左手に持ち、右手でスマホをいじっている。ピザは昨日デリバリーしたものの残りだ。葬儀を終えるまでは叔母の家に身を寄せていたが、母とは元々折り合いが悪く、沙耶と美耶もずっと世話になるのも気が引けて一昨日からは自宅に戻っている。清爽な夏の光に照らされるのが怖くて、カーテンは常に閉め切っていた。

「沙耶の分も温めよっか？」

「いらない」

「何時間もニュース見て、どんな作戦練ってたの」

「別に。ただ見て、途方に暮れてただけ」

その言葉に、美耶はぴくりと眉を顰《ひそ》める。

「じゃあどうすんの？　これから」

苛立ちを隠せない声。最近はいつもこうだった。感情が不安定で、さっきみたいに平気な顔をしていたと思ったら、急に怒り出したり不安に駆られて頭を掻《か》きむしったりする。昨晩は夜中に大声で泣きわめいているのを、一晩中抱きしめて落ち着かせてやった。

沙耶も苛立ちが伝播《でんぱ》して額《ひたい》を押さえた。ただでさえ寝不足でストレスが溜まっていた。

「どうするも何も。私たちが狙ってた自殺の線は、ほとんど消えてしまった。古谷さんは私たちを疑っている。この事件は世間の関心を強く引いているようだから、きっとこれからも追及され続けると思う」

美耶はサッと顔の色を失くした。

「じゃあどうするの？　私たち捕まっちゃうの？」

「落ち着いて。私たちが犯人だという証拠は何もないんだから」

玄関のドアをノックする音が聞こえた。

沙耶は肩を震わせたが、美耶は何かを思い出したような顔になった。

「そういえば、今日の二時過ぎ古谷さんたちが来るって言ってた」

「いつ？」

「ついさっき、電話があったの」

「どうしてそんな大事なこと言わないの？」

美耶はわかりやすくふてくされた。

「いっぱいいっぱいで忘れちゃったんだもん。沙耶に私のこと責める資格なんてあるの？　ないよね。うち二時半からドラマの再放送観たいの。沙耶だけで対応してくれる？」

「いい加減にして。美耶だけ引っ込んでたら余計怪しまれるでしょう」

沙耶が声を荒らげると、美耶は忌々《いまいま》しそうに舌打ちしてコーラの残りを一気に呷《あお》った。

またノックする音が響いたので、沙耶は早足で玄関先へと向かう。ドアスコープ越しに眺めると、やはり見慣れた刑事の姿があった。

「急にごめんなさいね。ちょっと近くへ寄ったものだから」

強面に反して優しい声で古谷が言う。

「いえ、どうぞ中へ」

家の中に通すと、古谷はさり気《げ》なく、草野はあからさまに視線を室内に這わせた。

ソファに座っていた美耶は、ピザをくわえたまま来訪者にぺこりと頭を下げる。上下とも学校指定のジャージを着ており、寝癖がひどい。床の高級そうなラグマットには、食べかすがぼろぼろ落ちている。テーブルにはコカ・コーラの五百ミリリットルボトルが三本あり、うち二本は空《から》だった。

つい数日前はシャープで締まっていた美耶の輪郭は、こころもち丸みを帯《お》びている。事件のストレスのせいもあるが、支配欲の強い母から解放されたことも影響していた。対して沙耶は痩《や》せ細って顔色も悪い。瞳の奥に深い闇を湛《たた》えている。

沙耶に勧められ、刑事は食卓の椅子に腰を下ろした。

「まだ学校には行ってないようだね」

草野が尋ねる。平日の午後二時。普通であれば学校に通っている時間帯だ。

「はい。極力外出は避けています。マスコミや周囲の目が気がかりですから」

姉妹が自宅に戻ってきた初日にまずしたことは、インターホンを壊すことだったのだ。

「あの、今日はどういったご用件で……？」

沙耶が向かいの席に座って尋ねる。美耶もむすっとした顔でその隣に座る。ドラマの開始時刻が気になるらしく、手元のスマホをちらちら確認している。

古谷が両手を組み合わせて、優しい声で言った。

「ちょっと聞きたいことがあってね。養護教諭の四条綾乃先生のことは知っているかな」

思ってもみない名前を出されて、沙耶は動揺した。

「はい。体調を崩した時に何度か、保健室でお世話になりました」

「それ以外には？　お母さんの口から四条先生の名前が出てきたことはない？」

「ありません。まったくかかわりがないはずですし……どうしてですか？」

「いや、ね。お母さんが複数の若い男の人とデートしていたことはこの前話したよね」

「はい。マッチングアプリ、でしたっけ？」

「うん。それ以外にもね、四条先生に何人か斡旋《あっせん》してもらっていたみたいなんだ。先生は紹介料としてけっこうなお金を受け取っていたみたい」

「ええっ」

沙耶は思わず声を上げた。信じがたい事実だった。「いったいどこで知り合ったんでしょうか」

「お母さんがマッチングアプリで知り合った男性の知り合いが四条先生だったみたいで、そこで繋がりができたようだよ。世間は狭いね」

「それって……、四条先生が犯人の可能性があるということでしょうか」

「捜査上のことでもあるし、今の時点ではなんとも言えないね。いずれにせよ、四条先生は売春あっせんの罪状で今朝逮捕されたから、これからさらに詳しく取り調べをすることになる」

「逮捕、ですか」

沙耶はぽかんと口を開けた。

クールビューティーなあの先生が。とくに男子生徒から人気が高く、校内ですれ違う時はいつもピンと背筋を伸ばして軽やかに歩いていた。あの人が売春あっせんで逮捕など、どうにも想像することができなかった。

「で、話ってそれだけですか。もういいですか」

美耶が苛立ちを含んだ声でたずねる。

「……いや、せっかくだからあらためて確認したいことがあるんだ」

古谷は一つ咳払《せきばら》いをして、テーブルの上に身を乗り出した。

どうやらこれからが本題らしい。沙耶はうっすらと寒気を感じた。

「もう一度整理させてもらうね。君らは事件当日の二十一時五十分ごろ、お母さんと喧嘩して衝動的に家を飛び出し、二十三時五十分ごろに帰宅した。家を出たときも帰宅したときも、玄関の鍵はかかっていなかった。

リビングにはお母さんの姿はなく、寝室に鍵がかかっていたため、扉越しに声をかけたが何も反応がなかった。寝ているのだろうと思い、そっとしておくことにした。だが翌朝、毎朝必ず五時過ぎに起きるお母さんが起きてこなかったため、妹さんが不審に思って寝室の扉越しに大声でお母さんを呼んだが、やはり何の反応もない。心配になってお姉さんを呼び、二人で外の窓から寝室をのぞくと、リクライニングチェアでぐったりしていた。救助しようとしたが、窓の鍵もかかっていた。すぐに119番通報し、救急隊が窓ガラスを破って寝室に進入したところ、死亡が確認された。——ここまではいいかな？」

「はい……」

「死因は電源コードで頸部《けいぶ》を圧迫したことによる窒息死だったが、額と後頭部に軽度の裂傷が見つかった。現場の状況から、窒息死については電動のリクライニング機能を使って自殺することは可能だと判断したが、後頭部と額の傷の説明がつかない。傷の状態からして、硬い鈍器で殴られた跡だという検死結果が出ている。だが、君らは何も心当たりがないんだね？」

「はい……、ただ、すごく酔っぱらっていたし、自分で誤って傷をつけたのかもしれません」

「仮にお母さんが酔って転倒して頭部を負傷したとして、そのぶつけた対象物が家の中には見あたらないんだ。そもそも、正体不明なほど酔っぱらっていて、どうしてあんな風に床を飾ることができたのかな。リクライニングチェアを囲むように、床には赤ワインをこぼした跡が広がっていて、まるで池に見立てたように、そこに色とりどりの花が散らされていたのは、二人とも見ただろう」

「……でも、私たちはほんとうに何も知らないんです」

萎縮する沙耶の横で、頬杖《ほおづえ》をついていた美耶がにわかに貧乏ゆすりを始める。

「当日のこと、もう一度よく思い出してほしいんだ。家を飛び出す前にお母さんと喧嘩したとき、もみ合ったりして怪我をさせてしまったとかはないかな？」

「そんなことしていません」

「例えば、お母さんから暴力的な行為を受けて自分の身を守るために押し倒してしまったとか。仮にそうだとしても正当防衛にあたるから、罪にはならないよ」

「……本当に、ありませんので」

沙耶は頑《かたく》なに首を振る。

突然、黙り込んでいた美耶が怒ったように席を立った。くるりと踵《きびす》を返すなり、勢いよく階段を上って行く。時計を見ると、ドラマの開始時間をちょうど過ぎたところ。沙耶は呆れて引き留めることもできなかった。

「お姉さんはどうしたのかな」

「すみません、ちょっと精神的に不安定のようです」

「謝ることないよ。こちらこそ何度も時間をとらせてしまって悪いね」

だがすぐに、階段を駆け下りる威圧的な足音が響いてきた。

沙耶は嫌な予感がした。振り返り、美耶が持ってきたものを見て背筋が凍る。

「美耶っ、それは――」

「これで妹がママを殴りました」

投げやりな調子で言うと、美耶は手にもっていたものを無造作にテーブルの上に置いた。

円筒形をしたクリスタル製の美しい花瓶だった。

「喧嘩というか、ママがヒステリーを起こして私の首を絞めてきたんです。それで、沙耶がとっさにママの頭をこれで殴って、私のこと助けてくれたんです。だから正当防衛です。その後ママが自殺したことについては、私たちは本当に何も知りません」

美耶が一気にまくし立てる。

沙耶の顔がみるみる蒼ざめていく。

草野がポケットから取り出した手袋をはめ、花瓶を手に取り入念に観察する。

「洗ったんでなんもついてないですよ」

長い爪でテーブルをかつかつ弾きながら、不機嫌そうに美耶が言う。

「ああ、話してくれてありがとう。今まで黙っていたのは、何か特別な理由があったのかな」

「それは……えっとぉ……」

美耶は先ほどの饒舌《じょうぜつ》が嘘のように口ごもり、ちらちらと沙耶に視線を向ける。

「いくら身を守るためとはいえ、亡くなる直前に母を鈍器で殴ったことが明るみになれば、私たちは警察に捕まってしまうかもしれません。そして、世間から糾弾され、まともな社会生活が送れなくなると考えたからです。現に一部のマスコミや週刊誌から、あることないこと面白おかしく書き立てられて参っているのに、さらにヒートアップしたらと思うと、もう怖くて……」

沙耶の言葉に、両刑事は同情的な視線を寄せた。

「今話してくれたことについては、今回の事件との関連性が認められない限りは公表しないようにするよ。この花瓶は鑑識に回すから、ちょっと預からせてもらうね」

「はい、もういいでしょう、それで。これから大事な用があるんで」

不機嫌な美耶に半ば追い立てられるようにして、両刑事は藤宮邸を後にした。

沙耶が二人を玄関先まで見送ってからリビングに戻ると、美耶はソファに寝転んでポテトチップスをつまみながらドラマを観ていた。

「……どうしてあんなことしたの？」

「は？」

「適当な花瓶を渡して『これで殴りました』なんて、本気で警察に通用すると思ったの？」

「じゃ、どうすりゃよかったわけ。いつまでも知らないふりしてるほうが怪しいでしょ。ってか結構いいアイデアだと思ったんだけどな。きっとすぐ見破られて、余計怪しまれる。だいたい同じような形してたし」

「馬鹿言わないで。どうして勝手な行動とるの？　どうして――」

なかったの？　どうして事前に相談してくれ
美耶はテーブルに置かれた空のペットボトルを手にとって、沙耶の足元に勢いよく投げつけた。

「うっさいなあ！　元はといえば全部沙耶のせいなんだからね。沙耶があの時ママのこと殴ったせいで、こんなことになってんじゃん。ちゃんと責任とってよ」

「そんな突き放した言い方しないで。私は美耶のこと助けようとして……」

「うるさいうるさい！　私はもう十分苦しんだもん！　私だけが！　あとは沙耶でなんとかしてよ！」

美耶は両耳を塞《ふさ》いで叫ぶと、わざと足音を大きくしてリビングから出ていってしまった。

かじりかけのピザや空のペットボトルが散乱したテーブルを見つめたまま、沙耶は途方に暮れた。


古谷は助手席に乗り込むなり、運転席の草野にたずねた。

「どう思う？」

「これは母親を殴った凶器ではないでしょう。鑑識に回さずともわかります。額の二重条痕と明らかに幅も形状も合いません。もっと細くて曲線的でしたよ。なぜ偽《にせ》の証拠など出したんでしょうか」

「本当の凶器に犯人を特定する決定的な証拠があるから、だろう」

「じゃ、やはり自殺ではなく、姉妹が母親を殺したと思ってるんですか」

「あるいは、第三者の犯行を隠蔽しようとしているか」

草野はゆっくりと車を発進させながら、訝しげにたずねた。

「……共犯者がいるということですか？」

「ただ、共犯者がいて計画的に犯行に及んだとは考えづらい。誕生日に友人と楽しく遊んだ夜に、母親を殺そうなんて思うか？　それに、あの日はたまたま二十一時ごろに帰宅したが、きっと母親は朝帰りすることも珍しくなかっただろう。計画性のある犯行なら、もっと適切なタイミングで殺したはずだ。

となると、やはり殺害自体は突発的に行なわれた。姉妹は偶然それを目撃してしまい、なんらかの理由で犯人をかばうために、嘘をついている。自殺に見せかけたほうが姉妹にとってメリットがある、あるいは犯人がバレると姉妹にとって不利益となる何かが……」

「考えすぎじゃないでしょうか」

草野は咳払いひとつして続ける。「私は単純に自殺だと思いますよ。姉妹の外出中に母親は死亡した。発見時に至るまで、部屋は完全な密室だった。密室を細工したような証拠も見つかっていない。誰にも邪魔されず確実に自殺を遂げられるよう、母親自身が鍵をかけたということではないですか。さらに、母親はお気に入りのアクセサリーとワンピースを身につけ、綺麗に化粧して、眠るように死んでいた。髪型や服装には一糸の乱れもなかった。極めつけに、床には赤ワインをこぼした跡に色とりどりの花が散らされていて、まるで花手水《はなちょうず》のようだった。

他殺だとしたら、犯人がわざわざそんなことしますかね。

華やかで豪奢なものが大好きだった藤宮礼子が、最期を美しく飾るために自ら演出したと考えるほうが自然ではないでしょうか。

それに、彼女が身につけていたスマートウォッチの心拍数の記録から、死亡時刻は二十三時三十四分だと確定しているが、ちょうどその時刻、姉妹は六百メートルほど離れたところで防犯カメラに映っていた。つまりアリバイは完璧です」

「遺体に殴打痕がなけりゃ、俺も同じ考えだったんだけどな。今まで頑なに『殴っていない』と主張していたのに、今日は偽の凶器を突き出して『これで殴った』と主張を変えた。妹のひどく蒼ざめ憔悴した顔、姉の怒りをはらんだ自暴自棄な態度。本当にただの自殺で姉妹二人は潔白だとしたら、一連の不可解な言動はどう説明をつける？」

「それは、うーん……。母親の自殺に強い衝撃を受けて、錯乱状態になっている、とかですかねえ……」

草野は途端に歯切れが悪くなり、深いため息のあと口を閉ざした。

古谷は胸ポケットからメモを取り出し、あらためて状況を整理した。

6月18日（土）
～21時45分……姉妹、母親と喧嘩　妹が鈍器で母親の後頭部と額を殴る
21時50分……姉妹、家を出る
23時34分……母親、密室にて窒息死　☆スマートウォッチの心拍数記録にて確認、死亡推定時刻もほぼ一致

同時刻、姉妹は自宅から約一キロ離れた公園にいた　☆公園の防犯カメラにて確認
23時50分……姉妹、帰宅
声をかけても寝室の母親からは応答がなかったが、いつものように酔って眠ったのだろうと判断し、気にしなかった

6月19日（日）
5時半……妹が寝室の母親に声をかけたが応答がない　不審に思ったが鍵がかかっていたため、家の外から寝室の窓を覗いたところ、ぐったりしている母親を発見し119番通報
☆通報時刻は5時32分
5時40分頃……救急隊が到着　窓の鍵もかかっていたため、窓ガラスを破って進入　続けて姉妹も室内に入った
5時43分……救急隊が母親の死亡を確認　この際、扉の鍵もかかっていたと証言している

ただの自殺で片づけるにはあまりにも不可解な点が多いが、母親の死亡時、姉妹には確たるアリバイがある。姉妹が遠隔で電動リクライニングチェアを操作したということも考えたが、調べたところ、リモート操作機能はついていなかった。つまり、姉妹が母親を殺害した可能性はない。もし他殺なら、なんらかの理由で実行犯をかばっているか、共犯者がいることになる。

だが、わざわざ誕生日であるこの日に殺害を計画するとは考えづらい。当日一緒に遊んだ友人らの証言からも、姉妹は特別変わった様子はなかったという。

やはり、第三者によって行なわれた突発的な殺人を、姉妹で隠蔽しようとしている？　そんなこ

とが現実にあり得るのか？　だとしたら、なんのために？

草野の言うとおり、単なる自殺なのか。凶器の偽証と母親の死は切り離して考えるべきなのか。

だが、自殺であることを過剰なほど裏づける証拠の数々、姉妹らの不可解な言動。

とくに妹は、支配的かつ独善的な母親にひどく苦しめられていたこと、そして――

古谷は手帳の端に書いたメモにちらりと目を落とした。

死体を囲むように散らされていた色とりどりの花々。

これらが姉妹から母への手向《たむ》けだと捉えるのは、考え過ぎだろうか。

四

「僕の推理に関心があるかい？」

「ない」

蓮司に即答され、志田は明らかにしょぼくれた顔になった。

事件から九日後、よく晴れた月曜日の放課後。たこ糸研究会の部室で、蓮司と志田は向き合っていた。静けさのなか、窓辺では江戸風鈴《ふうりん》がちりいんと鳴っている。先日助けた風鈴職人の置き土産《みやげ》だった。

蓮司はうちわで首筋を扇《あお》ぎながら、めんどうくさそうに尋ねた。

「だいたいなんで来たの？　なんの相談もないいんだろ」

「卯月君はまだなの」

「あいつ、補習でちょっと遅れるって」

「ふうん。相変わらず勉強はてんで駄目なんだね」

志田はなぜか嬉しそうに言うと、ハンカチで額の汗を拭き拭き、鞄《かばん》からぶあつい手帳を取り出した。

「僕、卯月君に話があるの。今日久しぶりに美耶君が登校してきたでしょう」

「ああ。学校中大騒ぎだったな」

「それで授業中とかどんな様子だったかを卯月君に聞きたかったの。強いて言うならそれが僕の相談かな」

「そんなの聞いてどうするんだ」

「事件を解く手がかりにならないかしら。僕、やっぱり沙耶君が犯人だと思うの」

蓮司は机の端を無意識に叩いた。

「馬鹿なこと言うなよ」

「でもそう考えるのが妥当じゃないの。滝君も一度お友達フィルターを外してみたらどう。今日だって、美耶君は登校してきたのに沙耶君はずっと休んだまま。何度メールしても返事はないし、電話も繋がらない。おかしいじゃないの。何も後ろめたいことがなければ、一言『大丈夫です』とか『ありがとう』くらい、返したっていいでしょう」

「まだ立ち直れていないだけだろ。本人の気持ちも知らないで、勝手なこと言うなよ」

そう答えつつ、蓮司も気がかりだった。

沙耶には毎日欠かさずメールしているが、依然返事はない。電話をしても、『おかけになった電話番号は……』というアナウンスが虚《むな》しく流れて来るだけ。自宅に向かおうかと考えもしたが、メールさえ返信できないような状態なのに、訪問したって迷惑だろうと考えて行動に移せていなかった。

唯一、すみれ子は沙耶と連絡を取っているようだが、様子を聞いても『しばらくはそっとしておいてあげて』と曖昧にはぐらかされるだけだった。

志田は咎《とが》められても全然気にしない様子で、指先に唾《つば》をつけて手帳をぺらりとめくった。いかにも芝居がかった仕草で、それも蓮司の鼻につく。

「僕の調べによると、警察は被害者が貢いでいた複数の男を虱潰《しらみ》しに当たっていったそうだけど、みんな犯行時刻にはアリバイがあったみたい。まあ、あくまで捜査線上に浮かんだ人物に限る話だけども。それに、彼らには犯行動機が見当たらない。被害者は金払いがよくて、男たちがねだればたいていのものはなんでも買ってくれたそうだよ。束縛したり急に呼びつけたりすることもなくて、要するにいいカモだったの。自分にとってメリットしかない人間を、わざわざリスクを冒《おか》して殺すのはちょっと考えづらい。だって本人が死んじゃえば何も貢いでもらえなくなっちゃうもの。で、逆に被害者の存在にデメリットしか感じない人間って誰だろうって考えたとき、次の三人が思い浮かぶよね。

一人目は沙耶君。

二人目は被害者の元夫。

三人目は被害者の元夫の妻」

蓮司は途端に眉を顰《ひそ》める。

「なんで姉の美耶さんは当てはまらないんだ？」

「野暮《やぼ》だね。美耶君はずいぶんと贔屓《ひいき》されていたみたいじゃないの。沙耶君の五倍ほど広い部屋を与えられて、ハイブランドやら大量の洋服やらなんでも買い与えられて、蝶よ花よと育てられた。

一方で沙耶君だけが、奴隷のように勉強漬けの日々を強いられていた。あの誕生日会当日だって、ほんの一日勉強をサボったくらいで母親から狂ったように電話がかかってきて、顔面蒼白で飛び出していったじゃない。そうそう、あの時どうして沙耶君が制服に着替えてたかというと、日中来ていたワンピースは古田君が貸してあげたみたいだよ。つまり彼女は満足に洋服すら買ってもらえなかったわけだ。美耶君は過剰なくらい何もかも惜しみなく与えられていたのにねえ。

それと、お弁当だよ！　沙耶君のお弁当はいつも、コンビニのレトルトをチンして詰めただけの質素なもの。一方で美耶君は、毎日欠かさず母親が手作りしていたそうじゃない。まあ、一回覗《のぞ》いたことあるけど、ずいぶん凝《こ》りに凝ったおかずが詰められていたよ。とてもじゃないが美味《おい》しそうとは言えない代物だったけどね。そういうところにも、異様な姉妹格差が見てとれるよね」

つらつらもっともらしいことを言われ、しかもそれを覆《くつがえ》すような証拠を何も持ち合わせていないことに、蓮司は暗い気持ちになった。

ほんの一か月前にミスドで向かい合った美耶。

眩《まぶ》しいくらい美しく、この世のすべての幸福を内包したような満ち足りた顔をしていた。自分は誰からも愛される価値のある人間だという自信に溢れていた。

確かに、沙耶と違って彼女が母親を殺す理由は見当たらない。

「でも、やっぱり俺は藤宮さんが犯人なんて考えられない。それなら、彼女たちのお父さんによる犯行だと考えた方がずっと現実味がある気がするんだけど。だって、藤宮さんのお母さんが若い男に貢いでたお金って、元を辿れば全部元夫であるお父さんのものなんでしょ？　養育費や生活費のつもりで渡したのに、そんな使われ方したらたまらないじゃないか」

「でも、その元夫は警察の調べに対して、『最低限の生活費と養育費しか支払っていない。遊ぶ金なんていっさい渡してない』と言っているそうだけどね」

「じゃあ、母親はどこからそんな大金手に入れたんだ？」

「元夫が嘘をついてるんだと思うの。本当はものすごい額の金を被害者に流してたんじゃないかって」

「なんで？　何か弱みでも握られていたのか」

「口止め料だろうねえ。不誠実な男だったみたいよ。もともと女遊びがひどくて浮気を繰り返していたそうなの。で、最後にはハタチの女子大生と駆け落ちして一方的に離婚届を送りつけたらしい。被害者はそのとき妊娠していたみたいだけど、藤宮姉妹に弟や妹がいないことから、何らかの理由で産むことができなかったということだね。その一方で、同時期に身籠《みご》った駆け落ち相手……つまり現在の妻は元気な赤ん坊を出産していた。なんともやるせない話でしょう」

思いがけない事実を突きつけられ、蓮司は胸がずんと重たくなった。

「本当に辛い話だ。そんなの、元夫が殺されていたっておかしくないよ」

蓮司は被害者――藤宮姉妹の母親に悪い印象しか持っていなかったが、今初めて同情心が湧《わ》き起こってきた。

志田が腕を組んでウンウンと唸《うな》る。

「けどその代わりに被害者は、大金を永遠に受け取れる権利を得たわけだよ。元夫が経営している会社は、主にミドル層の女性をターゲットにした、ブランド品やコスメ・スキンケア用品のサブスクサービスがメイン事業なの。それなのにこんなスキャンダルが発覚したら企業イメージが暴落して死活問題でしょう。だから、口止め料として大量の金銭をコッソリ渡していたのだと推測されているよ。別居後あの邸宅に住まうまで、母娘三人は安アパートでつましい暮らしをしていたようだし」

「それなら話が早いじゃないか。延々と金を払い続けることに嫌気がさしたか、事実を暴露されるのを恐れたかで、元夫が殺したんじゃないか」

「でも、残念ながら元夫にはアリバイがあるの。事件当日は出張で京都にいたから、物理的に鎌倉での犯行は不可能。まあ、元夫が妻と共謀したとか、第三者に代理殺人を依頼したとかいう線も考えられるけどね」

「現在の妻にはアリバイがないのか」

「うん。事件当日は一人で自宅にいたそうだから、アリバイは主張できないよね」

「自宅ってどこなの」

「逗子《ずし》だよ。サクッと現場に行けちゃう距離ではあるよね」

「なあ志田」

「うん？」

「君なんでそんなに詳しいんだ？　どこからそんな情報を得たんだ？」

「そりゃ、僕の人脈や情報収集力を駆使した結果のたまものさ」

「警察に知り合いがいるとか？」

「まさか。だから、僕の人脈や情報収集力を駆使した結果の……」

「具体的には？」

蓮司が問いつめると、志田はわかりやすく頬を膨らませた。

「まあ、なんて言うの。あれだよね、一般的に週に一度刊行され、最新の情報を得るにはもってこいの……」

「週刊誌か」

「…………」

「ほとんど週刊誌の受け売りか」

「…………」

蓮司は呆れたようにハーッと息を吐いて背もたれに沈んだ。

「なんだよ。全然信憑性《しんぴょうせい》ねーじゃん。あんなもん、好き勝手に面白おかしく書かれてるだけだろ。冬汪高校の生徒たるものが、あんなもん読むんじゃないよ」

「そんな言い方やめてちょうだい。君はイメージだけで語って、まともに週刊誌ってものを読んだことがないでしょう。そういうのが一番たちが悪い。週刊誌だって使い方さえ間違えなければとっても役に立つんだ。

僕は各社の週刊誌とネットニュースとワイドショーとありとあらゆる媒体から情報を集めて、そこに実地調査や自身の経験則や論理的思考も絡めて、最終的に今言ったような推理を創り上げたんだ。賞賛こそされ、非難される謂《いわ》れはこれっぽっちもないね！」

志田は言い切ってフンと鼻を鳴らす。

それから、急に詰《なじ》るような視線を蓮司に向けた。

「滝君はどうなの」

「え？」

「事件について、何も調べてないの？」

「当たり前だろ。俺は警察でも探偵でもない。一介《いっかい》の高校生だぞ。調べたところでなんの役にも立たないから、調べないいんだ。当たり前の話だ」

「嘘だ。嘘おっしゃい。君はこれがもし藤宮君と関係のない事件だったら、『絶対に犯人を捜し出してやる！　それがたこ糸研究会の使命だ！』なんて息巻いていたかもしれない。でも今回は全然調べようともしないどころか、あえてこの話題を避けようとしている。どうしてか？　怖いからだ。もし藤宮君が犯人だったら、それを自分が探り当ててしまったら、と思うと怖くて仕方ないんだ。だから静観を貫いている。違うのかい」

「そんなことは……」

言いかけて、口を噤《つぐ》んでしまう。蓮司ははっきりと自覚していたわけではなかったが、核心をつかれたように感じた。

思った以上に蓮司が沈んでいるのを見て、志田はちょっと戸惑ったようで、居心地悪そうに室内を見回した。

バリケード状に積み重なる埃《ほこり》を被った古机と椅子。そこにぶら下がっているさまざまな照明のうち、提灯《ちょうちん》だけがいつの間にか増殖していた。しかも『○○工業』『○○どんぶり』など協賛企業らしき名前がでかでかと書いてある。

「なんだいこれ。風情《ふぜい》もへったくれもない」

「縁日を手伝ったときに押しつけら……もらったんだよ」

「いい加減きれいサッパリお片づけしたらどうなの。意味もなくバリケードなんて張り巡らしちゃって。ゾンビ映画じゃないんだから」

「これは依頼人のプライバシーを守るために必要なんだよ」

「きな臭くてやだねえ。だから素直に我がししおどし研究会と手を組むべきだったのに」

「ししおどしの方は順調なのか？」

「うん。まりも研究会と手を組んだんだ。部室に来てごらん。手製のししおどしの中にまりもがいくつも浮かんでいるよ」

苔《こけ》むす岩のくぼみの中に浮かぶ、無数のまりもが頭に浮かんだ。

「見境ないな」

なんでこんな話してるんだ？　志田の言ったとおり、いろいろと理由をつけてただ現実から逃げてるだけじゃないか。

蓮司が自己嫌悪に苛《さいな》まれているさなか、教室の扉が開いた。

二人は面食らった。

顔を出したのは麗一と美耶だった。美耶は思いつめた顔でうつむき、麗一の陰に隠れている。髪の毛のつやが失われ、化粧っ気もなかったが、顔の造形はパッと目を引くほど美しいのに変わりはない。

精神的にかなり参った状態であることは、蓮司の目にも明らかだった。

麗一はリュックサックを下ろしながら、苦い顔をした。

「うわあ。なんで志田がいるんだ？」

「そんなあからさまな反応やめてよね」

「お前に悩みなんてものがあるのか」

「ふふ。そんなものはないさ」

なぜか褒《ほ》め言葉と受け取って、志田は得意げな笑みを浮かべる。それから、視線をちらりと美耶に移して、白々しく言った。

「藤宮沙耶君のお姉さんですね。こんにちは。このたびはご愁傷様でした。僕は単なる雑談をしにきただけだけど、君はどうやら違うようだね」

さすがに本人の前で『あなたのことを聞きにきた』とは言わなかった。美耶は不快そうに眉間《みけん》に皺《しわ》を寄せて、きっぱりとした口調で言った。

「そのとおりです。二人に大事な相談があって来たの。悪いけど、席を外してもらえるかな」

高めの甘い声だが、大きな目が血走っていて凄みがあった。何か尋常でない眼光が一瞬覗いたのに圧倒されたのか、志田は驚くほどあっさり席を立った。

「あらそう。わかったよ、邪魔者はこれにて退散するよ」

それで誰かが引き止めてくれるのを数秒待っていたが、誰も引き止めてこないので渋々部室を後にした。

志田がいなくなると、室内がにわかに緊張感に包まれた。

美耶はすぐ席に座ろうとはせず、教卓の裏や黒板の裏に忙しく手を這わせたり、提灯や行燈の中を覗いてみたり、窓の鍵がかかっているか何度も確認したりと、不可解な行動をみせた。

「どうしたの？」

「誰かに盗聴とかされないか、不安で」

「そう……」

よほど神経過敏になっているらしい。美耶は室内を隈《くま》なく調べ終えると、困惑する蓮司の向かいにようやく腰を下ろした。

美耶は居心地悪そうに、斜向《はすむ》かいの麗一にちらちらと視線をやりながら、髪の毛を撫でつけた。萎《しお》れた自分の姿を麗一の視界に入れるのが、心底嫌な様子だった。

「久しぶり、藤宮さん」

蓮司が静かに口を開くと、美耶は下唇を噛んだままうつむいた。唇も荒れていて、ストレスのせいか顎《あご》に赤いニキビがふたつできていた。

「本当にご愁傷様です。体調は大丈夫そう？」

「まあ、なんとか」

「そっか……それで、あの、妹さんのほうは大丈夫そう？」

蓮司の言葉に、美耶は頭を抱えてしまった。

「あ、もしかして、大事な相談って妹さんに関すること？」

尋ねるなり、美耶は洟をすすってこくりと頷いた。垂れ下がった長い髪に隠されて表情は窺い知れない。

「そっか、そうしたら、ゆっくりでいいから話してもらえるかな」

「うん……。えっと……」

「ちょっと待った」

急に麗一が遮《さえぎ》ったので、蓮司は非難めいた視線を送った。

だが麗一は人差し指を口元に当てると、そうっと立ち上がって扉に近づいていき、それから勢いよく開けた。

「ひいっ！」

志田だった。しゃがみ込んでドアに耳を当てていたため、バランスを崩して転げそうになる。

「盗み聞きとかやめろよ」

「違うよ。靴紐結んでただけだもん」

「お前の上履きには靴紐がついてるのか」

志田は悔しそうに麗一の肩をどつくと、

「もういいっ！」

と言って逃げるように去っていった。

「ごめん藤宮さん。邪魔者は消えたので、もう一度どうぞ」

麗一がそう言うと、話の腰を折られた美耶は気まずそうに鼻頭を掻いた。

「うん。えっと、あの、事件のことなんだけど……」

それきり押し黙ってしまい、長い沈黙があった。窓外からぼんやり聞こえてきた吹奏楽部の演奏がほとんどフルで流れたあと、ようやく美耶は口を開いた。

掠《かす》れた小さな声だった。

「私、事件の犯人知ってるの」

五

蓮司の胸を凄まじく嫌な予感が襲った。

数秒後、それは現実のものとなった。

「沙耶が殺したの、ママのこと」

美耶の声は震えていた。透きとおる瞳から涙が流れて、机の上にぽつりぽつりと落ちていく。

蓮司が強い衝撃を受けて声も出せずにいる横で、麗一は努めて冷静に尋ねた。

「現場を目撃したの？」

中指で涙をぬぐいながら、美耶はかすかに頷いた。蓮司はなおも言葉が出てこない。

「そのことは警察に言ったのか？」

麗一の問いに、美耶はうつむいたまま首を振る。

「誰にも言ってない。今日初めて人に話した」

「詳細を聞かせてくれないか」

「うん……」

そして、覚悟を決めたように大きく息を吐くと、静かに話し始めた。

――事件当日、沙耶が滝君たちと遊んでる間、私は家に友達を呼んでパーティーしてたの。ママには内緒だった。二人とも噂で聞いてるかもしれないけど、うちのママはめちゃくちゃ厳しくて、沙耶が勉強を休んで遊ぶことも、私が家に友達を呼ぶことも許してくれなかったの。事件当日は、ママはデートで夜遅くまで帰ってこないだろうから、私も沙耶も絶対にバレないと思ってた。けどいろんな不幸が重なって、どっちもバレちゃったの。

夜九時前、予定を切り上げて帰って来たママは、まず沙耶をめちゃくちゃに叱って虐待みたいなひどいことをした。あの時点で、沙耶の心は完全に壊れちゃってたのかもしれない……。

次に、ママは私のところに来て説教し始めた。すごい罵詈雑言《ばりぞうごん》を浴びせられて、私、つい反論しちゃったの。それがいけなかった。ママは大声で怒鳴り始めて、私の首を両腕できつく締めあげた。あの、ハッキリ言うと、殺されそうになったの。けど、その時助けてくれたのが沙耶だった。ママの頭を置時計で殴って、ママが怯《ひる》んだ一瞬の隙に私を連れ出してくれた。私たちは必死で走って公園まで逃げた。

けど、そこで行き詰まったの。

『これからどうする？』

『家に帰ったらママに殺されるかもしれないし、パパは別の人と家庭を作ってるから、どこにも帰る場所がない』

『お母さんに首を絞められたって、警察に通報しよう』

『そうしたらママが逮捕されちゃう。犯罪者の娘になったら、まともな人生を歩めなくなるかもしれない。それに、もし証拠が足りなくてママが釈放されたら、今度こそ殺されるかもしれない』

『じゃあ、どうしたらいいの？』

『………』

そこで沙耶が提案したの。

『自殺に見せかけてお母さんを殺そう。そうしなきゃ、いつか私たちが殺される』

私は必死で止めようとしたけど、沙耶はもう覚悟を決めていたみたい。すごく落ち着いた様子で私に計画を話してくれたの。

『私が全部やるから、美耶は何もしなくていい。ただ、今日のことは絶対に誰にも喋らないで』

私、止められなかった。沙耶が今までずっとひどい仕打ちを受けてたこと知ってたし、正直……自分でもママがいなくなればいいのに、って思うこともあったから。

それで、私たちはいったん家に戻った。ママはやけ酒したみたいで寝室のリクライニングチェアで眠ってた。沙耶は電源コードをママの首にかけて、そのコードの端っこをチェアの脚に巻きつけた。それとは別に、ひじ掛けの下らへんと窓のカーテンフックを紐で結んでた。

私には何がなんだかわからなかったけど、それだけで準備は終わったみたい。

部屋を出ると沙耶が、

『アリバイをつくるために防犯カメラのある場所を調べたから、そこに行こう』って言い出して、さっき逃げ込んだ公園に戻った。

そこの公衆トイレの壁際……ちょうど真上に防犯カメラがあるところで沙耶の言うとおり三十分くらい過ごしたあと、家に帰った。

『これからどうするの？』

『これで計画は成功した。後のことはぜんぶ私に任せて』

私は現実と向き合うのが怖くて、言われたとおり自分の部屋に戻ってベッドにもぐりこんだ。気づいたら朝になってて、沙耶が私を迎えに来たの。それで、二人で庭に出て窓越しにママの部屋を覗いた。

そしたらママが……、ママが、リクライニングチェアに座ったまま死んでたの……。まさかほんとうに死んじゃうなんて。

部屋の様子も変だった。ママを囲むように、床に花がいっぱい落ちてたの。

私は恐る恐るたずねた。

『あの花はどうしたの？』

『お母さんは大好きな庭園の花に囲まれて死にたかった。だからあんなふうに、自分で飾りつけてから自殺した。……そういう設定を考えたの』

沙耶はそう答えた。ほんとうに怖いくらい冷静だった。

それから沙耶が通報して救急隊が到着するまでのあいだ、二人でずっと同じ言葉を繰り返してた。

『私たちは、何も知らない』って――

美耶の長い話は終わった。

蓮司にはまったく状況が理解できなかったが、麗一が興味深そうに身を乗り出した。

「君ん家はスマートホームを導入しているのか」

「そういうのは、私よくわかんないけど……」

「呼びかけや時間予約で、カーテンが自動で開閉したり、照明を自動でON／OFFしたりする機能のことだよ。俺みたいな貧乏人には縁のない代物だけど、依頼があって家電量販店に通い詰めていろいろ試したことがある。最終的には五年の出禁を言い渡された」

「いったい何やらかしたんだよ。それで、そのスマートホームっていうのでどうやって……その、お母さんを……」

「だからあ、さっき言ったじゃん。これ以上、沙耶がやったことを説明するなんて、私にはむり」

半ば投げやりな美耶の代わりに、麗一があっけらかんと答えた。

「殺害方法はいたって単純だよ。リクライニング機能を使って、母親の首に巻きついていたコードを引っ張って窒息死させたんだ」

「……それが、そもそも無理があると思うんだけど。だって、背もたれが後ろに倒れたら、とうぜん身体も一緒に倒れるはずだろう。コードだけ引っ張って窒息させるなんてできっこない」

「後ろに倒すんじゃない。元の位置に戻すんだ」

「元の位置に戻す……？」

「ああ。蓮司の言うとおり、後ろに倒すのでは、コードだけではなく背もたれも母親の身体も同じ方向に動いてしまうから、窒息死させるのは至難の業《わざ》だろう。

だから、はじめにリクライニングを最大限後ろに倒して、母親をほとんど仰向けにしておく。その状態で、電源コードの一端を首に巻きつけ、もう片方の端を最短距離で椅子の脚部に固定する。

それから、座位姿勢に戻るようリクライニングを作動させれば、コードはぴんと張った状態で母親の身体が前方に押し出されるため、首が強く圧迫される。この方法なら、窒息死させることが可能なはずだ」

「なるほど。そういうことか……」

蓮司は少し悔しそうに呟いた。

「で、問題はどうやってリクライニングを遠隔操作したか。

キーは、スイッチとカーテンフックをつないだ紐だ。

アームレストの下にでも、リクライニング用のスイッチがついていたんだろう。スイッチはたぶん棒状の〝トグルスイッチ〟で、これを紐の一端でしっかりと結び、紐を引っ張ればスイッチが動くような状態にする。もう一端をカーテンフックに結びつけて、両端をつなぐ。閉じていたカーテンが開くことで紐が引っ張られ、トグルスイッチが動く。

これによって、リクライニング機能が作動し、被害者の首を圧迫して死に至らしめるという仕組みだ。

カーテンの自動開閉なら時間予約が可能なんだ。たとえば『二十三時にカーテンを開ける』とスマホであらかじめ予約しておいて、さっき言ったような仕掛けをしておけば、その場にいなくとも、理論上殺害は可能だ。帰宅後、通報前にリモート殺人の裏付けとなるトグルスイッチとカーテンのフックをつないでいた紐は取り外して始末し、自殺の裏付けとなる電源コードだけを残しておけばいい。

そして、異様とも言える死の演出をほどこした後、部屋の鍵を外からかけて朝を待つ。ふたりで死体を発見したと装って通報する。部屋の鍵は救急隊の突入時に自分も部屋に入って、しれっと置いておけば〝密室〟の完成さ。

リクライニングチェア自体にスマート機能が導入されていたらすぐ怪しまれただろうけど、ワンクッション置いたことで警察の目もくらますことができたんだろう。ところでお母さんはスマートウォッチでも身につけていたのかな」

「うん。美容に気を遣ってたから、家にいるときはスマートウォッチで健康管理をしてたの……」

「なら心拍数の記録から死亡時刻が明確にわかるな。防犯カメラのある場所を調べ、死亡時刻に確実なアリバイを作ったうえでのリモート殺人。へえ、完璧じゃないか。学年トップは伊達《だて》じゃないな」

「ふざけんな！　なんの証拠もないくせに勝手なこと言うなよ。そもそも沙耶さんはガラケーしか持ってなかったじゃないか」

「ううん、卯月君の推理で合ってると思う。私はあんまりよく理解できなかったけど、同じようなこと言ってたし、実際に私のスマホを使って何かしてるところを見たから……。私だって信じたくないけど、沙耶が全部計画してママを殺したことは消せない事実なの。沙耶、怖いくらい冷静だった。まるで、ずっと前から計画していたみたいに……」

美耶はせきを切ったように涙を溢れさせた。

「ずっと言えなかった。沙耶のことが怖かったし、可哀想だった。私が沙耶と同じ立場だったら、同じことしてたかもしれない。だからずっと黙ってた。沙耶に言われたとおり、警察には嘘の証言をし続けた。でもすごく苦しかった。いろんな人に嘘をつき続けるのも、ママのことを見殺しにした自分も許せなくて、もう限界だった。限界だったの……」

ひっそりとした廃校舎に、美耶の嗚咽《おえつ》だけが響きわたる。

蓮司は美耶のそばにしゃがみ込んで、落ち着かせるようにその背中を優しくさすった。どうにも腑に落ちないことだらけだが、悲壮感あらわに泣きじゃくる美耶を問いつめるわけにもいかず、ただ慰めることしかできなかった。

蓮司は救いを求めるように麗一に視線を向けたが、彼は頬杖ついたまま視線を落として、自分の考えに没頭している様子だった。

そうしてどのくらい時間が過ぎたか。

空が淡い朱に染まり始めた頃、泣きやんだ美耶の赤い目が、傍《そば》でしゃがみ込む蓮司を捉えた。

「……ありがとう。滝君も辛いよね、沙耶と仲よくしてくれてたもんね。ごめんね」

「いや、藤宮さんが謝ることなんてないから。正直、すごく動揺していてなんて声をかけたらいいかわからなくて、こっちこそごめん……」

「それで、藤宮さんの相談って何？」

麗一がふだんと変わりないぶっきらぼうな声で聞いた。その動じない様子が、今の蓮司にはありがたかった。

美耶は少しふてくされたような表情を浮かべて、麗一と目を合わせた。だが、自分の泣き腫らした重いまぶたを見られるのを嫌がるかのように、すぐに顔を逸らした。

「……警察に言うか迷ってて、まず話を聞いてほしかったの」

「警察に言うべきだよ。それが事実なら。いくら脅されてたと主張しても、へたに庇《かば》い続けたら君も共犯者として罪に問われる可能性がある。一人で行くのが不安なら、付き添おうか」

「そんな簡単に言わないでよ。私の大事な妹なんだよ？　いくら事実だからって、そう簡単に告発なんてできない」

「いや、殺人は殺人なんだから裁かれるべきだろ」

麗一の無遠慮な物言いに明らかにムッとした様子の美耶は、助け船を求めて蓮司を見た。涙はすっかり引いている。

一方で蓮司はまだ美耶の告白を受け止めきれず、困惑を隠せぬまま口を開いた。

「俺は……俺も警察に言うべきだとは思うけど……でも、藤宮さんは、どうするんだ？　もし警察に言わないとしたら……」

「その選択肢はないだろう」

麗一が口を挟む。蓮司は無視して続けた。

「もし警察に言わない場合、ずっと隠し通すつもりなの？　隠し通せる自信があるの？」

「それはわからない……」

うつむく美耶に、麗一は静かに警告した。

「無理だよ。断言する。相手は素人じゃなくて警察なんだ。いつか絶対に嘘をついていることがバレる。もうすでにバレていて、泳がされているだけかもしれない。暴かれる前に打ち明けたほうが賢明だ」

美耶の顔は見る間に蒼くなってゆく。そして、急に息苦しさを覚えたように、か細い手を胸に当ててふらりと立ち上がった。

「大丈夫？」

蓮司が慌てて肩を支えてやる。薄く痩せた身体で、手のひらに骨の感じが直《じか》に伝わってきた。

「大丈夫……。ありがとう」

「その、これからどうするの？　もし警察に行くなら付き添うし、家に帰るなら送ってくよ。どちらにしろ気分が悪そうだし、一人で歩くのは危ないと思うから」

だが美耶は力なく首を振った。

「ううん。気持ちはありがたいけど、一人でいたい気分だから、一人にさせて」

続けて、背もたれに深く沈んだ麗一を見下ろして言った。「今日は警察には行かない。まだ覚悟ができていないし、沙耶ともう一度じっくり話がしたいから。ずっと胸のうちに抱えておくのが耐えられなかったから、二人に話を聞いてもらえてすごく気分が楽になった。ありがとう。けど、絶対にこのことは誰にも言わないでね。いずれ覚悟が決まったら、その時に私が自分の言葉で警察に話すから」

「わかった」

麗一は意外にもあっさり頷いた。蓮司も深く頷いた。

美耶が出て行くと、蓮司は全身の力が抜けたように床にへたりこんだ。ものすごい疲労感が身体を襲い、頭痛などめったに感じないタイプなのに、今はこめかみのあたりが鈍く痛む。

「蓮司こそ大丈夫なの？」

平気な顔をした麗一がたずねる。

「はっきり言って大丈夫じゃないよ。そんな、友達が人殺しだなんて告白を受けて、正気でいられるわけないじゃん。それに、当日一緒に遊んだせいで凶行に及んだのかもしれないって考えると、罪悪感が際限なく湧き起こってくる」

「また馬鹿なこと言ってるな。こじつけが過ぎるだろ。この件に関しては俺らは完全に部外者だし、罪悪感を覚える必要なんて全くない。それに藤宮さんが殺したって決まったわけじゃない」

「は？」

蓮司は間の抜けた声を出した。麗一は呆れたように目を細めた。

「何も証拠がないだろう」

「今まさに彼女が……」

「単なるおしゃべりだろう。裏付けも物証も何もない。もし逆だったらどうなんだ？　藤宮沙耶が俺らに『美耶が母を殺した』って言ったら、やっぱりお前はそれを信じるのか？」

「でも……、それっぽいこと言ってたし、麗一だって彼女の証言に基づいてそれらしい推理を組み立ててたじゃん」

「あんなの絵に描いた餅《もち》だろ。母親は拘束されてたわけじゃない。気を失ってたか眠ってたとして、途中で目を覚ましたら一発アウトの博打《ばくち》みたいなトリック、冷静で慎重派の藤宮さんが実行に移すとは思えない」

「逆に言えば、理論上は可能ってことじゃんか……」

しょぼくれる蓮司とは対照的に、麗一はポーカーフェイスで続けた。

「なあ、もし本当に俺が推測した方法で殺したのだとしたら、密室をつくる理由はどこにあるんだ？

監視カメラとスマートウォッチで確実にアリバイを作ったんだろ。だったら、救急隊にバレないように部屋の鍵を戻すなんてリスク犯してまで、密室をつくる必要ないじゃないか」

「あっ」

「だが事実、密室はつくられていた。ということは……」

「ということは……？」

「リモート殺人は、本当の殺害方法を隠蔽するためのはったりだと結論づけられる」

麗一はどことなく自信ありげな様子だったが、蓮司はどうにも腑に落ちなかった。

「いや、でも……俺らに嘘の証言して、しかも誰にも言わないでくれって、それって美耶さんになんのメリットもなくない？　なんのために俺らに嘘つきに来たわけ」

「その嘘を真実だと思い込ませるためだよ。

捜査が難航して警察がふたたび事情聴取に来たら、いくら口止めされたとはいえ、俺らは今聞かされたことを正直に話すだろう。すると嘘はあたかも真実のように警察に伝えられる。彼女はそれを狙ったんじゃないか」

「まわりくどいよ。それなら、初めから警察に話したほうがよっぽど効率的じゃないか」

「警察と直接対決するよりも、一般人を信じ込ませてそいつに代弁者になってもらうほうがはるかに簡単だろ。あの人、演技下手だよ」

「あれのどこが演技に見えたんだ？　憔悴しきって、制御が利《き》かないくらい泣き続けて、声だって震えてたじゃん」

「そういう自分に酔ってる感じじゃなかったか？　ところどころ、上っ面を撫でたような軽い感じの口調になったり、急に涙が引っこんだり、見ていて引っかかるところがあったけど」

「ひねくれてんな」

衝撃的な告白を受けてただでさえ打ちひしがれているのに、麗一と議論する気力などもはやなく、蓮司は短く言葉を切った。よろよろと立ち上がり、ふだんの倍は重たく感じるリュックを背負う。

麗一は席を立とうとしない。覗き込むと、卵形のキーホルダーを手に持っていた。

「何それ？」

「防犯ブザーだ。彼女の落とし物みたい。明日渡しとくよ」

「そう。帰らないの？」

「二十時にならないと隣の山田が洗濯物を取り込まない」

「はあ？」

「この前うなぎのタレもらったお返しに、『二階堂』の体操着をあげたんだ」

「非常識すぎるだろ」

「そのときは別になんともなかったんだけどさ、いざ山田んとこの物干しで『二階堂』が揺れてるのを見ると、どうにも胸が苦しくてな。俺が真《しん》に手放すべきは『伊集院』だったんじゃないか。あるいは、二軍の『五十嵐』でも事足りたんじゃないか」

「俺はいったい何を聞かされてるの？」

「これ以上『二階堂』の姿は見たくないんだよ、前を向くためにも。だから二十時過ぎまでここにいる」

蓮司はまともに取り合うことを放棄した。

「……うち来れば？」

「ううん。ちょっと一人で考えたいことあるし」

「そう」

部室を出る時、蓮司はさり気なく尋ねた。

「麗一、美耶さんが話しに来たほんとの目的を考えてるんだろ？」

「まあな。いま言えることは、俺は彼女の話は信じないということだけだ」

第六章　惨劇の後の後

一

6月30日（木）　東京○×新聞　朝刊

母親殺害　女子高生を逮捕

　6月18日夜、神奈川県鎌倉市山ノ内の住宅で、この家に住む藤宮礼子さん（42）が首に電源コードが巻きついた状態で死亡していた事件で、29日夜、同市の高校に通う次女（17）が殺人の容疑で逮捕された。警察によると、次女は28日20時頃に大船警察署に出頭したという。調べに対し次女は「日頃の恨《うら》みが募《つの》り、かっとなって殺してしまった。自殺に見せかけようとしたが失敗した。もう逃げられないと思った」と話しているという。

陽射しの強い朝だった。カーテンの隙間から眩《まぶ》しい光が矢のように降りそそぐ。スマホに手を伸ばし、もう何度目かのスヌーズ機能を止めて、蓮司はまた布団をかぶる。頭はすっかり冴えているが、起き上がる気力がない。

やがて自室をノックする音がして、控えめに扉が開いた。

母が心配そうに顔を覗かせる。

「蓮司、今日休む？」

「休みたい」

「うん。学校に電話しとくから、ゆっくり休みなさいね」

「ありがと」

自分がこんなに打ちのめされると思わなかった。昨晩あのニュース速報を見てから、いろんな感情がごちゃ混ぜになって押し寄せてきて、立ち直れないほどのショックを受けた。

しばらくして布団から這《は》い起きても、胸に何かつかえたような感じで息苦しく、そのまま動けなくなってしまう。

沙耶が母親を殺した。

自分の足で大船警察署に向かい、自首して逮捕された。

揺るぎない事実。

蓮司は深くうなだれた。あの日のことを思い出す。

二人で芝生に並んで座り、海を眺めた。とくに何を話すでもなく、ただ風に吹かれていた。沙耶はあの時すでに、母親を殺したいほど追い詰められていたのだ。あんなにそばにいたのに、なぜ自分は気づけなかったんだろう？　どうして手を差し伸べてあげることができなかったんだろう？　母親が過剰なほど厳格であると、わかっていたのに。沙耶が殺人に手を染めた責任が自分にもあるという考えが、いっそう蓮司を苦しめる。

どうにかして食い止める方法があったのではないか。

沙耶が殺人に手を染めずに済んだ現在《いま》があったのではないか。

後悔ばかりが胸に募る。

「兄ちゃん起きてる？」

扉の向こうから妹・花梨の声がした。返事を待つことなく扉が開く。手にポカリスエットを持っていた。ベッドのそばに寄って、それを「ん」と突き出した。

「ありがとう」

「顔死んでる」

「知ってる」

「兄ちゃんの同級生が逮捕されたでしょ。そのせいで病《や》んでんの？」

「そうだよ」

「なんで？　その人のこと好きだったの？　もしかして彼女とか？」

「まさか。普通に友達だよ」

「ふうん」

花梨は半信半疑といった表情で部屋を後にした。蓮司の胸にざわめきが残った。

全然意識したことなかったけど、もしかして自分は藤宮さんのことが好きだったんだろうか。

そんなこと、今さら気づいたところでなんにもならない。

蓮司は汗ばむ額《ひたい》を拭《ぬぐ》い、渇いた喉をポカリスエットで潤すと、またすぐ寝転がって目を閉じた。やりきれなさに打たれて、何かを考える気力も残っていなかった。

冬汪高校は、本年度開校九十五周年を迎えたが、これほど世間からの注目を浴びるのは初めてだった。

全国トップクラスの頭脳を持つ女子高生が母親を殺害したという、センセーショナルな事件だ。通学路から校門前までマスコミと野次馬がずらりと包囲し、職員室にはひっきりなしに取材やクレームの電話が押し寄せ、生徒らも物々しい空気に圧倒されてふだんより言葉少なだった。体調不良を訴える生徒が続出したが、保健室の女神と称された四条は今や留置場の中。

やっとみんなの心が幾ばくか落ち着いてきた放課後、今度は緊急の保護者会が開かれて、学校に続く道という道から保護者がなだれ込んでくる。野次馬は徐々にはけたが、マスコミはまだしぶとくへばりついている。そこに、全部活動や委員会が休みになったせいでいっせいに帰宅し始めた生徒らが加わって、通学路一帯はまたしても異様な雰囲気に包まれた。

麗一は廃校舎の廊下から窓外を見下ろして、行き交う人々の様子を眺めていた。保護者はみな不安そうな顔をしているが、生徒の中にはこの状況を面白がっているような者も少なくない。

外の騒々しさに比べて、廃校舎は死んだように静かだ。

部室に入っても誰もいなかった。こんな状況下でもし誰かに相談に来られても迷惑なので、扉の札を赤の〝来客中〟に変えておく。

机に突っ伏して二時間ほど睡眠をとったが、起きても蓮司の姿はなかった。

さすがに直帰したのかな。

携帯が壊れて以来、直接会う以外に連絡する術《すべ》がない。

蓮司が来ないと暇だが、家に帰る気分にはなれなかった。

十八時を過ぎたばかりで、外はまだ明るい。

しょうがないから糸電話でも作るか。

胸ポケットからたこ糸を取り出したそのとき、扉がガラリと開いて、見知らぬ顔が覗《のぞ》いた。

中肉中背で薄い顔立ちの男子生徒。目つきが悪い以外に、これといって特徴がない。学校指定ではなく、スポーツブランドのジャージを着ている。

彼が無言のまま、ただじっと明後日の方向を見つめているので、麗一はしびれを切らして尋ねた。

「なんの用？」

声のぶっきらぼうなのにビクッとして、男子生徒は視線をきょろきょろさせながら口を開いた。

「えっと、ここ相談室って聞いたんすけど。相談乗ってくれるんですか」

「ああ。けど今日は受け付けてないよ。校長からのお達しで部活動は全面休止だしな」

「じゃあ、帰ったほうがいいんじゃないですか」

「俺は部活動はしていない。ただ、ここにいるだけだ」

しょうもない屁理屈を言われ、男子生徒は鼻白む。それから、伸びた前髪を鬱陶《うっとう》しそうに掻《か》きあげて尋ねた。

「えっとー、いつまでいるんですか？」

「二十時くらいかな」

「じゃあ、さすがに先生に言いつけますね。俺こう見えて学級委員なんで、目撃した以上は先生に言う義務があるっていうか」

「帰るよ。帰ります」

麗一は速攻で立ち上がった。

「そうしてください。俺も告げ口とかなるべくしたくないんで」

麗一は大人しく廊下に出たが、数歩ほど歩いたところで振り返った。男子生徒が見ていないのを確認して、隣の空き教室にすばやく忍び込む。そして、身軽な動作で窓枠を飛び越えると、外壁の出っ張り部分を伝って部室の窓の前まで辿り着いた。

男子生徒に気づかれぬよう、窓越しに室内を覗き見る。

教室の前方にしゃがみこんでいた男子生徒は、何やら黒板の裏に両手を這わせていた。ほどなくして、そこからUSBメモリのようなものを探り当てると、瞬時にそれをズボンのポケットに忍ばせた。

彼が立ち上がろうとしたところで、麗一は勢いよく窓を開け放った。

「おい、何隠したんだ?」

「ひいっ!」

突如降りかかった声に、男子生徒は短い悲鳴をあげて尻餅をついた。

麗一は窓枠を飛び越えて室内に足を踏み入れると、男子生徒の腕を引っつかんだ。

「ポケットに何隠したんだ?　しらばっくれたって無駄だ」

「いや、二階の窓から現れて急になんだよ。こえーよ」

「質問に答えろよ」

男子生徒は必死に抵抗を試みたが、麗一はひどく強い力でつかんで離さない。

「いてえよバーカ。ってかここ土足禁止だし、窓から侵入したのも全部、先生に言いつけるぞ？　いいのか？」

「お前ここの生徒じゃないだろ」

「………」

「うちには学級委員なんてない。代議委員っていうんだ。それに、指定ジャージ以外のスポーツウエアを着てるのはサッカー部とバスケ部くらいだけど、俺、何回も助っ人で試合出たからわかるんだけど、お前みたいに眉《まゆ》に剃《そ》りこみ入れてる奴はいなかった。おまけに、俺と喋ってる最中もやけに黒板の方ばっか見てるし、俺に早くいなくなるよう促してくるから、どうも怪しいと思ったんだよ。だから泳がせようと思って、帰るふりして外壁を伝って戻って来たんだ」

　すっかりしてやられ、反論の余地もなく、男子生徒は深くうなだれた。

　その隙を狙って、麗一は彼のポケットからＵＳＢメモリのようなものを奪い取った。

「何これ？」

「関係ないだろ」

「言えないようなものなんだな。警察に届けるよ」

　そう言って麗一が去ろうとするのを、今度は男子生徒が腕をつかんで引き止めた。

「ボイスレコーダーだよ。頼むから警察には言わないでくれ」

「お前が自分の意思で仕掛けたのか？　それとも、誰かの片棒を担いでるわけか？」

「なんの権限があってそんなこと聞くんだよ」

「録音してたのって、このあいだの会話だろ。藤宮美耶が犯人を告発した――」

　麗一の言葉に、男子生徒は思いきり顔をゆがめた。

「図星みたいだな。あの事件に関連があるとわかった以上、警察に行って洗いざらい話してもらう必要がある」

「無理だ。警察には言えない」

男子生徒は自由がきく左手をもう片方のポケットに突っ込んだ。一瞬のうちに、中から折り畳み式のナイフが出てきた。窓外からの夕陽を浴びて、刃の先端がぎらりと光る。

麗一は面食らって反射的に後ずさった。

男子生徒はナイフを両手でがっちりと握り、麗一の眼前に突きつけて、どうにも頼りなく弱々しい声色《こわいろ》で言った。

「それを返さないと、今ここであんたのこと殺す……かも、しれない」

麗一は小さく息を吐き出して、男子生徒の前にボイスレコーダーを差し出した。そして、彼の注意がそちらに引きつけられている隙に、もう片方の手で胸ポケットの携帯を取り出し、それを掲げた。

「あとワンプッシュすれば一一〇番に繋がる。俺のこと一発で殺せるとは思えないし、お前の犯行だって一瞬でばれるよ。冷静になったほうがいいんじゃない」

実際には携帯は壊れておりはったりに過ぎないのだが、効果は十分にあったようだ。悔しそうに歯ぎしりする男子生徒を、麗一は落ち着き払った様子で見下ろした。

「取引をしよう。お前が知ってることを全部俺に話してくれ。そうしたら、俺はこれを返す。警察にも言わない。どう？」

「はあ？　警察に言わない保証がどこにあるんだよ」

「これを返せば、俺の手元に証拠は何も残らない。万が一警察に言ったところで信じてもらえるわけないだろ。藤宮美耶が告白した音声も、お前がここに来た物証も何も残らないんだから」

「そこまでして何が知りたいんだよ」

「単なる好奇心だよ。そこら辺にへばりついてた野次馬とかマスコミとかと一緒。珍しいことでもなんでもない」

男子生徒は途方に暮れたように肩を落とした。疲労と諦めの色が見て取れた。

ややもしないうちに、観念したようにぽつぽつと話し始めた。

「別に大したことじゃないよ。レコーダーは美耶が仕掛けたらしい。俺は、それを今日回収するよう美耶に頼まれた。それだけだ」

「藤宮美耶が、『妹が母親を殺した』という自らの告白を録音するためにこれを仕掛けたのか。それを回収してどうするつもりだったんだ?」

「本当は、匿名《とくめい》でＹｏｕＴｕｂｅにアップロードする予定だったんだ」

「匿名で〝第三者からの流出〟と偽《いつわ》り、『妹が犯人』だと世間に拡散して印象操作するためか。姑《こ》息《そく》だな」

男子生徒は神経に障《さわ》ったように眉を吊り上げた。

「でもその必要はなくなったんだ。なぜって、あんたも知ってるだろうけど、そんなまわりくどいことせずとも、妹が自供したから。で、このレコーダーはいらなくなったんだけど、もし誰かに見つかって美耶の企《たくら》みがバレたらまずいっていうんで、俺が急いで回収にきたんだよ。美耶は今、自由に身動きとれる状況にないからさ」

言い終えて、肩の荷が下りたように、男子生徒は大きく息を吐いた。

一方で、麗一はよけい訳がわからなくなった。

「つまり、本当は美耶が犯人だけど、美耶は沙耶に罪を被せようと企んだ。しかし、実行する前に沙耶自身が美耶をかばって嘘の自供をした。こういうこと？」

男子生徒はすぐさま首を振る。

「違うよ。美耶が人殺しなんてするわけないだろ。美耶があの日あんたらに告白したことは本当だよ。本人がはっきりそう言ってた」

「じゃあ、なんでわざわざまわりくどいやり方しようとしたんだ。直接警察に話せばよかったじゃないか」

「そんなこと俺に言われてもわかんないよ。なんか事情があるんだろ。俺は恋人の美耶を信じるよ。で、約束どおりレコーダーは返してくれ」

麗一は手元のそれが急に大して意味のないものに感じられ、言われたとおり投げ返した。男子生徒はすばやくキャッチすると、ナイフと一緒にポケットに仕舞い込んだ。

それから、ふてくされたような視線を麗一に向けた。

「おい卯月。まだしょうもない演技続けるつもりか？」

「何が。というかなんで俺の名前知ってるんだ」

「はあ、まじで気づかなかったのかよ。小学校一緒だったじゃあん。六年四組の井口雅也だよ。俺は卯月のこと一目でわかったのに」

「……井口？　ああ、あの井口か！　なんか雰囲気変わったからわかんなかったよ」

本当はまるで覚えてなかったが、いかにも思い出したふうに言うと、井口は途端にホッとした表情を浮かべて、

「今度ボウリングでも行こうぜ！」

と手を振って去っていった。数分前にナイフを突きつけてきたとは思えないほど、爽やかな動作だった。

「あいつと藤宮美耶は付き合ってるのか」

麗一は狐《きつね》につままれたような表情で、その後ろ姿を見送った。

二

十九時ごろ、静まり返った蓮司の部屋に着信音が鳴り響いた。布団から手を伸ばし、スマホを手に取る。

すみれ子だった。

「もしもし。滝君？」

憂《うれ》いを含んだ声。

事件発生以降、すみれ子は目に見えてやつれていた。沙耶が逮捕された今の心境などいかばかりだろうかと、蓮司は胸が痛んだ。

「うん、どうしたの？」

「滝君、今日学校来なかったね。話したいことがあったんだけど」

「ごめん、ちょっと体調悪くて」

しばらくの沈黙。

階下からは、バラエティ番組のにぎやかなナレーションがぼんやりと聞こえてくる。

「昨日、沙耶が逮捕されたでしょう」

「うん……」

「沙耶が自首する前ね、私ちょっと会ったんだ」

「えっ」

蓮司は布団から飛び起きた。

「沙耶、絶対に無実だと思う。『すみれ子にだけは、私のこと信じてほしい』って、はっきり言われたもん。このことは二人だけの秘密だからって念を押されたけど、私どうしても納得いかなくてさ」

「それじゃ、誰かを庇《かば》って嘘の自供をしたってこと？」

「そうとしか思えない。事情がわからないけど……。ねえ、どうにかできないかな？　滝君、真犯人を捜し出して、沙耶の無実を証明してよ。こんなときこそ、たこ糸研究会の出番だよ！」

——真犯人を、捜し出す。

蓮司は鼓動がにわかに高鳴るのを感じた。一筋の希望が差すとともに、恐怖や不安、怯《おび》えといった負の感情がいっぺんに胸になだれ込んできた。

本人が殺害を自供しており、警察の捜査でも整合がとれたからこそ逮捕に至ったのだ。

その事実を、一介《いっかい》の高校生である自分たちが調べ直したところで覆《くつがえ》せるものなのだろうか。

沙耶が犯人だと裏付ける証拠ばかりが出てきて、よけい絶望に打ちのめされるだけではないのか。

でも——。

沙耶がすみれ子に残した言葉。

そこに何か重大な秘密が隠されていたとしたら。

自分たちの力で真実を明かし、彼女の未来を変えられるとしたら。

あの儚《はかな》げな優しい笑顔が、ふっと思い出される。

次の瞬間にはもう、蓮司の決心は定まっていた。

「もちろん、真犯人を捜し出してみせるよ」

電話越しに、すみれ子が安堵のため息を漏らした。

「ああ、よかった。ありがとう。実は私、いま一度事件のことを一から調べ直してるの。きっと役に立つと思うから、資料としてまとめて明日にでも滝君に渡すね」

「ありがとう。助かるよ」

電話を終えてから、まず麗一に連絡しようと思ったが、彼の携帯がしばらく壊れたままになっているることを思い出す。

しょうがない。直接話しに行くか。

心配する母を振りきり玄関扉を開けると、目の前に麗一の姿があった。

「うわ、びっくりした。ちょうど麗一ん家に行こうとしてたんだよ」

「そうなんだ。俺も話があってさ」

どことなく表情に翳《かげ》りが見えた。走ってきたようで、息を切らしている。

「何かあったのか？」

おそるおそる尋ねると、麗一は薄暗い玄関ポーチに突っ立ったまま、口を開いた。

「井口雅也って覚えてるか。俺らと小学校一緒だったらしいんだけど」

「もちろん。鎌倉わくわく探検っこクラブの伝説のリーダーだったよな」

「それは知らない」

「井口がどうかしたの」

「誰にも喋らない約束だったんだけど、蓮司に黙っとくのは気持ち悪くてさ」

そう言うと、麗一は放課後の出来事をかいつまんで話し始めた。想定外のことを次々に聞かされて、蓮司は混乱した。

わざわざ部室にボイスレコーダーを仕掛けて告発を録音し、その音源を匿名でＹｏｕＴｕｂｅにアップロードしようとした。理由は、沙耶が犯人だと世間に知らしめるため。その後、美耶は恋人の井口を利用してボイスレコーダーを回収しようとした。

「なんでそんなことしたんだ？」

「印象操作が目的だろう。あの告発が真実なら、わざわざこんなことをする必要はない。やはり彼女は嘘をついているんだ」

その言葉を受けて、蓮司は衝動的に叫んだ。

「藤宮さんは犯人じゃない！　きっと誰かをかばってるんだ！」

「じゃあ誰かって誰？　姉の美耶か？　あの人が自分の母親を殺す動機が、俺にはどうも想像つかないんだけど」

対照的に冷静な麗一が問うと、蓮司は勢いを失《な》くしてうつむいた。

「それは……」

「よしんば美耶が殺したとして、妹の沙耶が罪をかぶろうとする理由は？」

「それも……」

「そもそもどんな理由があるにせよ、人を殺すなどとんでもないことだろう。それも双子の片方が親を殺し、もう一方がその罪をかぶるなんて、どうしたらそんなことができる？」

「……じゃあなんだよ。やっぱり藤宮さんが犯人だって言いたいのかよ」

ふてくされたように呟くと、麗一はあくまで冷静な面差しで首を振る。

「いや。そうじゃない。自分に置き換えてみてくれ。蓮司には大切な家族がいる。その命を人質にとられたら、お前だって同じ行動をとらないか」

そう問われ、蓮司は想像をめぐらせた。とたんに、胸の奥が苦しくなった。

「もしも家族の命が誰かの手中にあって、俺が嘘の自供をしないと誰かが殺されるってなったら、無実の罪を着る選択をすると思う。大切な人の命より守りたいものなんてこの世にはないから」

「だよな。でも、彼女たちはそういう状況下にはなかったと思うんだ。少なくとも美耶は普通に登校しているし、誰かに生命を脅かされているようには見えない。だから、美耶を人質にとられて沙耶が仕方なく嘘の自供をしているって線はなしだ」

「俺のわずかな希望の光を絶やすために来たのか」

「違う。人質にとられてるのが、人命じゃなくて情報なんじゃないかというのが、俺の推測なんだ」

「情報……？」

「うん。つまり、真犯人は他にいて、そいつは藤宮姉妹のなんらかの秘密を握っている。それをばらされたら、姉妹の人生が破滅する、くらいの秘密だ」

「藤宮さんは真犯人に脅され、嘘の供述をしているってこと？」

「そうだ。俺は最初金目当てで姉妹が犯人をかばっていると推測してたんだ。犯人はなんらかの理由で母親と懇意にしており、長年にわたり藤宮家に金銭的な援助をしていた。だが、母親とトラブルになり衝動的に殺害してしまい、偶然姉妹に犯行を目撃された。犯人は金銭的な援助の継続を条件に、自殺の偽装工作に手を貸すよう要請し、姉妹はこれに応じたのだと。

だが、沙耶が自供した以上、この説は却下せざるをえない。ただの女子高生が、金のために殺人の罪をかぶるなんて有り得ないからな」

「それを言うなら、ただの女子高生が、人生が破滅するほどの秘密を抱えているとも、とても思えないんだけど。しかも、真犯人はどうやってその秘密を知ることができたんだ？」

麗一は視線を落として、ため息をつく。

「そこなんだ。どうにかして、そこを探れないかと……」

そのとき扉ががちゃりと開いた。

花梨だった。

髪の毛を二つ結びにして、ピアノ発表会用の白いワンピースを着ている。そわそわと前髪を撫でつけたり、内股ぎみだったりして、やけにしおらしい。

さっきまで寝間着であぐらかいてポテチ食ってたのに。

蓮司が白けた視線を送る横で、花梨は上目遣いで麗一を見つめた。

「麗一さん、こんばんは。よろしかったら上がってください」

「花梨ちゃん久しぶり。それじゃ遠慮なく」

麗一はぺこりと頭を下げて、導かれるまま室内に入った。

花梨がそのまま扉を閉めようとするので、蓮司は慌てて制止する。

「あれ、なんだ兄ちゃんいたんだ」

「いたよ。ずっとここにいたよ」

ショックを受ける蓮司を置いてけぼりに、花梨は麗一のすぐ横にぴたりとくっついていった。

「それでは、ごゆっくりどうぞ」

愛嬌たっぷりの声で言うと、花梨は静かに蓮司の部屋の扉を閉めた。実にたおやかな仕草だった。

「麗一が来ると人が変わる」

蓮司がおもしろくなさそうにオレンジジュースをあおる。二人は座卓に向かい合って座っていた。座卓の上には山盛りのサンドイッチ。滝家はすでに夕食が済んでいたが、麗一が夕飯はまだだと言うと、母が手早く作ってくれたのだ。

ふてくされる蓮司をちらりと見て、麗一はふっと憂《うれ》いを帯びた顔つきになる。

「幸せだよ、蓮司は」

「妹に無下《むげ》にされる兄のどこが幸せなんだ」

「そういうのが幸せなんだよ」

麗一は意味深に呟《つぶや》いて、卵サンドイッチを頬張った。二口でたいらげると、居住まいを正して本題に入った。

「俺が気になるのは、ボイスレコーダーを誰が用意したのかということなんだ」

「美耶さんだろ」

「たしかに井口は、ボイスレコーダーの回収を美耶に頼まれたと言っていたな。だが、美耶は正直、そんなことを思いつくタイプではないだろう」

そう言われて、蓮司も難しい顔になる。

よく言えば素直、悪く言えば単純というのが、美耶に対する蓮司の印象だった。麗一の言うとおり、彼女がそんな小難しいことを計画したというのは考えづらい。ましてや自分の母親が殺害された状況下で、そこまで頭がまわるとも思えない。

「じゃあいったい誰が？」

「真犯人が美耶に指示したんじゃないか」

蓮司が困惑した様子でたずねる。

「美耶さんは犯人と面識があったってこと？」

「俺が思うに、姉妹どちらとも面識があったんじゃないか。

犯人は藤宮礼子殺害後、自殺を偽装したが、警察の目を欺《あざむ》くことはできなかった。他殺を疑われた以上、犯人が必要になる。

真犯人は姉妹の弱みを握っていて、なぜかはわからないが、妹の沙耶を犯人に仕立てることにした。そこで美耶を言い含めて嘘の告発をさせ、その音源を匿名で動画サイトに流出・拡散させることを思いついた。

なぜそんなまわりくどいことをしたか？　たぶん、妹の沙耶の自白だけでは心もとないと考えたのだろう。捜査のプロの手にかかったら、沙耶の嘘がばれる可能性が高い。そこで、沙耶の自白を補強する状況証拠を作るために、姉の美耶に手の込んだ告発をさせることにしたんじゃないか」

「だとしても、どうしてボイスレコーダーを部室に隠したのかな？　自分のバッグにでも入れておけば、わざわざあとで回収する手間も省けたのに」

「バッグにひそませていたら自分の声だけより鮮明に拾われて、自作自演がばれるとでも考えたんじゃないか。あくまで『第三者からの流出』を装いたかったんだろう。

だから一定の距離をとって全方位の音を拾うべく、黒板の裏にボイスレコーダーを仕込んだ。

で、その回収役を井口に任せたところ、あいつはしくじって俺に企みがばれた」

「井口も噛んでるのか」

「いや、命令どおり動いてるだけで実情は理解してないだろ。美耶の傀儡《かいらい》みたいなもんだ」

「すると、真犯人はいったい誰なんだ。藤宮礼子を殺害する動機があって、かつ、姉妹の重大な秘密を握っていて、なおかつ、美耶さんと共謀して沙耶さんを犯人に仕立て上げようとした、そいつは誰なんだ？」

蓮司が眉間にしわを寄せると、麗一もツナきゅうりサンドに手を伸ばしつつ、表情を曇らせた。

「いまはまだ真犯人の目星はつかない。なんでも、元夫も被害者が貢《みつ》いでいた若い男たちも、軒並み確固たるアリバイがあるそうだ」

「それは知ってる。志田から聞いた」

「蓮司もか。俺も志田から聞いたんだ」

麗一は決まり悪そうに呟く。「奴を召喚するべきか」

蓮司は溶けかけた氷をガリリとくだいて、思い出したように呟いた。

「……綾乃さんなら、何か知ってるかも」

麗一も神妙な面差《おもざ》しになる。

「四条か。たしかにあの人なら、だまくらかして金をむしり取るくらいには、被害者のことをよく知っているはずだ」

「その言い方よせよ」

「事実だろ」

冷静に返されて、蓮司は何も言えずむすっとしてしまう。

麗一は気にせず話を進めた。

「四条綾乃なら今、藤沢警察署の留置場にいるらしい。志田が意気揚々と言いふらしていた。だめもとで面会を申し込んでみるか」

そもそも単なる生徒が会いに行けるのかと疑問に思った蓮司だったが、ネットで調べたところ、面会時間と人数に制限があるとはいえ、知人程度の間柄でも面会可能ということがわかった。どんな些細な手がかりでもいい。なんとかして真相を突き止めて、藤宮さんを救いたい。

蓮司は座卓に身を乗り出した。

「明日の放課後、さっそく行ってみよう。今こそたこ糸研究会の真価を発揮するときだ」

三

あくる日の放課後、まだ強い陽射しが照りつけるなか、二人は藤沢警察署を訪れた。小田急江ノ島線の本鵠沼《ほんくげぬま》駅から徒歩七分ほどの距離にある、立派な建物だった。

蓮司はひどく緊張して喉がからからになり、キンキンに冷えた魔法瓶《びん》の麦茶を何度もあおった。なんとしてでも手がかりを得なければという使命感と焦燥感、かつて憧れていた女性とこのようなかたちで対面するという虚しさ、いろいろな感情が複雑に入り混じっていた。

麗一はいつもどおり落ち着いて見えた。何か深く考え込んでいるのか、何も考えずぼうっとしているのか、その表情から窺い知ることはできない。

事前に電話で予約しておいたおかげか、受付を済ませるとすぐに面会室まで通された。

薄灰色の小部屋で、ドラマや映画で見たとおり、アクリルボードが中間を仕切っている。その先に、四条綾乃が座っていた。背後には警察官らしい係員の姿もあった。

ボード越しに、向かい合うようにして腰を下ろす。

かつての気高い美しさはすっかり色褪《あ》せていた。

灰色のトレーナーを着ているせいか、白い顔はくすんで見え、目の下のくまがひどく、頬がこけている。髪はぼさぼさで寝癖がひどく、唇はひび割れて赤い血がにじんでいた。

ほんの数日でここまで人相が変わるものかと、蓮司は動揺を隠せなかった。

麗一はさして衝撃を受けることもなく、よく通る声で言った。

「お久しぶりです、四条先生。僕ら冬汪高校の生徒です。在任時はお世話になりました。といっても、保健室は連日大盛況で僕らのことなんか覚えてないでしょうけど」

「いやあなたたちのことはよく覚えてるよ。『保健室の枕が気に入ったので家のと交換してほしい』と何度も訴えてきた卯月君。それから、公民館の児童劇『おむすびころりん』のおむすび役で手首を骨折した滝君だよね？」

麗一が冷めた目を蓮司に向ける。

「蓮司、ヒーローショーに駆り出されて過激なアクションを演じたせいで怪我したって、豪語してたくせに。『おむすびころりん』だったのかよ」

「麗一こそ、学校の備品と私物の交換をせがむなんて常識に欠けることをしてたくせに」

「握り飯の役で骨折した人間には言われたくない」

二人が些末《さまつ》な言い争いを始めたのを見て、四条はやれやれと言ったふうに額に手を押し当てた。

それから深いため息をひとつ。

「あなたたちなんの用？　私を慰めるために、くだらないおしゃべりをしにきたわけではないでしょう？」

蓮司は言い渋ったが、麗一がきっぱりと答える。

「時間も限られてるので単刀直入に申します。藤宮礼子について、先生が知っていることを教えてください」

四条は露骨に顔をしかめると、冷たく乾いた声で言い放った。

「あの人？　はるばる来てもらって悪いけど、プライベートなことはわかんないよ。客と客引きっていう特殊な関係だしさ。私から見たあの人は、若い男を金で買う哀れな女。醜い女。ただそれだけ」

ああ、この気怠《けだる》く擦《す》れた感じが彼女の本質なんだな。

蓮司はそう悟った瞬間、わずかに胸底に残っていた淡い恋情が跡形もなく消え去っていくのを感じた。それでずいぶん楽な気分になった。

「でも、何回か会ったことはあるんですよね。なんでもいいので、何かありませんか」

四条は少し考えてから、思い出したように言った。

「そういえばあの人、私が紹介した男たちに娘の存在を気づかれないよう、異様に気を張ってたな。独身だって嘘ついて、徹底的に娘の存在を隠してた」

「なんでだろう」

蓮司の疑問に、麗一が答える。

「怖かったんだろう、男たちの関心が娘にいくのが」

「男ってそんなもんでしょ。若ければ若いほどいいってね」

四条が苦虫をかみ潰したような顔で吐き捨て、頬杖をついて続けた。「実際過去にそういうことが何度もあったみたいなんだよ。自分の恋人に綺麗な娘の存在がバレちゃって、その途端に彼らの意識も関心もぜーんぶ娘に奪われちゃったって。そのうち一人がかなり危うい人だったらしくてさ、娘さん執拗《しつよう》につきまとわれちゃって、けっこう大変だったみたいよ」

「最近のことですか？」

「いや。私と知り合う前だから、三年以上前かな。それで私、あの人からメチャクチャ釘《くぎ》さされたもん。自分が子持ちだってことは絶対に言うな、居住地も決してバレないようにしろって」

「娘につきまとったのがどんな奴かわかりますか？」

麗一の問いに、四条は小さく首を傾げた。

「さあ。定職にもついてないフラフラした若者だって聞いたけど。ねえ、こんなこと聞いてどうするつもり？　もしかして、あの人を殺した犯人が別にいると思ってる？」

「はい。沙耶さんが犯人のわけありませんから」

蓮司が即答すると、四条は疲労が滲《にじ》む表情でふっと笑った。

「若くて純粋で幸せだね」

蓮司は馬鹿にされたようで不快だったが、その瞳の奥に深い哀しみが横たわっているのに気づいて、胸が痛くなった。慰めの言葉ひとつ思い浮かばないうちに、面会時間も半分が過ぎようとしていた。

「先生は三月生まれですね？」

麗一が唐突に尋ねた。

「そうだけど……え、急に何？　なんで知ってんの？」

「なんというか、勘ですね」

「そう……やめたほうがいいよ、そういう不気味なサプライズ。女の子にモテないよ」

四条はうす気味悪そうに言うと、少しためらいを見せたのちに尋ねた。

「ところで、A組の大岩先生って元気？　教え子から殺人犯が出ちゃって、相当参ってるんじゃない？」

「大岩先生、面会に来てないんですか。あなたの恋人なのに」

麗一の言葉に、四条は肩をびくっとさせた。

「ああ、すみません。藤宮礼子の葬儀でお二人が言い争っているところ、偶然見てしまったんです」

麗一があっけらかんとした口調で言うので、四条もなんとなく肩の力が抜けたようだった。開き直ったように椅子に深くもたれて言った。

「ふーん。見られちゃってたのか。で、二人の目には私たちが恋人同士に見えた？」

「ええ。違うんですか？」

四条はふいに笑みをこぼした。

「私、あの人の元教え子だよ。義父の虐待で地獄みたいな人生を歩んでた私を守ってくれて、いつも味方でいてくれた。あの人は絶望の淵《ふち》にあった私のことを救ってくれた、命の恩人なの」

「その後、恋愛関係に発展したのではないですか？　あのハートのネックレスは大岩先生からのプレゼントでしょう」

「……恥ずかしい話だけど、『付き合ってくれなきゃ死んでやる』なんてわめいてさ、無理やり彼女にしてもらったの。私が一方的に彼のことを好きだっただけで、彼は私のことを女として見てなかった。

ほとんど毎日のように家に遊びに行ったけど、手すら繋いでくれなかったもの。『君が高校を卒業してからにしよう』なんて言って。頼んでもないのに高そうな服とかバッグとかいろんなものをプレゼントしてくれたし、毎日のように家に押しかけても文句ひとつ言わなかったから、大切にされてるんだと思ってた。

けど高校を卒業した途端、一方的に別れを告げられたの。こんなふうに逮捕されても一度も面会に来ないどころか、連絡すらない。あんなにずっと一緒にいたのに……あの人にとって私ってなんだったんだろうって、考えちゃうよね。……なんて、こんなことあなたたちに話すことじゃないね」

「ずいぶん雑な扱いを受けたのに、まだ大岩先生のことが好きなんですね」

麗一が無遠慮に言うと、四条は複雑な表情を浮かべた。

「当たり前じゃない、ずっと一緒にいたんだから。正直、私は生徒のことなんかどうでもよかったの。ただ彼のいる学校が好きだった。彼のことだけずっと見ていたかった。それだけ」

四条は遠い目をしていた。蓮司や麗一には見えない何かを見つめているようだった。

短い沈黙のあと、背後の警察官が立ち上がり、面会時間の終了を告げた。

藤沢警察署を出たのは十八時を過ぎたころだった。空はまだ明るい。風が姿をくらましたせいで、熱い空気のかたまりに包まれて、じわりじわりと蒸し焼かれるようだった。

最寄りの本鵠沼駅から藤沢駅まで戻ると、二人は北口のペデストリアンデッキに向かった。風に吹かれて少し休みたい気分だった。

自販機でジュースを買い、空いているベンチに並んで腰を下ろす。行き交う人々をぼうっと眺めながら、蓮司は深いため息をついた。

「綾乃さんが見えないタバコを吸っているように見えたよ」

「エセ文学少年って感じのすかした台詞《せりふ》だな」

麗一の皮肉に反応するでもなく、蓮司はキンキンに冷えた缶ジュースを額に押し当てた。それで少し頭がすっきりした。

「美耶さんにつきまとっていた若い男って誰かな」

「そいつの正体がわかれば、事件の真相に一歩近づけそうだな」

「けどさ、ボイスレコーダーを渡したのが犯人なら、そいつと美耶さんは共犯者ってことになるじゃん。自分のストーカーと手を組むような真似するかな」

「そうだとしたら、やむを得ずってことだろうな。そのあたりはもっと調べないと」

「どうやったらその男を突き止められるんだろう」

「本人に聞くのが一番早い」

「……美耶さんに？」

麗一が無言で頷く。蓮司はわかりやすくうろたえた。

「そんな、素直に答えるわけないだろ。はぐらかされるに決まってるじゃん。ってかどうやって聞くんだよ。犯人との共謀を疑ってるなんて、面と向かって言えやしないよ」

「なんだよ。蓮司、藤宮さんを助けたくないのか」

「助けたい」

蓮司は即答して、威勢よく立ち上がった。そして高らかに宣言した。

「さっそく美耶さんに電話しよう」

「威勢がいいのは結構だけど、あんまり張り切りすぎるなよ」

「わかってるよ」

蓮司は気持ちを落ち着かせるために缶ジュースを一気にあおると、深呼吸してスマホを取り出した。

美耶に電話をかけるのは初めてだった。意外にもワンコールで繋がった。

「もしもし、藤宮さん？」

「……滝君？」

電話越しの声はどこかこわばっている。後ろから、バラエティ番組の空疎《くうそ》な笑い声がかすかに聞こえてくる。

「久しぶり。急にごめんね、いま電話平気？」

「大丈夫だけど、ちょっと待って」

起き上がるような雑音。ぱたぱたと早足で歩いていく音。

リビングのソファに寝転がってテレビを観ていたのではないかと、蓮司は推測した。

「自宅？」

「ううん、沙耶がいなくなってから、叔母さん家《ち》で暮らしてるの。逗子の七ＬＤＫタワマン最上階だよ。大きな出窓から海を見渡せるの」

そう言われても蓮司にはぴんと来ない。どことなく自慢げな口調だったので、とりあえず、

「すごいね」

と相槌を打っておく。

「話があるんだ。麗一も一緒なんだけど、スピーカーにしても平気？」

「えっ、卯月君？　もちろんいいよ」

声が二オクターブくらい上がる。美耶は電話越しに何やらがさごそやったあと、甘い声で言った。

「こんにちは卯月君。話って何かな」

電話かけたの俺なんだけどな。

蓮司はくさくさした気分で麗一を見やる。彼は淡々と応じた。

「こんにちは藤宮さん。直接話したいんだけど、今から会える？」

「えっ。今から？」

興奮と怯えが入り混じったような声。

「うん。場所教えてくれたら、すぐ向かうから」

「待って無理。直接は無理。というか、月曜日に学校で話せばよくない？」

「じゃあこのまま電話で。いま聞きたいことなんだ」

不穏な空気を感じ取ったようで、美耶は警戒をあらわにした。

「もしかして沙耶のこと？　沙耶のことなら私に聞かれてもなんも言えないから」

「君、男にしつこくつきまとわれた経験がある？」

「はい？」

とまどう美耶の声。もうちょっと脈絡《みゃくらく》ある喋り方をしろよ、と蓮司が肩を小突く。

だが、美耶は意外にも得意げな口調ですらすらと返してきた。

「そんなのしょっちゅうだよ。自慢じゃないけど学内に会員百人超えのファンクラブがあるくらいだし、全然知らない男子から一方的に好かれたり、そのへん歩いてるだけでナンパされたりスカウトされたりなんて、もう数えきれないくらいあるよ」

「そうなんだ。外見のせいでずいぶん苦労してるんだね」

「まあね。昔からずっとそうだからもう慣れちゃったけど」

「とすると、たとえば、小中学生くらいの時にもストーカーされたことがある？」

「…………」

「どう？」

「その話は……したくない」

声のトーンが一気に変わった。

「よほどトラウマがあるようだね」

「だってストーカーって、命の危険すら感じる怖いことだもん……」

「でも、いまはそいつにつきまとわれることはなくなったんだよね。君は中学進学時にいまの家に引っ越して、学区も変えたそうだけど、それはストーカー被害から君を守るために、お母さんがそうしたということはないかな」

「だから話したくないってば！　ってか意味わかんない。急に電話してきて、なんでそんなこと聞くの？」

「あのボイスレコーダー、誰からもらった？」

麗一は美耶の問いに答えることなく、また突拍子《とつぴようし》もなく別の話題を持ちかけた。

「何それ、なんの話……」

「部室で見つけたんだ」

「私は何も知らない」

「君が仕掛けたんだろ」

「私じゃない」

「井口は君にボイスレコーダーの回収を頼まれたと言っていた。君が仕掛けたんじゃないなら、他に協力者がいるってことになる」

「嘘！　全部私がやったの！」

空気を切り裂かんばかりの絶叫。美耶は涙まじりの声で続けた。

「私が井口君に頼んだの。沙耶の罪を自分で警察の人に言う勇気がなくて、ああいうまわりくどい方法を考えついたの。それだけ。本当に誰の手も借りてない」

美耶は落ち着きを取り戻すと、ふつふつと怒りがこみあげてきたようで、恨み節になった。「だいたいなんなの。急に電話かけてきて、わけわかんないこと言い出したりして。私の立場わかってる？　妹がママを殺したんだよ？　殺人犯として逮捕されたんだよ？　どれだけ辛いかわかるわけないよね。わかってたらこんな電話かけてくるわけないもんね。ちょっと無神経すぎるよ。ひどすぎるよ」

蓮司は胸を抉《えぐ》られるような思いがした。申し訳ない気持ちでいっぱいになり、電話越しに深々と頭を下げた。

「ごめん、藤宮さんの気持ちも考えないで。いやなことばっかり聞いて、本当にごめんなさい」

「ほんとうだよ……」

「ほら、麗一も謝れ」

蓮司に思いきり耳を引っ張られ、麗一は渋々頭を下げる。

「申し訳ありませんでした」

「まあ、わかればいいよ……。私、事件のことはもういっさい考えたくないの。何もかも忘れて前に進みたいの。お願いだから、これ以上よけいな詮索しないでください。迷惑なんで」

美耶は一息に告げるなり、通話を切ってしまった。

静寂のなか、カラスの遠い鳴き声だけが響く。

しばらくして、麗一がぽつりと言った。

「謝る必要なかっただろ」

「はあ。俺は罪悪感に押しつぶされそうだよ」

「罪悪感？　むしろ不信感が押し寄せてこなかったか？」

麗一に問いただされて、蓮司は重い口を開いた。

「……正直、それはある」

「だろ」

「はじめに変だと思ったのは、彼女がいま逗子のタワマン最上階にある叔母の家にいると言ったことだ。でも逗子にタワマンなんてあったかなって疑問に思った。このあたりでタワマンがある地域といったら、横浜、川崎《かわさき》の再開発地区か商業エリアだろう」

「つまりホラだと」

「おそらく。だから、麗一が今から行くって言ったとき必死で断ったんじゃないかな。それに、自分のファンクラブの会員が百名超えとか言ってたけど、それもかなり盛ってると思う。前に、志田から美少女研究会すなわち美耶さんのファンクラブは会員五十八名って聞いたことがあるんだ。そこから二か月足らずで一気に四十人以上も増えるとは思えない」

「つまり美耶は大ボラ吹きだと」

麗一のストレートな物言いに、蓮司は苦笑した。

「それは言いすぎだよ。ただ、他人からの評価を過剰に気にしたり、何かと誇張して自分をよく見せたがる、見栄っ張りな面はあると思う」

「気づいたのはそれだけか？」

麗一は核心を促すように、蓮司の顔をのぞきこんだ。

蓮司はひとつ咳払いして、重い口を開く。

「ボイスレコーダーの件、やっぱり彼女ひとりで計画したというのは嘘だ。ほかに考えた人間がいる。それが真犯人だろう」

四

疲労感がいっぺんにきた。蓮司は果てしない難題に足を踏み込んでしまったような気分だった。うつむく蓮司の眼前に、麗一がスッと手のひらを差し出した。

視線をやると、麗一は澄ました顔でこくりと頷いた。それで察しがついて、蓮司は呆れて首を振る。

「ハイタッチの気分じゃないよ」

「そうか。俺は意見が一致して嬉しかったんだけどな」

蓮司は仕方なく、差し出された手のひらに軽く自分の手を当てた。麗一は満足そうに頷くと、滔々《とうとう》と喋り出した。

「実はかまかけたんだ。あの慌てぶり、共犯者がいると見て間違いない。で、俺はさっきまで四条の言っていた若い男というのが、それにあたると考えていた。

だが電話口での美耶の口ぶりからすると、小中学生の時にストーカー被害にあったことは、いまだに相当なトラウマになっているようだ。だとしたら、今になってそんな相手と手を組むとは考えづらい。これでストーカーの若い男＝共犯者説に絞るのは危険だとわかったよ。また考えなくてはな」

「いや、だいたいの目星はつけてる」

「振り出しに戻ったのに、やけに嬉しそうじゃないか」

「えっ」

「ただ、もう少し情報収集が必要だ。まだ話さないでおくよ」

「急に名探偵ぶるのはやめてくれ。いま話せよ」

「蓮司、井口の連絡先わかるか？」

「ＬＩＮＥはまだ残ってると思うけど……」

「会う約束を取り付けてほしい。明日か明後日か、早い方がいいな。俺も同行することは伏せてくれ。あの一件で警戒されているだろうからな」

「それはわかったけど、犯人の件、何も話さないなんてありえないからな。話してくれるまで、俺は絶対にここを動かない」

麗一がにべもなく立ち去ってゆくので、蓮司は慌ててその後を追った。

「何も話してくれないなら、俺も協力しない。井口には一人で会いに行くし、そこで得た情報も麗一にはいっさい教えてやらない」

「藤宮家に行ったことはあるか」

「ない」

「俺もない。だから美耶の誕生会に参加したというクラスメイトに聞いたんだ。一階がリビングダイニングと母親の寝室、二階が姉妹の部屋。美耶の部屋は主庭に面しており、廊下の長さからして二階の四分の三のスペースを占《し》めているようだ。その真下にある一階のリビングダイニングも同じくらい広かったそうだから、母親と妹の部屋に比べて、姉の部屋だけ極端に広いということになる。この奇妙な間取りの家は、いったい誰が建てたんだ？」

「父親の慰謝料で母親が建てたんだろ」

「その不平等な間取りも母親のアイデアだと思うか？」

「ああ。沙耶さんのことひどく差別的に扱っていたそうじゃないか」

「俺の考えは違う。支配欲と自己愛と虚栄心に満ちた母親が、美耶の部屋よりもずっと狭く条件の悪い部屋を自分の寝室にしたというのは、どうにも解《げ》せない。それにあの土地自体、離婚成立前の別居期間中に購入したものだ。元夫の慰謝料で購入したわけではないんだ」

「じゃあ、いったい……」

「第三者によって、美耶のために建てられた家だとしたらどうだ。そしてその第三者こそ、母親を殺した犯人なんじゃないか」

「わけがわからない。なんでそんなことするんだ？」

「花梨ちゃんは幼いころ人形遊びに興じたことはなかったか」

「あったけど……シルバニアファミリーとか、リカちゃん人形とかだろ」

「どうやって遊んでた？」

「どうって……自分好みにおうちを模様替えして、人形を着せ替えたり動かしてみたり……」

「かわいくて従順なお人形が、突如自我に目覚めて反抗してきたら、花梨ちゃんはどうすると思う？」

「急になんの話してんだ？」

「質問に答えてくれ」

「そりゃ花梨のことだから、ブチギレて壊すか捨てるだろうな」

「そうだ。人形遊びの醍醐味は支配だ。自分の意のままに操れない人形には価値はない。そんなものは壊してしまえばいい。

さて、大富豪の蓮司君はアフリカ旅行で美しい花を見つけ、一目ぼれして即決で購入した。しかしその花はアフリカでしか育てることができないし、蓮司君は日本に戻らなければならない。そんなとき、現地の知人から、お金をくれれば大切に育てるし、毎日花の写真を送ってあげる、と言われた。さあ、蓮司君はどうする？」

「俺、大金持ち設定なの？　それなら、現地の人に代わりに育ててもらうよ」

「そいつの不注意で花が枯れてしまったら？」

「そりゃ怒るだろうな。こっちはお金払ってるんだし」

「そういうことだよ」

「はっ？　どういうことだよ」

「俺はもう十分ヒントを与えた。これ以上は、自分で考えてくれ」

蓮司はさっぱりわからなかったが、それを素直に打ち明けるのは癪《しゃく》に障《さわ》った。

「なあ結局のところ、姉妹は二人とも無罪ってことでいいんだよな？　俺が知りたいのはシンプルにそこだけなんだよ」

「百パーセント無罪とは言えないだろうな。二人が何かを知っている、もしくは隠していることは間違いなさそうだ」

「うーん……」

蓮司はふと考えた。

沙耶さんはどうなんだろう？

母親に束縛され、勉強漬けの毎日を送らされ、姉と比較してひどく差別的な扱いを受けていた。彼女なら、そんな母親に殺意を抱いてもおかしくはない。

でも、そうだとしたら――。

蓮司は思いつめた表情で黙り込んだ。不吉な予感が胸を襲い、とたんに息苦しさを感じた。

「落ち込んでるな」

「落ち込むさ。さっきから腹の底が鉛《なまり》のように重たいんだ」

「蓮司君が比喩なんか使っている。疲れている証拠だ」

麗一はわざと茶化すように言って、軽やかに立ち上がった。

蓮司もつられるように重い腰をあげる。憂鬱を押しやるように思いきり伸びをしたが、気分は晴れなかった。

時刻は十八時四十分。帰宅する頃には十九時を過ぎるだろう。

麗一がひときわ穏やかな声で言った。

「今日はもう帰ろうか」

「そうするよ」

ＪＲ藤沢駅の改札口に向かって、どちらからともなく歩いていく。ちょうど帰宅ラッシュのようで、コンコースは混雑していた。

早足で過ぎゆく人々とは対照的に、屍《しかばね》のようにがっくり肩を落として歩く蓮司を見かねたようで、麗一はある提案をした。

「江ノ電で帰ろう」

「なんで？　遠回りじゃん」

「寄りたいところがあるんだ」

「ああ、そう」

まっすぐ家に帰る気分でもなくて、蓮司は言葉少なに頷いた。

江ノ電のホームへと続く南口の高架歩道は、あの日みんなで歩いた道に通じている。二週間ほど前のことなのに、そのすべてが昨日のことのように思い出される。

とりわけ沙耶と海辺で寝転んだときのことが鮮明に呼び起こされて、蓮司は無性に切なくなった。そして、自分の胸の奥でうずく不穏な予感から目を背けるように、あの場面を何度も回想した。

淡い水彩画のような夕空。

水を含んだような土草の匂い。

頰を撫ぜる澄みきった潮風。

遠くからかすかに聞こえてくる波音。

隣で目を閉じていた沙耶の安らいだ横顔。

あの日たしかにそこにあった幸福。

今はもう見る影もない。

「平気？」

右から麗一の声が降ってきた。顔を上げると、向かいに座っているサラリーマンと目が合った。くたびれた顔をしていた。枕木の軋《きし》む音に合わせて身体が揺れた。そこでようやく、自分が江ノ電に乗っていることに気づいた。

「意識飛んでただろう」

「うん」

車内は学生の姿が多く、にぎやかだった。斜め前に座っている女子高生二人組が、スマホの画面を見ながらにやついている。ドアの前に突っ立っている日に焼けた男子高生四人組が、小突き合いながら声をあげて笑っている。塾帰りだろうか、小学校低学年くらいの短パン姿の少年たちが、戦隊ヒーローの技名を言い合いながらはしゃいでいる。古木と潮の匂いに混じって、制汗剤や日焼け止めの匂いがかすかに漂ってくる。

まったくありふれた風景だ。

それなのにすべてが近くて遠い。果てしなく遠い。

やがて列車がゆっくりと停まる。

「ここで降りよう」

麗一は颯爽《さつそう》と立ち上がるなり、蓮司の腕を引っ張った。

降り立ったのは極楽寺《ごくらくじ》駅だった。ホームの向かいには蔦《つた》の這う擁壁《ようへき》が見え、横手にある水路からはせせらぎが聞こえてくる。いつの間にか風が出ていた。スロープを降りると、頭上でざわめく緑樹の、その音がやけに心地よく響いた。それでいくぶんか頭が冴えた。

「寄りたいところって、極楽寺？」

「おう、拝みに行こうぜ」

「参拝時間とっくに過ぎてないか」

「あ」

それは見事に濁点のついた『あ』だった。

街灯のほの明かりの下で、麗一はぱったり立ち止まる。

「全然考えてなかった。ごめん」

「いいよ。気分が沈んだままうちに帰っても母さんが心配するだろうし」

そう言って、新駅舎の手前にあるスクエアベンチに腰かけた。薄闇にぼんやりと浮かぶ円筒形の赤いポストが、なぜか哀愁を誘う。

「……なんで極楽寺？」

「蓮司が悪霊に憑《と》りつかれたかのように落ち込んでるものだから、もう神仏にすがるしかないと思って」

「お寺なら家の近くにもたくさんあるだろ」

「極楽寺は特別ご利益《りやく》があるんだよ。俺が尊敬してやまない忍性菩薩《にんしょうぼさつ》ゆかりの地でもあるし、管理人のじいさんも太鼓判を押してる。なんでも極楽寺を参拝したおかげで、薄毛の悩みがすっかり解消したというんだ」

「祈っただけで毛が復活したのか」

「いや、日増しに後退してる。アパートに野良猫の親子がやってきて、あまりの可愛さに己の毛量なんかはどうでもよくなったという話だ」

「微笑ましいエピソードだけど、それ極楽寺関係ないだろ」

「他にもある。アイスの当たり棒に憧れてた俺は、足掛け八年ひまささえあれば極楽寺にお参りに行った。そのおかげで、つい先日ようやく当たり棒を手にすることができたんだ」

「むしろ八年もかかったのかよ。ああいうのはだいたい二〜三か月に一本は当たる配分になってるだろ」

「四年に一度しか買ってないからな」

「先に言ってよ。二回めで当たったなら、たしかにご利益あったのかもな」

「いや当たってない。見知らぬ女の子がくれたんだ。来る日も来る日も『当たり棒が出ますように』と呪詛《じゅそ》のように呟《つぶや》きながら参ってたせいで、いつの間にか俺は〝妖怪当たり棒〟として語り継がれていたらしい。それで『当たり棒をあげると成仏する』という噂の真偽を、彼女は試しにきたんだそうな」

「麗一……あの都市伝説の正体は君だったのか……」

「安心しろ。棒ならちゃんと返したから」

「そこはどうでもいいよ。たしかにあれ、光を放ちながら安らかな顔で成仏したって聞いたんだけど……」

「ものすごい期待の眼差《まなざ》しで見られたんでな。できる限り成仏に近い状態で退散したよ」

「さらっと怖いこと言うなよ。もっとこう、まともなエピソードないのか」

「これ以上のものはない」

「……そう」

呆れつつも、夜風に吹かれてくだらない会話をしているうちに、蓮司の心は少しずつ晴れていった。

「今日うちで晩飯食べてけよ」

「遠慮するよ。昨日もご馳走になったばっかりで、さすがに悪い」

「ハムカツなんだ」

「行くよ」

空気がゆるむ。その隙を見計らったように、麗一が尋ねる。

「いったい何があった？　ほんの二時間前には『絶対に犯人を捜し出す！　藤宮さんを助ける！』と意気込んでいたくせに、今じゃ魂半分持ってかれたみたいになってる」

自分のなかに鬱屈《うっくつ》した感情を押し込めておくのは難しく、蓮司は正直に打ち明けた。

「藤宮さんが心配なんだ。姉妹のうち、母親に殺意を抱くとしたら藤宮さん――沙耶さんのほうだと思うから」

額に嫌な汗がにじむ。蓮司が思い至った仮説。目を背けたくなるが、現実的に最も筋が通っている仮説。

「詳しく聞かせてくれないか」

麗一に促され、蓮司は視線を落としたまま続けた。

「……姉の美耶さんに比べて、母親の自分への扱いはあまりにひどい。自由は奪われ、勉強漬けの日々を余儀なくされるなかで、次第に母親を殺したいと思うようになった。でも、母親を自分で殺す勇気はないから、第三者にいわば代理殺人を頼んだんじゃないか。沙耶さんの置かれたひどい状況からして、その可能性が高いと思うんだ」

自分の絶望的な推測に、胃の奥がきりきりと痛む。額の汗が地面に落ちる。暗がりのなか、石畳に輪郭のぼやけた黒点がにじむ。

麗一は両手で前髪を掻きあげ、夜空を仰いだ。

「たしかに母親への殺意なら、美耶よりも沙耶のほうがあるかもな」

「やっぱり麗一もそう思うか……」

蓮司はショックを隠す気力もなく、首の骨を抜き取られたかのように深くうなだれた。沙耶の無罪を信じて頑張ろうと誓ったのに、その望みが立ち消えそうな今、どうやって前を向けばいいのか蓮司にはわからなくなっていた。

その横で、麗一が唐突に声を張り上げた。

「流れ星が流れなかったら」

「はあ?」

急になんだと蓮司は訝し気に視線をやる。麗一は真面目くさった顔をしていた。

「流れ星が流れなかったら、願いごとが叶うんだ。で、俺は『藤宮さんが潔白でありますように』という願いごとを唱《とな》えたんだ。だから大丈夫だ」

「逆だろ。流れ星が流れている間に願いごとを唱えたら叶うんだよ」

「知ってるさ。でも全然流れてこないから、俺流にルールを変えたんだ」

「ずさんな願かけだな」

言いつつ、蓮司は少しだけ心が軽くなるのを感じた。

麗一はすっと立ち上がった。

「今日で藤宮さんが逮捕されて三日目だ。つまるところ週明けには、四条と同じように面会が可能な状態になる。藤宮さんに会いに行こう。直接彼女から話を聞いて、それからまた考えよう。希望を捨ててはだめだ」

やけに前向きな発言に、蓮司も奮《ふる》い立たされて腰をあげる。夏の夜風が白いシャツをはためかせた。先ほどよりもずいぶん心も体も軽かった。

すでに電車を一本見送っていた。

麗一は腹をぐうと鳴らしながらホームに向かって歩き出した。

「今日はひとまずハムカツをいただくことにするよ」

「うん」

「かたじけない」

蓮司は目を細めて、思い出したように昔話をはじめた。

「覚えてるか？　小五んときの遠足でさ、俺の弁当のハムカツがトンビにさらわれたとき、麗一がどこまでも追いかけていって、うっかり県境を越えたことがあっただろ」

「懐かしいな。トンビは空高く舞い、ハムカツは悠久の彼方《かなた》へ飛んでいった。齢《よわい》十にして俺は人類の無力さを知ったよ」

「んな大げさな」

「いま考えりゃ、トンビを追って県境を越えるなどありえないんだ。一分も経たぬうちに視界から消えたはずだよ。それから数時間ものあいだ、俺はいったい何を追いかけていたんだろうな」

「急に哲学に目覚めるなよ」

「追い求めたのはハムカツの幻影だろう。俺は昔から好物にたいする執着心がすさまじいんだ。県境と言わず、地の果てまでだって――」

麗一はそこで何か思い至ったように、はたと立ち止まった。

蓮司が訝《いぶか》しげにたずねる。

「どうしたの？」

「……井口だ」

「あいつがどうかした？」

「井口は翼のないトンビ、ゆえに美耶は地上のハムカツ……そして犯人はかつての俺なんだ」

「常人にわかるように説明してくれ」

「ああ、悪い。もし次に誰かが狙われるとしたら、井口じゃないかってことだよ。犯人が美耶にたいして激しい執着心を抱いているなら、井口が邪魔者になる」

「なるほど！」

蓮司はようやく理解した。「美耶さんの恋人だと犯人に知られていたら、あいつの身が危ないってことか」

「まずいな」

麗一の声がにわかに強張《こわば》る。

蓮司は慌ててスマホを取り出した。

「警察に通報しよう」

「証拠もないのに無理だ。説明のしようがない」

麗一の言うとおり、証拠はない。だが、このまま何もしないでいることは蓮司にはできなかった。

「なら、井口に連絡しよう。何かあってからじゃ遅い」

アドレス帳をスクロールしていき、井口の電話番号をタップする。

何年ぶりか。そもそも向こうは自分のことを覚えているのか。覚えていたとして、突然『殺人鬼に狙われているから、気をつけろ』などと言っても、真《ま》に受けてもらえるのか。

さまざまな不安が渦巻くなか、電話が繋がった。聞こえてくる、懐かしい旧友の声。

「……滝ぃ？」

語尾がふやけて頼りない。こんな気弱そうな奴だったっけ。

「おう井口、久しぶり。ちょっと話したいことが――」

「滝さ、卯月と仲良かったよな？」

話を遮られ、唐突に質問を投げかけられた。井口は移動中なのか、足音か衣擦《きぬず》れのようなくぐもった音が電話越しに聞こえてくる。

「急になんだよ」

「あいつの連絡先教えてくんない？」

「なんで？」

「この前ちょっと卯月とトラブってさ。そのせいか知らねーけど、なんか今つきまとわれてるんだよ。やべーよな。あいつ変人じゃん、面と向かって話すの怖くて」

足元からサアッと冷たくなっていく感覚がした。

「……つきまとわれてる？」

「うん、今まさに尾行されてる」

蓮司は言葉を失ったまま、前方を見た。

むろん麗一は目の前にいる。怪訝そうにこちらを見ている。

「麗一なら、俺と一緒にいるけど」

冷たい静寂が電話越しに流れる。

沈黙のあと、泣きそうな声が響く。

「じゃあ誰だよ、俺の後ろにいるやつは」

背中を嫌な汗が伝う。スマホを持つ蓮司の指先は心なしか震えていた。

「今どこ？　場所を教えてくれ」

「鵠沼駅近くの境川《さかいがわ》沿いだ。友達ん家で遊んでて、いま帰宅途中なんだ。……まだついてくる」

「他に人はいないのか？」

「いない。今ちょうど線路の下にあるトンネルみたいなところ歩いてるんだけど……ずっと等間隔でついてくるんだ。どうしよう」

「落ちついて、ゆっくりなんでもないように話してくれないか。立ち止まったり走ったりしないで、そのまま進むんだ。相手にばれたらやっかいだ」

だが蓮司の助言は、井口にいっそう恐怖心を与えたらしかった。

「あいつ誰？　滝の知り合い？　なんなの。なんで俺の後つけてくんだよ！」

パニックに陥《おちい》っているようだった。電話越しに聞こえてくる足音がにわかに速くなっていく。

「今はとにかく相手を刺激しないで撒《ま》くことだけ考えろ。人通りのある場所に出るか、コンビニがあればそこに入るのが一番……」

言い終えぬうちに、激しい雑音と足音、荒い息遣いが聞こえてきた。

「井口！　おい、どうした！」

応答がない。

激しく揺れる雑音、駆ける足音、荒い息遣い。

「井口！　どうしたんだよ！」

やはり返答はなく、ただ駆けていく足音だけが聞こえてくる。

やがて鈍い衝撃音が響き、電話はプツリと切れてしまった。

「何が起きたんだ?」

眉をひそめる麗一に、蓮司はかいつまんで話した。ちょうど藤沢行きの江ノ電がやってきたので、二人は駆け足で改札を抜け、停車した江ノ電に飛び乗った。

空席が目立ったが座る気分でもなくて、ドア付近にもたれかかる。

「よかった。鵠沼駅なら二十分くらいで着くだろ」

悠長な麗一に対して、蓮司は深刻な顔をしている。

「よくないよ。急に駆け出して、なんの返事もない。そのまま電話も切れてしまった。嫌な予感しかしない」

「あのへんって住宅街だろ。どっかしらに助けを求めて駆け込んだんじゃないか」

蓮司はグーグルマップを立ち上げて、難しい顔になる。

「その前に捕まったかもしれない」

「ほんの数十メートルくらいの距離だろ」

「そうだけど……」

危機感を募らせる蓮司だったが、ふと小学校時代の井口を思い出して少し気分が落ち着いた。

「そういえば井口ってサッカークラブのエースだったし、体育祭のクラス対抗リレーは毎年アンカーだったじゃん。鎌倉わくわく探検っこクラブの駅伝大会も毎年花の二区を任されてたから、持久力もある」

「やけに詳しいな」

「俺は井口に負けて万年二位だったんだよ」

蓮司は悔しさを滲ませながらも、ホッと息をついた。「相手がよほど強靭な心臓と俊足を持ち合わせていない限り、井口なら簡単に逃げ切れるだろう。なんといったってこの俺を負かした男だ。安心し……」

ポケットでスマホが振動した。取り出してみて、蓮司はとたんに険《けわ》しい顔つきになった。

第七章　マスター・オブ・パペッツ

一

「ＬＩＮＥ、井口からだ」
二人でトーク画面を覗《のぞ》きこむ。
〈振りきれなかった〉
〈大通りまで距離あったけど、俺が追いつかれるわけないと思って全力ダッシュした〉
〈でもだめだった〉
〈どんどん距離が縮まって怖くなってすぐそばの江《え》の沼《ぬま》公園に逃げこんだ〉
〈いまトイレの個室に隠れてる〉
〈たすけて〉

蓮司の全身から血の気が引いた。冷や汗がたらりと顎先《あごさき》を伝う。

「これ……」

見上げると、麗一も顔の色を失《な》くしていた。

「まずいな」

立て続けにメッセージが入ってくる。


〈どこいんの？　早く来て〉

〈怖い〉


鎌倉高校前駅に着いたばかりで、鵠沼駅まではまだ十分近くある。

「とりあえず、正確な居場所を聞いて警察に通報しよう」

麗一が冷静に提案する。蓮司はすぐに頷いた。

〈江ノ電でそっち向かってる。いま鎌倉高校前。十分くらいで着く。井口がいる場所は江の沼公園の公衆トイレでいいんだよな？　その男もすぐ近くにいるのか？　警察に通報するから、安心して待っててくれ〉

ほんの数秒足らずで、返信があった。

〈場所はあってる　警察にはぜったい通報しないで〉

〈なんで？〉

〈理由は言えない　でも絶対だめ　頼むから〉

美耶さんと共謀したことで、何か警察にバレたらまずいことがあるのかもしれない。だが、こんな絶体絶命の状況でそんな悠長なことを言っていられない気もする。

「どうする？」

麗一にたずねると、彼は不承不承《ふしょうぶしょう》といった感じで頷いた。

「本人の意思を尊重しよう」

「でも……」

「たとえばもし警察呼んだことが相手の逆鱗《げきりん》に触れて、結果的に井口が殺されたら、俺たち責任とれるのか」

急に恐ろしいことを言われて、蓮司は戦慄《せんりつ》した。

仕方なく井口の言うとおりにする。


〈わかった警察には言わない。その男はどこ？　どんなやつ？　情報くれ〉

〈さっきまでドアごしにずっと突っ立ってた　すきまから足元が見えた　赤いスニーカー履いてた　ノックされたけど無視してる〉

〈今は隣の個室にいる　こっちがわの壁に身体をもたれさせてるみたいで、たまに息づかいが聞こえてくる〉

〈顔は暗くてよく見えなかった　でも雰囲気若かった〉

〈あと背が高い〉

〈ぜんぜんなんも言ってこないし、動きもしない　でもすごい殺気を感じる　俺が外に出るのを待ってるんだと思う〉

〈あとどのくらいで着く？　はやく助けて〉

〈こわい〉


メッセージがせきを切ったように流れてくる。恐怖心を必死で和《やわ》らげるために、半《なか》ば強迫観念に駆られるようにしてメッセージを打ち込む井口の姿が、蓮司の脳裏にありありと浮かんでくる。

人通りの少ない川沿いにあるひっそりとした公園。周りには誰もいない。正体不明の男につきまとわれ、たった一人トイレの個室に息を潜めている。その男は何もしてこないが、殺気をたぎらせて壁一枚隔《へだ》てただけの距離で、じっとこちらの出方を窺《うかが》っている。

想像しただけで、身の毛のよだつ思いがした。

「早く助けに行ってあげないと」

「ああ。その前に、今から俺の言うとおりに井口にＬＩＮＥしてくれないか」

「いいけど……」

急になんだと思いつつ、言われたとおり指を動かす。


〈まだ犯人は隣にいる？〉

〈うん　でも何もしてこない　ときどき咳払《せきばら》いが聞こえてくるだけ〉

〈どんな声？〉

〈さあ？　ちょっと甲高いかんじの〉

〈さっき背が高いって言ってただろ　俺と比較してどう？〉

〈滝よりはずっと背も高いし骨格もしっかりしてた　一瞬だったからアレだけど〉

〈そう、ありがと。犯人に心当たりがないか、麗一たちと考えてみるよ〉

〈たちって、卯月と二人じゃないの？〉

〈いや五人いる。だから安心して待っててくれ〉


「すぐばれる嘘《うそ》ついてどうすんだよ」

呆《あき》れて見上げると、麗一は怖いくらいの無表情で言った。

「これ、本当に井口？」

「は？」

「やり取りしてるこの相手だよ」

「井口、だろ」

「違和感ないか？」

鳥肌の立つ両腕をさすりつつ、蓮司はトーク履歴を眺めた。ほどなくして、麗一の言葉の意味がわかって背筋が凍った。

「井口とは四年以上会ってないのに、どうして『滝よりはずっと背も高いし骨格もしっかりしてた』なんて断言できるんだろう」

「変だよな。あたかも最近の蓮司を知っているかのような発言。小学校時代のお前と比較するなどはありえないし」

江ノ島駅を過ぎたころ、ふたたびメッセージが届いた。

〈あの男、帰った〉

〈なんかカップルが公園入ってきたタイミングで、隣の個室が勢いよく開いて、出て行ったっぽい〉

二人は顔を見合わせた。強烈な違和感が胸を襲う。

〈まじか、よかったじゃん〉

〈助かったわ〉

〈でも不安だし迎えに行くよ〉

〈いや大丈夫　母さんに電話して、車で迎えに来てもらうから　今日はありがとな！〉

〈本当に大丈夫なの？〉

だがそれきり既読はつかなかった。

蓮司は鈍《にぶ》い頭痛を覚えながら、恐怖に顔をこわばらせた。

「五人いると言った直後、カップルが公園にやってきて、男は逃げた。だからもう来なくていいって……偶然にしてはできすぎてる」

「同意だ。蓮司、最初は電話でやり取りしてただろ。その時の相手はちゃんと井口だった。でも、井口が走り出して電話が切れたのは、おそらく犯人に捕まったからだろう。犯人は井口のスマホを奪い、井口を装って俺たちを始末するために、人のいない江の沼公園までおびき寄せようとした。だが、こっちが二人じゃなく五人もいると知って、さすがに敵《かな》うわけないと思った。で、尻尾《しっぽ》を巻いて逃げた。といったところじゃないか」

「となると、井口はいま……」

「最悪殺されているかもしれない」

頭を殴《なぐ》られたような衝撃が走る。心臓が激しく脈打ち、下唇が小刻みに震えた。

殺されたなんて、そんな——。

そのとき、ゆっくりと電車が停車した。

鵠沼駅だった。

放心状態の蓮司の腕を、麗一が引っ張ってホームに降り立つ。

「まだ絶望する時間じゃない。ひとまずは江の沼公園まで急ごう」

「うん……」

「顔色ひどいな。蓮司は先に帰るか」

「ばか言うな」

ホームに人影は少ない。地下通路へ続く階段を下りて、無人駅の改札を抜ける。

蓮司は無意識のうちに、井口の姿を探していた。もちろん最近のは知らないが、きっとこんな感じになっているだろう、というのを想像して。

「実はドッキリでした」

そんな台詞《せりふ》とともに井口がひょっこり現れてくれることを願ったが、むろんそんな奇跡は起きなかった。

右手の階段を駆け上がると、二人は江の沼公園へと急いだ。線路沿いの道路から右手にある細道を進むと、境川沿いの歩道がずっと続いている。そこから百メートルも離れていない場所に江の沼公園がある。

遠くから車の行き交《か》う音がうっすらと聞こえるだけの静寂のなかで、左手を流れる深い川がときおりざぶんと音を立てる。川は高い堤防の向こうを流れており、それが川土手に打ちつけられる音らしかった。右手には、閑静な住宅街がある。

二人は何も喋《しゃべ》らなかった。

薄暗い無人の道をひた走ってゆき、誰ともすれ違うことなく江の沼公園まで辿り着いた。

麗一が先導し、入り口のゆるやかなスロープを降りていく。生ぬるい風が肌にまとわりつき、汗がじっとりとシャツに滲む。それなのに、刺すような悪寒が全身を支配している。

湿った土のにおい、ささやかな竹林、点在する象形遊具、闇色の貯水池、鬱蒼と生い茂る樹々――。

公衆便所が、見当たらない。

視線をぐるりと巡らした蓮司は、池の傍らに咲き並ぶ花を見つけて、ハッとした。

「思い出した。俺ここ何度か来たことあるわ。夜だとわかんないけど、すごくきれいに管理されてて、リスやカメもいるんだ」

「便所は？」

「なかった」

「ふうん。じゃ、俺らの恐怖心を煽るために、犯人がご丁寧に付け加えた設定ってことか。どこまでも小賢《こざか》しいやつだな」

公園は静まり返っている。野鳥の声と自分たちの足音しか聞こえないほどだ。

蓮司は不安を断ち切るように、希望的観測を口にした。

「ひょっとして、ぜんぶ井口が考えたドッキリだったりして。もうとっくに家帰って、今ごろ呑気《のんき》に飯でも食っててんじゃないの」

だが麗一は表情ひとつ変えない。

「電話してみたら？　どうせ繋がらない」

そう言われて蓮司は、慌ててポケットからスマホを取り出し、井口の番号を呼び出した。

『……お掛けになった電話は現在電波の届かない場所にあるか、電源が入っておりません』

肩を落とす蓮司を横目に、麗一は静かに口を開いた。

「もし井口が殺害されたのだとしたら、犯人はどうやって殺したのか。いずれの交通手段にしても、帰宅するためにはいったん人目のつく場所に出なければならない。衣服に血痕がついたらひどく目立つはずだし、凶器を使った犯行は賢明ではない。つまり、流血が生じない方法で殺そうと考えたんじゃないか。となると――」

言い終えぬうちに、麗一は公園の出口に向かって勢いよく走り出した。蓮司も慌てて後を追う。

二人は公園のスロープを駆け上がり川沿いの細道に出た。麗一は砂利道を横切ると、高さ一メートルほどの堤防に大きく身を乗り出した。蓮司も同じようにして、眼下に広がる黒い川を見下ろした。

とたんに、背筋が凍りつく。

左前方の高水敷《こうすいじき》に、うつぶせで横たわる人影がうっすらと見えたのだ。

下半身は川面《かわも》に沈みかけており、ともすれば流されてしまう危険性があった。

「おい、無事か!?」

蓮司はとっさに大声で叫んだが、なんの反応もない。

サーッと血の気が引いていく。鼓動が破裂しそうなほど速くなる。

「ひとまず救急車を呼ぼう」

麗一が手のひらを差し出すので、蓮司はほぼ無意識にスマホを手渡していた。彼が通報している間、ただじっと待つことなど蓮司にはとうていできなかった。数メートルほど先、堤防を成す護岸ブロックにタラップが付いていることに気づくと、考える間もなくそれに飛びついて下へと降りていった。

川面まで五メートル近い高さがあったが、感覚が麻痺《まひ》しているようで、不思議と恐怖は感じなかった。高水敷に足を下ろし、ぐったりと横たわる人影の元へ一目散に駆けていく。

近寄ってはっきりと、制服姿の男子学生であることを認識した。

すぐ横に落ちていたリュックサックに、サッカーボールのキーホルダーが付いている。

井口で間違いなさそうだった。

傍《かたわ》らにしゃがみ込んでその両脇に腕を差し込み、衝撃を与えぬよう慎重に高水敷へ引き上げた。

左足は動かせないようで、右腕もあらぬ方向に折れ曲がっている。後頭部にはわずかに流血が見られた。

井口は気を失っていたが、何度も懸命に声をかけるとうっすら目を開き、虚《うつ》ろな眼差《まなざ》しを蓮司に向けた。

「……滝?」

掠《かす》れた力ない声。

「久しぶり。遅くなってごめんな」

蓮司は胸が痛くなった。自分のリュックからタオルを取り出して、井口の後頭部に当ててると、水筒のお茶を飲ませた。

まともにあの高さからコンクリートの高水敷に落下したら、絶命していてもおかしくはないから、きっと生い茂る雑草がクッション代わりになってくれたのだろう。

委細を聞き出すのはためらわれたが、幸いにも井口のほうからせきを切ったように喋り出した。

「お、俺……、自分で飛び降りたんだ。滝との電話中、後ろの足音が妙に近づいてるって気づいて、怖くなって駆け出した。そしたらあの男も追っかけてきて。めちゃくちゃ速いし、俺は怖くてパニック状態だし、誰かに助けを求める間《ま》もなくすぐ捕まった。取っ組み合いになって、スマホ奪われて、そいつめちゃくちゃ力強いし、怖くなって、なんも考えずに堤防から飛び降りた。まさか下がコンクリートになってるなんて思わなくて、落ちたときすっげー痛くて、骨とか折れる感じがして、頭も痛いし……」

そこでウッと嗚咽《おえつ》を漏らし、洟《はな》をすすりながら続けた。

「助けを呼びたかったけど、俺が無事だとわかったら、あの男が降りてきて俺のこと殺すかもしれないと思ったら怖くて。死んだふりしてたんだ、今までずっと。あいつが身をひそめて俺のこと監視してると思うと、怖くて少しも動けなかった。そのうち頭がすげー痛くなってきて、いつの間にか気を失ってた。滝が助けてくれなかったら、俺たぶん、溺《おぼ》れて死んでた……」

遠くからぼんやりと救急車のサイレンが響いてくる。

その音を聞いて、井口は心底安堵したように深い息を吐いた。

「俺を襲ってきたやつは捕まった？」

「いや、たぶん逃走中だ。どんな奴だった？」

井口は瞳を翳《かげ》らせて、弱々しい声で呟く。

「全体的に黒っぽい感じの服装……で、背の高い男だったと思う。帽子被っててマスクしてたし、暗かったから顔はぜんぜんわかんない」

「そうか……」

ほどなくして、頭上から人の声が聞こえてきた。

見上げると、麗一と何やら話しながら、ストレッチャーを降ろそうとする救急隊の姿が視界に入った。

「あぁぁ。よかったあ」

井口が深いため息とともに安堵の声を漏らす。最悪の事態を避けられたことで、蓮司の心も幾分か落ち着きを取り戻した。

井口を救急隊に任せると、蓮司はタラップを上って麗一と合流した。

「一命は取り留めたようだな」

「うん。意識もしっかりしてる」

いつの間にやら集まっていた野次馬の群れを縫って、公園のフェンスに並んでもたれかかる。

「手がかりは？」

「黒っぽい服装の背の高い男だって」

「神奈川県民だけでも百万人は当てはまりそうだな」

麗一はため息をついて、ストレッチャーで運ばれていく井口の姿を遠巻きに眺めた。

「まあ、最悪の事態は免《まぬか》れたことだし、今日はよしとするか。回復を待って井口にはあらためて話を聞こう」

「うん」

蓮司はホッと胸を撫《な》でおろした。目まぐるしく動き続けたせいで、心身ともに疲れ果てていた。今日はとりあえずゆっくりと休みたい。

時刻はすでに二十時半過ぎで、いつもの夕飯の時間はとうに過ぎていた。

「ハムカツ……」

麗一がぐうぐう腹を鳴らしながら虚ろな目で呟《つぶや》く。蓮司は苦笑しつつスマホを取り出した。

「母さんに九時くらいに着くって連絡しとくよ」

鵠沼駅の前まで戻ると、麗一が息を吹き返したように声をあげた。

「蓮司、道祖神《どうそじん》があるぞ。石段の先はきっと神社だ。ここで極楽寺での雪辱を果たそう」

たしかに、道路のすぐ向かいには神社があった。

「さっき語ってたこだわりはどこに行ったんだよ」

呆れながらも、蓮司は了承した。だが二人が横断歩道を渡ろうとしたそのとき、左方向からやって来た一台の車が、行く手を阻むように、目の前でゆっくりと停車した。

麗一が怪訝《けげん》そうに視線を向けると、運転席の窓がゆっくりと開いた。

中から見慣れた顔がひょっこりと覗いて、二人を捉える。

「おお、やっぱり滝と卯月だ」

「大岩先生」

麗一が真っ先に声をあげる。「あの真っ赤なスポーツカーじゃないんですね」

「今日はたまたまな」

彼がいま乗っているのは、黒いセダンタイプの年季物だった。

麗一が車体にずいと近づいて、中を覗き込んだ。

「へえ、でも内装も高級感ありますね。僕も蓮司も車には詳しくないですけど、これが超高級車だと一目でわかりますよ」

「レクサスLSハイブリッドの初代モデルだよ」

「ああ、名前からしてもう別格な感じですね。うらやましいなあ」

こいつ、高級車なんかに興味あったっけ？　俺のおさがりのボロ自転車を、たいそう気に入ってもう何年も乗り続けているくらいなのに。

蓮司が訝《いぶか》しく思っていると、大岩が親指を突き立てて後方を指した。

「こんな時間だ。家まで送るよ。後ろに乗りなさい」

「ありがとうございます！　蓮司君、先に乗っていいよ」

麗一に強引に背中を押され、蓮司が先に後部座席に乗り込む。麗一はその後に続いた。

「ところで、二人は散策でもしてたのか？」

「いえ。藤沢からの帰りに偶然、事件に出くわしまして」

「……事件？」

「はい。旧友が見知らぬ男に襲われて、堤防から飛び降りたんです」

「その子は無事だったのか」

「重傷だけど命に別状はないようです」

「そうか。それで救急車のサイレンが聞こえたんだな。襲った男はどうした？」

「逃走したようです。僕らが現場に駆けつけたときには、すでにいませんでした」

麗一の淡々とした口調にたいして、大岩の声はみるみる沈んでいく。

「男の手がかりは何もないのか？　俺もできることなら力になってやりたいんだが」

「手がかりと呼べるものは何も。旧友の証言では背の高い男だったそうですが、そんな奴はこの世にごまんといますから」

蓮司はちらりと大岩を見た。以前はガタイがよかったが、藤宮礼子の事件を境に目に見えてやつれていた。

「その子は襲われるような心当たりがあったのか」

「いえ、まったくないそうです。僕らもいろいろ考えてはみたんですけど、何も思い浮かばなくて」

広大な片瀬山《かたせやま》公園を右手に、閑静な市道を車はゆったりと進んでいく。

「卯月たちは便利屋みたいな活動をしてるだろう。お前らの行動力で犯人を捜し出してみたらどうだ」

どこか茶化したような口調だったが、麗一はごく真面目に答えた。

「僕らはあくまで学内便利屋です。学外で起きた事件の究明など完全に力不足ですし、あとは警察に任せますよ」

「滝はどうなんだ？」

「友達に助けを求められたのでなりふり構わず駆けつけましたけど……。うちには妹もいますし、犯人に目をつけられたら怖くてたまらないので、これ以上深入りするのは避けたいですね」

「まあ、そんな物騒《ぶっそう》な事件に首を突っ込むべきじゃないな」

大岩は実感のこもったようすで頷いた。

少しの沈黙のあと、背もたれに身体を沈めていた麗一が身を乗り出した。

「ところで、先生のご自宅はどこなんですか?」

「すぐそこだよ。西鎌倉の高台だ」

「実は僕、どうしても先生に相談したいことがあるんです。よかったら聞いていただけませんか?」

「俺に?」

「前に僕が相談に乗っていただいてすごく救われたこと、麗一に話したんです。そしたらぜひ俺もって」

蓮司がとっさに話を合わせると、大岩は困ったような笑みを浮かべた。

「まいったなあ。相談に乗ってやりたい気持ちは山々だけど、もう九時前だぞ。親御さんにちゃんと許可とらないとな」

「もちろんです。俺は一人暮らしですし、蓮司は今日俺ん家に泊まるんです。そのことは彼のご両親にも話してあります」

「そうか……」

大岩は鼻頭に手を当てて少し悩んでみせたあと、納得したように頷いた。

「よし、俺の家で話を聞こうじゃないか。野郎二人じゃ別に問題にもならんだろう。ただし、他言は厳禁だぞ」

「ありがとうございます」

二人は声を揃え深々と頭を下げた。

だが車が進むにつれて、蓮司は無性に不安になってきた。

麗一はいったいどういうつもりだ？

二

大岩邸は西鎌倉の高台にある。邸宅へと続く広やかな私道は、夏木立《こだち》が美しいトンネルを描いている。晴れた朝にでも通ったら、さぞ清涼な気分に満たされることだろう。

緑のトンネルの先には、立派な門扉が構えていた。その門扉を抜けると、視界が一気に開けた。

広大な芝生の庭園をしたがえた、モノトーンを基調とした豪邸。有名なハウスメーカーのＣＭに出てきそうな、生活感の排除された美しい外観。

まるで別世界に入り込んだかのようで、蓮司は窓に額を押し当てて目を見張った。

大きな車庫には例の赤いランボルギーニと、もう一台高級そうな外車があった。大岩は二台の手前にレクサスを停めて、どことなく得意げな様子で玄関に向かっていく。

大岩がポケットから鍵を取り出して重厚な扉を開くと、麗一の部屋よりも広大な玄関に出迎えられた。

二人は「お邪魔します」と丁重に頭を下げると、大岩の後に続いて長い廊下を進んでいった。

間接照明が弱くて薄暗いせいか、どこか冷たい感じがする。

案内されたリビングダイニングも、綺麗だがどことなく寒々しい。ものが少なすぎるせいか。

四人掛けの白いダイニングテーブル、その横にくたっとした革素材の黒いソファ。こぢんまりとしたソファテーブルと大型のテレビ。調度類は全体的に庶民的で高級感はなく、邸宅にはあまりに不釣り合いだった。

蓮司の視線に気づいたようで、大岩はばつが悪そうに言った。

「息子が嫌がったんだよ、高級品に囲まれてると落ち着かないって。だから全部あいつの言うとおりに替えたのに……今じゃ年数回しか遊びに来てくれない」

どうも子供たちは元妻に引き取られたようで、大岩は現在一人暮らしらしい。冗談っぽい口調だったが、瞳に影が差していた。

大岩は気を取りなおすように手を打ち鳴らすと、いそいそとキッチンへ向かった。

広々とした開放的なシステムキッチンには、一般家庭ではお目にかかれないような業務用冷凍庫まで備わっている。

いったいどんな高級料理が出てくるのだろうと心躍らせた蓮司だったが、大岩が吊戸棚から取り出したのは、意外にもインスタントの袋麺だった。

「相談はラーメンでも食ってからにしよう」

大岩が慣れた手つきで鍋を取り出し、湯を沸《わ》かし始める。蓮司は手伝おうとしたが、

「すぐできるから待っててくれ」

と言われ、食卓の椅子に麗一と並んで腰を下ろした。

十分も経たないうちに、大きなどんぶりに入った熱々のラーメンが運ばれてきた。

言うまでもなく、夜すするラーメンは格別だ。

隣に座る麗一は美味《うま》そうに麺をすすっているし、向かいの大岩もごくごくスープを飲んでいる。

用意してくれた豚骨ラーメンはぶあついチャーシューが何切れも入っていて、硬めに茹でられた細麺は文句なしにうまい。食卓の椅子は家のと似ていて座り心地もよい。だが蓮司の箸《はし》は思うように進まない。緊張のあまり食欲が湧《わ》かないというのは、人生ではじめての経験だった。

あっという間にスープを飲み干した大岩は、ひとつ咳払いをすると、厳《おごそ》かに切り出した。

「それじゃ、話を聞こうか」

一足先にラーメンを完食していた麗一は、ひやひやしながら見守る蓮司の横で静かに口を開いた。

「じつは四条先生のことなんです」

大岩のいかめしい眉《まゆ》がぴくりと動いたが、麗一はかまわず続ける。

「僕は養護教諭の四条綾乃さんを愛していて、結婚したいと思っているんです。完全にただの片想いですが、本気なんです」

そう来たか、と蓮司は感心した。自分が言ったら鼻で笑われそうなものを、麗一が言うとやけに真実味を帯びて聞こえる。

大岩は額《ひたい》に手を押し当て、難しい顔をした。

「悪いが俺は恋愛相談の相手としてはふさわしくないよ」

「いえ、相談というより依頼なんです。先生、綾乃さんと交際していますよね」

空気が一気にぴりつく。

「藤宮さんのお母さんの葬儀で、偶然先生と綾乃さんが言い争うのを聞いてしまったんです。蓮司も一緒でした」

大岩は「ああ」だの「ううん」だの唸《うな》って頭を抱えていたが、しばらくして吹っ切れたように顔をあげた。

「付き合っていたのは事実だ。だがもうとっくに終わったことだよ」

「綾乃さんはそうは思っていません。まだ先生のことが諦めきれていない様子でした」

「そんなこと言われたってどうしてやることもできない。あんな卑劣な犯罪に手を染めた奴に対して、もはや軽蔑以外の感情は抱けない」

「そうですか。じゃあ綾乃さんに会いに行って、はっきりと気持ちが消えたことを伝えてあげてください。そうしたら、僕は気兼ねなく彼女にプロポーズできますから」

真《しん》に迫った様子の麗一を落ち着かせるように、大岩はとたんに砕けた口調になった。

「おいおい、なんの冗談だ。卯月はまだ十七歳だろう」

「いえ先生、僕は冬生まれなのでまだ十六歳ですよ」

「そこはどうでもいいよ。要するにまだ子供だ。それを歳上の、しかも犯罪者にプロポーズだなんて、馬鹿な真似はやめなさい。彼女もいまは心身ともに弱ってるだろうし、そんなときに真《ま》に受けられたら地獄だぞ。高校生は高校生らしく同級生と恋愛したらどうだ」

「男子高校生と成人女性の恋愛は変でしょうか」

「当たり前だろう」

「でも先生は当時女子高生の綾乃さんとお付き合いされてましたよね？」

麗一の言葉に、大岩はうっと喉《のど》を詰まらせたように見えた。

「綾乃さんから聞いたんですが、事実と異なりますか？」

大岩は額の汗を手の甲で雑に拭い、息を吐いた。

「たしかに付き合ってはいた。それは認めるよ。だが、神に誓ってやましいことは何もしていない」

「仰《おつしや》るとおり先生は綾乃さんが毎日のように自分の家に入り浸《びた》っても、指一本触れなかったそうですね。教え子との恋愛に後ろめたさを感じていたからですか？　それとも、綾乃さんをガラスケースの中の人形のように思っていたからですか？」

「……なぜそんなことを聞く」

「それに頼んでもいないのに、いろんなものをプレゼントしてあげたそうですね。綾乃さんの好みを完全に無視した、やけに少女趣味な洋服だのアクセサリーだの。愛の言葉ひとつ囁《ささや》かず、触れることもせず、ただ家に招いてプレゼントを贈るという不可解な関係を、綾乃さんが高校を卒業するまでずっと続けていた」

蓮司は、麗一が面会での四条の発言を拡大解釈しているのではないかと考えたが、大岩の苦い顔を見ると、真実を突いているように思えた。

「そこまでしていたのに、どうして別れたんですか？」

「お前には関係ないだろ」

「より完璧で理想的な人形が見つかったから、ではないですか？」

「おい、意味不明な話ばかりして困らせないでくれ。いったい何が言いたい。相談があるというのは嘘だったのか？」

麗一はあっけらかんとした顔つきで頷いた。

「ええ嘘です。僕が本当に話したかったのは、藤宮礼子を殺害した犯人と、きょう僕らの旧友を襲った犯人について、です」

大岩は両の眼を大きく見開き、啞然《あぜん》とした表情を浮かべた。

「それは警察の仕事だ。お前たちが首を突っ込んでいい問題じゃない。それに、藤宮は罪を認め、自分の意思で自首したんだぞ」

「はい。ただ実際には殺していないけど、罪をかぶらざるを得ない事情があったのではないかと思うのです。僕たちは二通りを考えました。

ひとつめ。犯人は姉の美耶に対して強い恋情を抱いており、その障害となる母親を殺した。のみならず、偶然その場に居合わせた姉妹を脅し、証拠隠滅を手伝わせたうえで、その罪を妹の沙耶になすりつけた。なぜ沙耶は罪をかぶったか？　姉妹は犯人になんらかの秘密を握られており、それをばらされたくなかったからだ。

ふたつめ。沙耶は母親から差別的な扱いを受け続けていた。ついには我慢の限界に達し、殺したいと思うようになった。だが自分で手を下す勇気はなく、ある男――美耶の恋人と手を組むことにした。男は美耶との交際を藤宮礼子から反対されていて、沙耶と同じように彼女の殺害を考えていた。二人は互いの腹のうちを知り、共謀することに決めた。沙耶は、手を下すのは犯人に任せる代わり、自分はその罪を背負おうと考えた。

当初、僕の中では後者の説が優勢でした。ですがすべてのつながりが明らかとなった今、前者こそが正しいのだと確信しました」

「何が言いたいんだ、お前は……」

「藤宮礼子を殺した犯人は、僕らの目の前にいるということです。犯人は、大岩先生、あなたですね」

麗一はさらりと言ってのけた。

三

大岩は一瞬唇をわななかせ、顔を真っ赤にした。が、次の瞬間には声をあげて笑っていた。

「ばかばかしい。さっきから脈絡も意味もない話を延々《えんえん》垂れ流して、しまいには俺が殺人犯だと?」

「今から順を追って説明していきますよ。

あなたが四条綾乃を捨てたのは、新しいターゲットが見つかって、四条が用済みになったからでしょう。その新しいターゲットとは、藤宮美耶です。ただ、前回のようにはいかない。美耶はまだ小学生だったし、四条のようにあなたを愛しているわけではない。だから直接支配することは断念し、代わりにその母親を通じて間接的に美耶をコントロールすることにしたんです。

母親は娘をあなたに差し出す対価として、長年あなたから大金を受け取っていました。ところが、あの夜、美耶はあなたにとって許されざる行為を働いたのです。激昂《げっこう》したあなたは母親にその責任をとらせるべく、彼女を殺したんです」

「お前の言っている意味がわからない。いったいなんの話をしてる」

「藤宮家の邸宅ができたのは今から五年前の二〇一七年四月ですが、土地自体は二〇一六年の五月に藤宮礼子が購入しているそうです。報道などによると元夫と礼子は二〇一五年から別居していますが、裁判を経て実際に離婚が成立したのは二〇一七年ですから、土地購入の時点では元夫から慰謝料は受け取っていないことがわかります。被害者の両親は早くに亡くなっているし、被害者自身は一度も働いたことがなく、別居後しばらくは安普請のアパートで暮らしていました。以上のことからあの邸宅は、第三者の援助により建てられたとみなすのが妥当でしょう。その第三者こそがあなたです。あなたが四条に一方的に別れを告げたのが二〇一六年三月ごろですから、時期的にも一致します」

「偶然合っただけだろう。単なるこじつけだ」

「四条綾乃は三月生まれ。三月の誕生石はアクアマリン。あなたは水色がかった石がついたネックレスを彼女にプレゼントしましたね。

いっぽう、藤宮美耶は六月生まれ。六月の誕生石はアレキサンドライト。彼女はいつもそのネックレスを身に付けていました。母親経由であなたがプレゼントしたものではないですか？

誕生石のネックレスという共通点だけじゃありません。本人の好みを無視した大量の洋服やアクセサリーなどを与えるという美耶の母親のやり方は、あなたの四条に対するやり方と酷似しているんです」

「それだって単なる偶然だろう」

「偶然が続きますね」

麗一は真顔のまま、足元に置いていたリュックサックに手を伸ばし、何かを取り出した。

それを掲げてみせると、大岩は明らかに動揺した。

「これは美耶の鞄《かばん》についていた防犯ブザーを解体したものです」

今度は蓮司が動揺した。

「まだ返してなかったのか？　というか、なに勝手に解体してんだよ」

「この防犯ブザー内部には、盗聴器が仕掛けられていました。美耶の言動を監視する目的で仕込み、母親経由であなたが渡したのでしょう」

「俺が渡したという証拠でもあるのか？」

「これに関してはありません。ただ——」

麗一は再びリュックを探り出すと、テーブルの上に黒いサイコロのようなものを二つ落とした。

「これは本学の女子更衣室に仕掛けられていた小型カメラです」

「こんなものは知らないぞ」

「そりゃそうでしょう。仕掛けたのは僕ですから」

「おい、君はなんてことを……」

啞然とする蓮司を一瞥《いちべつ》し、麗一は心外そうに肩をすくめた。

「これは盗撮を行なう先生を盗撮するために仕掛けたカメラだ。だから映しているのは出入り口だけだよ。

先生のランボルギーニを洗車したあの日、ある生徒の依頼で、僕らは早朝から駐車場を監視していました。そのとき、先生が朝六時前から学校に来ていたんで不審に思い、別の日にあとをつけてみたんです。そして、偶然にも先生が女子更衣室に出入りするのを双眼鏡越しに目撃しました。

でも早朝の静まり返った廊下ではカメラを向けることはおろか、接近することすらできないし、現物を見つけたところであなたが設置したものだという証拠にはなりません。次またいつ目撃できるかもわからないし、こうするしかなかったんです。

……カメラは一個一万二千円。僕の食費は月八千円。煮ても焼いても食えないこのわずか二センチ四方の立方体のために、貴重な三か月分の食費を犠牲にしたんですよ。これだけは先生にどうしても伝えたかった」

「急に恨《うら》み節《ぶし》になるなよ。それで、ほんとうに先生が映ってたのか?」

蓮司が呆れた様子で口を挟む。

「ああ。早朝の誰もいない時分から、更衣室に侵入する姿がばっちりとらえられている。

先生、これも偶然ですか? 教師の立場でありながら女子高生と交際した過去があり、今もって女子更衣室を盗撮していた人物と、美耶の防犯ブザーに盗聴器を仕掛けた人物が同一人物だと考えるのは、ごく自然だと思うのですが」

「何を言っているんだか、俺にはとても……」

「先生、あなたが単なる救いようのない変態で、ただ己の欲求を満たすためだけに一連の罪を犯したというのならば、僕はどんなにか気が楽だったろうと思うんです」

大岩の動きがぴたりと止まる。

「……違うのか？」

困惑する蓮司に、麗一は突拍子もなくたずねた。

「なあ蓮司、藤宮美耶の本命は俺だろう。そして俺に好意を抱いている女子は、十中八九、蓮司に相談を持ちかける。彼女も例外じゃなかったはずだ」

「……たしかに、放課後のミスドで相談を受けたことはあるけど」

「それならこの盗聴器から、先生はその事実を知っていたはずだ。だが井口のことは狙い、俺のことは狙わなかった。美耶にとって俺が本命だと知っていたはずなのに。

俺は許されたけど、井口は許されなかった。それはなぜか。

井口がしていて、俺がしていないことは何か。

あの家に出入りしていたかどうかだ。

厳密に言うならば、美耶の部屋に入ったかどうか。

あの部屋には神聖不可侵な絶対のルールが存在していた。井口はそこで禁忌《きんき》を破ってしまったんだ」

「麗一、話がよく見えないんだけど……」

「たとえるなら、あの家はドールハウスで、美耶はそこに住む人形なんだ。人形は主人の定めたルールに従う必要がある。主人の断りなく人を招いてはならないし、主人以外と遊んではならない。

――少なくとも、主人の目が届く範囲においては」

黙り込む大岩に、麗一は静かに問いかけた。

「先生、お子さんはお元気ですか？　中三の息子さんではなくて、かつて美耶につきまとっていたほうです。〝光さん〟と呼んだほうがわかりやすいでしょうか」

大岩の顔が驚愕に歪《ゆが》んだ。麗一は畳みかけるように続ける。

「ドールハウスの主人。それは母親の藤宮礼子でもあなたでもなく、あなたの子供でしょう。あなたは光さんのためにあの世界を創り上げ、光さんのために一連の犯罪に手を染めたのではないですか？」

大岩は唇を小刻みに震わせ、喘《あえ》ぐような呼吸を繰り返した。

「なぜ……」

「説明すると長くなりますが。四条にランボルギーニを汚されたことがありましたね。僕たちはその洗車を手伝いました。そのとき、助手席にミニチュアサイズのボタンが落ちているのを見つけました。きっと着せ替え人形の洋服のボタンが外れたのだろう。あなたには娘さんもいたのか、それとも知人の子供でも乗せてあげたのかと思い、そのときはとくに気にしませんでした。

でも例の事件が起きて、四条から話を聞いたあとでは、あのボタンに重要な意味が隠されているのではないかという考えが、頭から離れなくなったんです。

あなたの四条への接し方は、恋人ではなく人形にたいしてのそれでしたから。人間を着せ替え人形のように扱ってしまうほど、あなたは人形というものに異常に執着していると感じたのです。

このことから、助手席のミニチュアサイズのボタンの持ち主も、娘さんや知り合いの子供などではなく、先生自身なのではないかと考えるようになりました。

しかし、この考えにも徐々に違和感を覚え始めました。

表向きは常識的な教員であるはずのあなたが、わざわざ通勤用の車に人形など持ち込むだろうか。

とすると、やはりあの人形の持ち主は他にいるのではないか。

その持ち主こそ、美耶の元ストーカーであり、ドールハウスの主人。そしてそれは、あなたの子供なのではないか。あなたは最愛の我が子のために、一連の犯罪行為に手を染めたのではないか。

そう考えると、すべての辻褄《つじつま》が合うんです。

あなたには子供が二人いますね。最初の妻との間にできた子供・光さんと、二番目の妻との間にできた子供・明さんです。後者は、美耶へのつきまとい行為があったときはまだ小学生だから当てはまりません。消去法で前者がドールハウスの主人だとわかります。

おそらく助手席が光さんの定位置なのでしょう。あなたは、よくドライブに連れて行ってあげたのではありませんか。そして、そのとき光さんはお気に入りの着せ替え人形を車に持ち込んでいた、ということではないですか」

大岩は額に手を押し当てて深く息を吐いた。それからひどく疲れ切った暗い瞳で麗一を見た。そこに怒りや怨嗟《えんさ》の色はなく、ただ奈落の絶望があるだけだった。

「……卯月、もういい。そのへんにしてくれ」

大岩は死にぞこないのような虚ろな目をしたまま、静かに語り始めた。

「やりたくてやってきたわけじゃないんだ。他に何ができたのか、今でも俺にはわからない。

……あの子、光は卯月の言ったとおり最初の妻との間にできた子供で、昔から人形遊びが大好きだった。最初は微笑ましく見ていたが、徐々にエスカレートしていった。そして光が小学生のころ妻と死別し、三年後に二番目の妻を迎えてからは急激に悪化した。部屋中びっしりと人形で埋め尽くし、一日中引きこもり、何をするでもなくただそれらをじいっと見つめている。トイレや風呂に行く時、ごくたまに家族と食卓を囲む時でさえ、人形を片時も離さなかった。いつしか学校にも通わなくなった。でもそれだけなら、まだよかったんだ……。

明が誕生した頃からか。ついには街中で見かけた女の子を『自分のお人形にしたい』と言って執拗につきまとったり、自分が作ったつぎはぎだらけの洋服を勝手に送りつけたり、盗撮を繰り返すようになった。

女の子の親に慰謝料を支払って隠密裡に済ませたこともあったが、妻や明の目はごまかせなかった。二人が怯《おび》え、苦しむ姿に耐えられず、俺は離婚して二人をあの子から解放することに決めたんだ。それ以外選択肢がなかったんだよ。光は病院に連れて行こうとしたり人形を取り上げたりすると、決まって激しい癇癪《かんしゃく》を起こし、自傷行為に走ったから。

それでも他人への迷惑行為だけは何とかやめさせたくて、俺は両親に頼み込んで交代で光を見張ることにした。だが手が付けられないほどの癇癪を起こす日々が続いて、俺も両親もどんどん疲弊していった。何より光自身がかわいそうだった。

そんなとき、救世主があらわれた。それが四条だった。

彼女は俺に好意を抱き、うちに入り浸るようになった。四条は光にとって『理想的なお人形さん』に映ったらしい。四条がうちに遊びに来るようになってから、光はすっかり大人しくなった。おかげで、光と両親をあの地獄の日々から解放することができたんだ」

「交際中、四条に指一本触れなかったのは、光さんへの配慮だったんですね」

「ああ。一度、貧血を起こして倒れそうになった四条のことを抱きとめたことがあった。四条が帰宅したあと、光は一晩中泣きわめき俺のことを罵倒《ばとう》しめちゃくちゃに殴りつけ、自分自身の皮膚を血が出るまで掻きむしってしまうほどのヒステリーを起こした」

「でも四条は光さんの存在を知らなかった。ということは、光さんは隠れた場所から、あなたと四条のことを覗いていたんですか？」

「ああ。彼女と俺はこのリビングのソファで過ごして、光はきまって、そこのクローゼットに身を潜めて何時間でもずっと、四条のことを見つめていたんだ。それが光にとっての生きがいだった」

大岩が指さした先、ソファの対角線上に小さな黒いクローゼットが備え付けられている。

「あそこに人は入れませんね。細工しましたか」

「ああ。あの奥に部屋があるから、クローゼットの背板と奥の部屋の扉板を外して、繋げたんだよ。鑑賞しやすいように、扉に双眼レンズも嵌め込んである。光が選んだ洋服をなんでも四条に着せ、光が選んだ誕生石のネックレスを俺からのプレゼントだと言って渡し、光が望むなら何時間でも何日でもうちにいさせ、光のために四条の気持ちを利用した。俺はとにかく必死だった。傍《はた》から見れば異常な行為だろうが、他に選択肢がなかった。

別れた妻や明にとっても、俺の両親にとっても、何より光にとっても、久しぶりに訪れたささやかな平穏の日々だったんだ。だがそれも終わってしまった。何気なく連れて行った近所のファミレスで、あの子にとってより理想的な人形を見つけてしまったから。それが藤宮美耶だ。

美耶にとっても地獄の日々だっただろう。まだ小学生だったのに、見知らぬ人間から始終つきまとわれ、大量の洋服を送りつけられ、隠し撮りまでされ、命の危険さえ感じたことだろう。本当に申し訳なく思っている。だが、光の目的は美耶と懇意になることじゃなかった。四条のときと同じように、あくまで自分の人形にしたいだけだった。大切に保護され、誰にも汚されることなく、いつでも自由に眺めることができる、常に美しい自分だけの着せ替え人形。それがあの子の望みだった。

……美耶の身を守るためにも、あれは必要な取引だったんだ。

金額を提示すると、藤宮礼子は驚くほど容易に取引に応じてくれた。美耶が光だけの人形になるよう、管理を徹底すること。光が選んだ洋服やアクセサリーを与えること。そして、光が自由に美耶を鑑賞できる環境をつくること。美耶の部屋のあらゆる場所に隠しカメラを設置して、光の部屋のモニターからいつでも観られるようにしたんだ。それで、今まではうまくいっていた。だが、あの日……あの日、すべてが壊れてしまったんだ」

動揺を隠せない蓮司の横で、麗一は依然落ち着き払った様子で言った。

「あの誕生日の夜、美耶は井口を自室に招き入れてしまった。おそらくそこで二人に何かしらの身体的な接触があったのでしょう。光さんはその瞬間を目撃して、再起不能なほどのダメージを負った。それを知ったあなたは、報復のため藤宮家に乗り込み母親を殺害した、ということですか」

「今さら言い訳がましいだろうが、初めは殺すつもりなどなかった。だが家に乗り込むと、あの女はまるで舞踏会から抜け出してきたような華美な格好で居眠りしていた。自らの責任を放棄して、光のことも、家族のささやかな平穏もぶち壊したくせに、なんの苦しみも知らない顔で、気持ちよさそうに眠っていた。あのとき、俺の中で何かが壊れたんだ。

そのときは、まさか沙耶に殴られていたとは思いもしなかったから……」

「そのわりに、姉妹を脅して自殺に見せかけるなど入念に偽装工作をしていますね」

「井口雅也という少年を殺すまで、捕まるわけにはいかなかったからだ。彼の軽率な行動が、光を破滅させたんだ」

「井口は事情を知らなかったんですから、逆恨みもいいところでしょう。ところで、藤宮礼子に美耶のコントロールを任せていたのに、なぜ防犯ブザーに盗聴器を仕込んだんですか」

「彼女の監視は自宅内に限られていた。外出中の様子は俺が監視することになっていたんだ。美耶を冬汪高校に入学させたのもそのためだ。藤宮礼子は女子高に入れさせたがっていたが、俺の目が届くところに置いておきたかったんだ」

「女子更衣室を盗撮していたのは？」

「加速度的に美耶への執着心を増していく光のことが怖くなった。いつか手を出してしまうんじゃないかと。手持ちの人形を増やして、美耶への想いを分散させるべきだと思った。更衣室を盗撮したのは、候補である女子生徒の顔や体格が判別しやすいだろうと思ったからだ。気に入った子がいたら教えるように言ってデータはそのまま渡しているから、俺は中身は見ていない」

「血の通った人間に対して、『手持ちの人形』ですか？　人を人とも思っていないなんて」

蓮司がつい声を荒らげると、麗一が静かに制止した。

「もういいでしょう。あなたは十分がんばりましたよ。でも、その努力は報《むく》われましたか？　結局あなたは、誰ひとり救えなかった」

大岩の暗い瞳から、涙がひとつ零れ落ちた。

「あのタイミングで都合よく現れたら、誰だって怪しいと思いますよ。本当は誰かに気づいてほしくて、早く終止符を打ってほしくて、わざわざ僕らを呼び止めて、こうして自宅まで招いたんじゃないですか？」

「わからない。沙耶が罪をかぶって自首したと知ったとき、胸が張り裂けそうな思いがした。井口に復讐したら必ず自首しようと誓った。だが、いざ井口を追い詰めたとき、俺は手を下すことができなかった。彼が堤防から飛び降りたときは、血の気が引くような思いがしたし、荒い呼吸が聞こえてまだ生きているとわかったときはほっとした。とどめを刺すことなどできなかった。ずっと殺そうと思っていたのに。だが、その場で救急車を呼ぶことも、自首することもしなかった。

ほんとうに、どうすればいいかわからず途方に暮れた。そして俺は何を思ったか、井口から奪ったスマートフォンで、滝を呼び寄せることを思いついた。便利屋とか悩み相談みたいなことやってるのを知ってたから……ばかみたいだろ、いい大人がさ。けど、自分がほんとうはどうしたいのか、何をすべきか、そのときはまったくわからなかった。

今ははっきりとわかる。卯月の言うとおり、俺は誰かに暴いてほしかったんだ。この愚行に終止符を打ってほしかったんだよ」

大岩は手の甲で涙を拭《ぬぐ》うと、部屋の奥にある灰色の扉を指さした。

「……光は地下にいる。五分経っても戻らなければ、警察に通報してくれ」

「わかりました。最後に二人だけで話をさせてくれ」

「ああ。ぜひそうしてくれ。これ以上罪を重ねずに済むよ、ありがとう」

そして、うつろな目を二人に向けた。

「……ごめんな」

大岩が微《かす》かにそう呟いたのを、蓮司は聞いた気がした。何か胸がざわめくのを感じながら、灰色の扉に消えてゆく大岩の背中を見送った。二人とも口を開こうとはせず、しばらく重い沈黙が続いた。

「念のため自白は録音した」

ふいに麗一がスマホを掲げてみせたので、蓮司は唖然とした。

「いつの間に俺のスマホ……」

「美耶の防犯ブザーといい、意外と掏《す》ってもバレないもんだな」

「やっぱあれ落とし物じゃなくて盗んだのかよ。小型カメラだって、理由があれど許される行為じゃ……」

「通報すれば？」

「えっ」

「俺がやったことの証拠は揃ってる」

「やめろよ。友達を売るようなことするわけないだろ」

「そうか。なら、蓮司も共犯だな」

麗一は愉快そうに笑ったあと、扉に視線をやった。

二人の間に再び沈黙の時間が流れた。

「五分以上経ったな」

先ほどから物音ひとつ聞こえてこない。

「通報しなきゃ」

「いや、まずは様子を見に行こう」

麗一は足早にキッチンに向かい、戸棚から包丁を二本取り出して、その一方を蓮司に差し出した。蓮司は目を見開いて信じがたいような表情を浮かべる。

「いや、何が目的だよ」

「強いて言うなら、自衛のためだ。蓮司、先に降りてくれ」

「おいおい。ここまで来てなんだよ……」

渡された包丁を見つめて絶句した。手は無意識に震えている。

「怖いんだろ。蓮司はここで待ってな」

麗一は肩をポンと叩くなり、後ろ手に包丁を忍ばせてためらいなく奥の扉へと向かった。

蓮司は無性に悔しくなったが、それよりも恐怖が勝った。

「逃げ場だ。万が一のためにまずは逃げ場を確保しなくちゃ」

蓮司はリビングから玄関へ向かう扉をめいっぱい開けようとした。だがすぐ違和感に気づく。

扉がびくともしない。

「麗一！　ちょっと待て！　ドアが全然開かない！」

地下室に続く扉に手をかけていた麗一が、面倒くさそうに戻って来る。

「ああ、カードキー式だ」

壁に埋め込んであるタッチパネルに気づいて、麗一が呟いた。

「なんで部屋から出るのにカードキーが必要なんだよ。おかしいだろ」

蓮司はうろたえて無理やりドアノブをひねったが、力ずくでどうにかできる構造ではないようだった。

麗一は何かに気づいたように、掃き出し窓のそばに駆け寄った。

「やっぱり。窓すらもカードキー式だ」

「なんで？　内から外に出るのに鍵が必要な家なんて聞いたことないよ」

「たぶん大岩の家だからだよ。よほど苦労したんだろうな。光が一人で抜け出して世間に迷惑かけるのを恐れて、すべてのドアと窓にこうして内鍵を作っておいたんじゃないか」

って、どうやって開けるんだよ」

「さあ。大岩に聞かないとな」

「意図的に閉じ込められたってことか？　けっ、警察に通報を……」

「そうしたいところだが、蓮司のスマホは運悪くバッテリー切れだ。ここに固定電話はないようだし、通報は不可能だよ。自分たちでなんとかしなくては」

麗一は淡々と恐ろしい事実を述べると、また地下への扉のほうに向かっていった。

蓮司は自分ひとり怖気《おじけ》づいているのが情けなくなり、仕方なくその後を追った。

銀製のドアノブをひねると、キイと軋《きし》む音がして扉がゆっくりと開く。

薄暗く視界不良な通路を数歩進んだ先に、地下へ続く急勾配の階段があった。

麗一が先に降りていく。蓮司も後に続いた。悪寒が全身にまとわりつき、包丁を握る手は汗でじっとりと濡れている。自分の鼓動の音が絶えず頭蓋に響くせいで、鈍い頭痛がする。

階段を降りると、二畳ほどのフローリングスペースの先に、アンティーク調の両開きの扉が構えている。細工をあしらった美しい金色のドアノブが、冷たく光って見えた。

「それにしても、この扉だけずいぶん趣《おもむき》が異なるな。年季の入った木製だし、やけにドアノブのデザインが凝っている」

麗一が小声で言う。蓮司は気にする余裕もなく、ただ汗で滑り落ちそうな包丁をきつく握りしめるだけで精一杯だった。ここは薄暗く壁に囲まれているせいで、圧迫感や閉塞感がひどい。

「僕たちを帰らせてくれませんか」

麗一がよく通る声で問いかけ、扉を強く叩く。静寂のなかに不穏な残響がこだまする。

「中に入りますよ」

しびれを切らして、麗一がドアノブをひねった。だが鍵がかかっていた。力ずくで押し開けることもできない。また強くノックして名前を呼んでみたが、やはり反応はない。

「なんだあの人、立てこもるつもりか。仕方がない。地上に戻ってどうにか脱出する方法を探るか」

麗一は振り返って、壁に寄りかかる蓮司の姿を見て呆気にとられた。

「大丈夫か？　ひどい顔」

「なんか、ここ妙に息苦しくて」

「……息苦しい？」

麗一は数秒黙りこんだのち、ハッとした表情を見せた。そして、扉の隙間にぴったりと耳を押し当てた。

その不可解な動作に、蓮司は首を傾《かし》げる。

「何やってんだ、急に」

「かすかに音がする」

「音？」

「ああ。こうして目を閉じて耳を傾けていると、林間学校のキャンプファイヤーを思い出す」

「何か燃えてるってこと……？」

「そういうことだ」

蓮司は猛ダッシュで階段を駆けあがった。すばやくリビングを見渡して、薄型テレビを持ちあげるなり、ガラス窓に思いきり投げつけた。躊躇《ちゅうちょ》している暇はなかった。だが何度投げつけてみても、ガラスには蜘蛛《くも》の巣状の薄いヒビしか入らない。強化ガラスのようだった。

「脱出は諦めて消火にシフトしよう」

続いて上がってきた麗一は、座卓に置いてあった真鍮《しんちゆう》製の灰皿を持って、地下へ駆け下りていった。蓮司もその後を追う。

年季の入った重厚な木製の両扉の中央を、麗一は灰皿で殴打した。浅い痕が残っただけで、壊すことはできなかった。

扉の向こうで、バチッと電源がショートしたような音がした。足元の隙間から、煙のにおいが漏れ出てむせそうになる。

蓮司は少しためらったが、持っていた包丁を思いきり扉に突き刺した。そうして何度も繰り返しているうちに、刃が貫通した。貫通部に刃先をねじ込むと、やがてほんの数ミリ程度の幅ではあるが、裂け目ができあがった。

扉自体を壊せなくても、腕一本入るくらいの穴さえ開けられればいい。そう考えて、一定の間隔を置いた場所に、同じように包丁を突き立てる。蓮司の意図をはかって麗一も同じように刃を刺し通した。

火の手は徐々に広がっているようで、隙間から熱気と煙が流れ出てくる。ばちばちと炎の燃え立つ音がする。念のため、二人は階上に戻り台所からキッチンクロスを拝借して、それで鼻先と口元を覆った。

「ひょっとして大岩先生は、自分だけ逃げおおせて俺たちのこと焼き殺すつもりだったんじゃないか？　この扉の奥に隠し通路なんかがあって……」

蓮司の訴えに、麗一は首を振る。

「そんな風には見えなかった」

二人はそれ以上言葉を交わすことなく、ただ目の前の扉を開けることに集中した。

ようやく裂け目同士が繋がって十センチ四方の正方形が浮かびあがると、麗一は灰皿をその中央に力いっぱい打ちつけた。衝撃で正方形の部分が抜け落ちるやいなや、蓮司は細い腕をためらいなく突っ込み、内鍵を探り当ててガチャリとひねった。

勢いよく扉が開くと、二人は目の前に広がる光景に慄然とした。

部屋の片隅で生きたように燃えさかる赤い炎や、灰色の獰猛《どうもう》な煙にではない。

彼らを戦慄させたのは、その異様な光景だった。

オフホワイトとパステルピンクを基調とした室内は、まるでお姫様が暮らしているかのように華美で高級感ただようしつらえだった。ヨーロピアンクラシック風の家具、天蓋付きのベッド、繊細にきらめくシャンデリア。床を埋め尽くすほど大量のパステルカラーの洋服やティーン向けのファッション雑誌が山のように積み重なり、その上をおびただしい数の人形がびっしりと埋め尽くしていた。人形はみな異なるコーディネートだったが、顔や髪形はよく似ていた。アーモンド形の瞳やシャープな鼻梁《びりょう》、すらりとした長い手足、腰まで伸びた栗色のロングヘア――藤宮美耶にそっくりだった。

その中央に、複数のモニターをしたがえた大型のデスクがあった。モニターの画面はどれも粉々に割れている。よく見ると洋服や雑誌はところどころ引き裂かれ、人形は胴体がバラバラになり、頭部がひしゃげているものもあった。

その異様な光景は二人に脳天を貫くほどの衝撃を与えた。だが衝撃に立ちつくしていたのは、実際にはほんの数瞬でしかなかった。

欠の瞬間にはもう、蓮司は床に敷いてあったラグを引っ剝がしてそれを火元に覆いかぶせ、麗一はカーテンを引きはいで壁づたいに燃え広がっていく炎を力任せに叩き消した。

二十畳ほどの部屋にたいして、火災の範囲は扉側の三平米にも満たぬ箇所に限られていたため、思ったよりも早く鎮火した。

消火作業を終え、白煙でかすむ視界に目を細めながら、蓮司はだらだら流れ出る額の汗を拭った。息苦しさに耐えられなくなり、口元を覆っていたキッチンクロスを外すと、煙が直《じか》に気道へ入り込んで、思いきり咳き込んだ。

煙だけが理由ではなかった。まるで黴《かび》と汗と下水を煮詰めて腐らせたような悪臭が、室内に充満しているのだ。

蓮司は吐き気すら感じて室内を見回したが、換気しようにも窓がない。

いや、正確には窓はあるのだが、外につながっていなかった。カーテンの引きはがされた窓を開けた先に広がるのは、コンクリートの壁だけだった。

常軌を逸した光景に、背筋を鋭《するど》く冷たいものが刺す。

「早く出よう。気持ちが悪い」

蓮司は弱々しく声をかける。だが、いつの間にか麗一の姿が消えていた。

「なんだよ、先行っちゃったの？」

「いや、ここにいるけど」

壁際に配置された天蓋付きベッドから、くぐもった声が聞こえてくる。白いレースとローズピンクのドレープカーテンによってベッド自体がすっぽり覆われているため、中の様子は窺えない。麗一は天蓋の内側に、こちらに背を向けて立っているようだった。垂れ下がったドレープのひだから、かかとだけがのぞいている。

その声に不穏な響きを感じて、蓮司はベッドの方に歩いていき天蓋に手をかけようとした。だが、その矢先に麗一が蒼ざめた顔で出てきて、伸ばしかけた蓮司の腕を引っつかんだ。

「上に戻ろう」

にべもない口調に、蓮司の不信感はさらに強まる。

「誰かいるのか？」

「見なくていい」

強く制止され、蓮司はよけい気になった。麗一の手をはねのけて、勢いよく天蓋のドレープを引いた。

ベッドには大柄な女性が仰向けで眠っていた。大岩はその手を包み込むように自分の手を重ね合わせて、ベッドに突っ伏していた。

薄氷のヴェールをまとった彼女。

その顔は灰色に沈んでいた。腐敗が生じているようで、鼻や頬の一部は青黒く変じ、シーツには純白のドレスの裾《すそ》から溶け出した氷片《ひょうへん》が浸《し》みていた。顎《あご》と首の境目さえわからぬほど膨れた顔や、毛先がベッドから垂れ下がるほど伸びた髪には、白黴《しろかび》のようなまだらな霜《しも》がおりている。

死化粧《しにげしょう》のつもりか、唇《くちびる》には不自然に赤い紅《べに》が差し、落ち窪《くぼ》んだ瞼《まぶた》は角度によってきらめいて見える。歪《いびつ》に盛り上がったそれぞれの指には、色鮮やかな宝石の指輪がでたらめに嵌《は》められていた。

その横で突っ伏していた大岩の、皮膚が露出している部分はすべて赤紫色に鬱血《うっけつ》していた。だが女性のことを慈《いつく》しむように置かれた手は、まだ自らの温もりを伝えるかのように優しかった。

言葉を失い立ち尽くす蓮司の横で、麗一はやけに清々しい声で言った。

「彼女が、光だったんだ。蓮司、俺はずっと固定観念に縛られていたよ。ドールハウスの主人は、息子じゃなくて、娘だったんだ」

「……でも、これはいったい、どういう……」

「女性は死後かなり経過している。ずっと冷凍保存していたんだろうな、皮膚の表面が半ば凍っている。ドレスは布を足したような形跡があるし、元は光が美耶のために選んだものだろう。きっと大岩が娘のためにサイズ直しして着せてあげたんだ。化粧や指輪も……。

おそらく彼女は美耶と井口の密会を目撃して発狂し、室内をめちゃくちゃに破壊したあと自殺を図ったのだろう。

なぜルールを破っただけで大岩があれほどの凶行に走ったのか、ようやく合点がいったよ。六月十八日の時点で、すでに光は死んでいた。大岩が藤宮礼子を殺害したのは、娘の命を失った報復のためだったんだ」

「それで、先生は……」

麗一は静かに首を振った。

「きゅ、救急車……」

「手遅れだよ。外傷は見当たらず、皮膚が赤紫に鬱血している。のたうち回った様子もないし、劇物でも飲んだんだろう」

「……先生が死んだのは、俺たちのせいか？」

「ばかいえ。薬を用意しているくらいだし、元々井口を殺してすべてを明らかにしたら死ぬつもりだったんだろう。この破滅的な結末もすべて、大岩が選択した結果だよ」

「でも……」

「蓮司が助けに行かなかったら、井口はきっと死んでいた。お前は友達の命を救ったんだよ。そのことだけ考えればいい」

そう言われてようやく、蓮司はうなだれていた顔をあげた。

麗一がポケットから蓮司のスマホを取り出す。

「謎は解けたし、警察を呼ぼう」

「さっきバッテリー切れたから通報できないって言ってたじゃん」

「そんなタイミングよく切れるわけないだろ」

「どうして嘘ついたんだよ。俺たちの命まで危なかったのに！」

「まあ、大岩の名誉のために言っとくか。あの人は俺らを閉じ込めて道連れにしようとしたんじゃないぜ。蓮司はパニック状態で気づかなかったみたいだけど、扉のすぐ横にカードキーの入ったパスケースがぶら下がってた」

「なんでそんな大事なことを……」

「気づかなかったお前が悪い」

言葉を失う蓮司に、麗一は飄々《ひょうひょう》と答えた。「警察が来たら俺たちはお払い箱だろ。せっかくここまで突き止めたのに、悔しいじゃないか」

呆気《あっけ》にとられたままの蓮司を置いて、麗一はさっさと通報を済ませると、出口へ歩いていく。その途中、あるものに気づいた。

部屋の片隅で、黒焦げになった布の切れ端。火元となったそれの下に置いてある、長方形の大きな箱。両手でようやく持てるくらいのサイズで、焼け焦げてはいるものの原形は十分にとどめていた。

「大岩はなぜあれを燃やそうと思ったんだろう」

「すべて燃やし尽くして、光さんが罪に問われるような証拠だけでも隠そうとしたんじゃないかな」

「いや、でもそれならもっと燃えやすいものを選ぶはずじゃないか」

麗一は疑問に思い、箱のそばにしゃがみ込んでその蓋をそっと開けた。

中には、ケースに入ったＤＶＤがびっしりと詰まっていた。

そのうちのひとつを取り出してみる。

ケースに貼られたラベルにはこう書かれていた。


〝藤宮美耶ちゃん（12）　二〇一七年七月一日～七月三十一日　ハイライト〟


すさまじい悪寒が二人を襲った。

「なあ蓮司、沙耶が〝罪をかぶって自供した理由〟を俺がどう推測していたか覚えてるか」

「犯人になんらかの秘密を握られていて、それを盾《たて》に脅されたからだと」

「……その秘密って、ひょっとしてこれじゃないのか？」

麗一の言葉に、蓮司は目を見張った。

「姉妹の人生を破滅に導きかねないような秘密……それの正体がこれだとしたら……？」

そう問われて、蓮司は麗一の瞳をしっかりと見据えた。二人は互いの意思を確かめるように、深く頷き合った。言葉は交わさずとも、やるべきことはわかっていた。

麗一は座卓の上に置いてあったライターをすばやく手に取り、ＤＶＤに直に火をつけた。蓮司は部屋中から燃えやすそうなものをかき集め、それを箱にくべた。炎は瞬く間に広がり、箱は数瞬のうちに火に包まれた。

これでもう、二度と誰の目にも触れない状態になった。

サイレンの音が遠方よりうっすらと聞こえ始め、どんどん近づいてくる。

「行こうか」

「行こう」

主を亡くしたドールハウスを背に、二人は静かに階段を上がり始めた。

エピローグ

7月2日（土）神奈川○×新聞　朝刊

堤防から男子高校生が転落　スマホ奪った犯人は逃走

7月1日20時10分頃、藤沢市の鵠沼駅付近の川沿いを通りかかった男性から、「堤防に人が倒れている」と119番通報があった。救急隊が駆けつけたところ、同市の男子高校生が堤防下の高水敷にうつぶせになって倒れているのを発見した。男子高校生は頭部裂傷、腕と大腿骨を折るなどの重傷を負ったが、命に別状はない。また、その後の事情聴取にたいして「知らない男から尾行された。逃げようとしたところ追い詰められ、スマホを奪われた。怖くなって堤防から飛び降りた」と証言しているという。男はその後現場から逃走しており、県警は行方を追っている。

7月2日（土）東京○×新聞　朝刊

鎌倉市で住宅火災　男女二人不審死

7月1日23時10分頃、鎌倉市西鎌倉の住宅から出火、鉄筋3階建て建物の地下の一部が焼失した。神奈川県警ならびに鎌倉市消防本部は放火の可能性もあるとみて、出火の原因を調べている。住宅からはこの家に住む大岩芳夫《よしお》さん（56）と娘の光さん（30）が遺体で見つかった。芳夫さんは薬物中毒死とみられ、死亡推定時刻は1日の20時から23時ごろ。光さんは頸部《けいぶ》圧迫による窒息死とみられ、遺体の状態から死後数日以上が経過しているとみられる。現場から警察と消防に通報した少年二人は、芳夫さんが勤務する高校の生徒で、県警は生徒らが事情を知っているとみて、詳しい捜査を進めていく方針。

7月4日（月）東京○×新聞　朝刊

鎌倉女性殺害事件　被疑者死亡で書類送検
女子高生の次女は誤認逮捕

6月18日23時半ごろ、神奈川県鎌倉市山ノ内の住宅で、この家に住む藤宮礼子さん（42）を殺害したとして、警察は大岩芳夫容疑者（56）を3日午前10時ごろ、被疑者死亡で書類送検した。これにともない、6月29日（水）に逮捕された被害者の次女（17）は勾留から5日後の10日19時ごろ釈放された。警察によると、大岩容疑者は被害者の娘二人に殺害の隠蔽を強要し、嘘の証言をするよう脅していたため、容疑者の特定が遅れたという。逮捕につながったのは、容疑者が犯行を自白している音声データの存在が明らかになったこと、容疑者の所持品の一部から被害者のＤＮＡが検出されたことによる。なお、容疑者は今月1日に自宅で青酸カリとみられる薬物を服毒して死亡しており、当時の現場の状況から自殺とみられている。県警はさらなる捜査を進め、動機の解明を急いでいる。

7月19日（火）東京〇×新聞　夕刊

名門高校で盗撮発覚　容疑者はすでに死亡

7月18日午前9時頃、神奈川県鎌倉市の冬汪高校の女子更衣室から、複数の小型カメラが見つかった。カメラの一部から、先月18日に発生した鎌倉市山ノ内の女性殺人事件において被疑者死亡のまま書類送検された大岩芳夫容疑者（56）の指紋が検出されたため、県警は同容疑者による犯行と見て、さらに詳しい捜査を進めていく方針。

＊

滝君　卯月君へ

お久しぶりです。お元気ですか？

朝の陽射しも強くなって、本格的な夏が始まりましたね。

私たち姉妹は今、秋田県にある父方の祖父母の家に住まわせてもらっています。見渡すかぎりなだらかな山々と緑の濃い田園風景。最寄りは無人駅で、ワンマン電車が一時間に一本だけ。一番近いコンビニは、車を四キロ走らせた先にあります。空気が澄んでいて時間の流れもゆるやかで、私はとっても気に入っているのですが、美耶は退屈そうで、だいたいいつもふてくされています。

一連の件含め、お二人には大変お世話になったにもかかわらず、直接お礼やご挨拶をすることもなく、引っ越してしまいすみません。

ただ、異様なほど過熱するマスコミの報道や周囲からの絶え間ない誹謗中傷や噂《うわさ》に苦悩し、逃げるように去ることしかできませんでした。

今回、こうして手紙を書いたのは、私の知り得た事件の全容をお話しするためです。犯行の異常性や次々に出てくる余罪から、ネット上ではあることないこと面白おかしく書き立てられ、過激な妄言《もうげん》がまるで事実のように語られています。真偽が錯綜《さくそう》する中で、事件を解決に導いてくれたお二人にだけは、どうしても真相を知ってほしいと思い、筆をとった次第です。美耶も同じ気持ちです。

もし、ご迷惑でしたらそのまま捨てていただいてけっこうです。

次のページから、本題に入ります。

大岩先生は、なぜ母を殺害したのか？

その理由を明らかにするためには、まず大岩先生と美耶、そして母の関係性から紐解いていく必要があります。

報道にもありましたとおり、私たちが暮らしていたのは、広大な美しい庭園を持つ白亜の家です。

私はずっと、お姫様が住むお城のようだと思っていました。

お姫様とは、美耶のことです。

美耶の部屋は、私の部屋の五倍以上の広さがありました。天蓋《てんがい》付きのベッドやシャンデリアなど、調度類は高級品で揃えられ、さらには専用のバスルームやミニキッチン、テラスまで備わっていました。自分の部屋だけで生活のすべてが完結できるようにつくられていたのです。

いま冷静に考えると異常だとわかるのですが、当時はその裏に隠れた奇怪な事実に気づくことができませんでした。

なぜ美耶の部屋だけあんなつくりになっていたのか。

母は、美耶の部屋、バスルーム、テラスの至るところに小型カメラを隈《くま》なく設置していて、そのライブ配信映像を、金銭と引き換えに先生に渡していました。もちろん、美耶の許可なくです。それは先生と母の間に結ばれたある密約によるものでした。

発端は六年前です。先生の娘・光さんが当時小学五年生だった美耶をファミリーレストランで見かけて、一目惚れしたのです。人間としてではありません。自分だけの人形として、美耶のことが『欲しい』と言ったそうです。

彼女は自身の狂気的な欲求を制御できず、美耶に始終つきまとい、我が家（当時は母娘三人でアパートに暮らしていました）を突きとめ、盗撮し、洋服や靴や鞄を大量に送りつけるといった常軌を逸した行為を繰り返しました。美耶はひどく怯《おび》え母に泣いて縋《すが》ったそうですが、母は警察に通報することもなく、光さんのストーカー行為は日に日に激化していきました。

思い返してみると、それと比例して、我が家の食卓は少しずつ豪華になっていき、外食も増えました。

実はこのときから、母と先生は秘密裡に何度も会っていたそうです。食卓が豪華になったのは、先生が何度も我が家を訪れて、謝罪とともにお詫びとしてお金を渡していたからでした。

しばらくそのような状態が続いたあと、私たちはあの邸宅に引っ越しました。それを機に、ストーカー行為はぱったりと途絶えたのです。あれから現在に至るまで、光さんが私と美耶の前に姿を現したことはありません。

母と先生が結んだ契約が理由でした。先生が母に要求した事項は次のとおりです。

①　家を用意するので、そこに住むこと
②　美耶の部屋に複数のカメラを設置してリアルタイム配信し、光さんが自由に鑑賞できる状態にすること
③　光さんが選んだ洋服やアクセサリーを美耶に身につけさせること
④　美耶の部屋には、いついかなる場合でも、絶対に他人を入れないこと
⑤　光さんにとって常に理想的な人形であるよう、美耶を徹底的に管理すること

美耶にとっても光さんにとってもこれが最善策なのだと、先生は本気で信じているようでした。その対価として多額の資金援助を得るということで、母は二つ返事で合意しました。

この事実を大岩先生から聞いたとき、私は自分が途方もない思い違いをしていたことに気づきま

した。

あの家は美耶のためではなく、光さんのためにつくられたドールハウスだったのです。

光さんはバスルームの映像で美耶の体型をチェックし、少しでも理想から外れるとすぐ母に注意させました。髪の長さも基準値からわずかでも伸びると必ず指摘しました。

光さんは長らく映像を通して鑑賞しているだけでしたが、ここ数年は美耶の留守中にたびたびうちを訪れていたそうです。光さんの祖父――先生の父親が必ず連れてきて、光さんは何時間でも美耶の部屋にこもっていたそうです。美耶が帰宅すると、おじいさんはきまって庭園に呼び寄せて、あらかじめ光さんが選んだ服を着せ、たくさん写真を撮りました。そのすがたを、光さんはテラスからずうっと眺めていたそうです。

私はその事実をまったく知りませんでしたが、美耶いわく苦痛で仕方なかったということです。

美耶はそうして長年にわたり、搾取《さくしゅ》され続けました。

そして、我が家の実質的な収入源はそれだけでした。

母は無職でしたし、離婚した父は、実際には養育費や生活費といったものをわずかしか渡していなかったのです。

先生から受け取ったお金だけで、私たち三人は今まで暮らしていたのです。

つまりは、美耶が稼いだお金です。

私が今まで握っていたペンも、破れるまで読み込んだ参考書も、毎日座っていた椅子も、着ていた洋服も、部屋の電気も、暮らしていた家も、毎日の食事も、高額な学習塾代も模試代も、何もかも、美耶の稼ぎによるものだったのです。

美耶は知らぬ間に搾取され続け、私はそのお金を食いつぶして生きていたのです。

先生が母を殺害した理由も、この契約が関係していました。

事件当日、美耶はこっそり友達を連れ込んで、誕生日会を開いていました。そして、恋人の井口さんと自室で二人きりになり、彼とキスをしたそうです。

その映像を見た光さんは、絶望して自らの命を絶ちました。光さんにとってあの部屋は絶対不可侵の神聖な領域で、美耶は自分だけの大切なお人形――彼女にとってのすべてだったのです。それが突如崩壊し、死を願うほどの絶望を感じたのでしょう。

事態を知った先生は、我が家に乗り込み、泥酔して眠る母を見て怒りのあまり母の部屋にあった電源コードで殺してしまったそうです。ちょうどその頃、私たちは近くの公園にいました。母から逃げていたのです。

勉強をさぼって遊んでいた私、友人を招いて誕生日会を開いていた美耶。その事実を知って激昂した母は、まず私の尊厳を踏みにじる行為を強要し、次に美耶を絞殺しようとしました。すんでのところで、私は母の頭部を置時計で殴り、倒れたすきに美耶を連れて逃げ出しました。母が殺害されるおよそ二時間前――二十一時五十分前だったと思います。

私と美耶は公園でずいぶん長いこと話し合いました。帰宅したら母に殺されるかもしれないし、警察に通報したら母が殺人未遂で逮捕され、一生犯罪者の娘として生きていかなければならず、まともな人生が歩めなくなるかもしれない。どちらの道を選んでも地獄でした。

悩んだ末、私たちはこう決断しました。

無傷で母に打ち勝つことはできない。それならば、スキャンダルで父を強請《ゆす》って、金銭的な援助と保護を要請しよう、と。つまり、『自分が身勝手に若い女と駆け落ちしたせいで、精神に異常をきたした元妻から娘が凄惨《せいさん》な虐待を受けている』という事実を世間にバラされたくなければ、私たちをかくまって十分な資金援助をしてくれ、と父を脅迫することに決めたのです。

父は主婦層をターゲットに事業を展開していましたから、こういったスキャンダルを何よりも恐れているはずで、効果は十分に期待できると踏んだのです。

そのためには、虐待の証拠が必要でした。母が私を虐待した映像が、美耶のスマホに残っているというので、私たちはスマホを回収するべくいったん帰宅しました。こっそりと回収した後、その足で逗子にある父の家に押しかけて、脅迫しようと考えたのです。

でも、私たちの計画が実行されることはありませんでした。

帰宅したとき、母が死んでいたからです。

私たちは運悪く、先生と鉢合わせてしまいました。先生はひどく憔悴していました。恐怖のあまりろくに身動きもとれない私たちに向かって、殺害に至った理由を吐露《とろ》しました。美耶はショックでその場にへたり込んでしまいました。私も動揺して頭が真っ白になりました。

さらに、先生は次のようなことを私たちに懇願しました。

自殺に見せるための偽装工作をするから、警察には嘘《うそ》の証言をしてほしい。協力してくれれば、未来永劫絶対に、私たちのことは傷つけない。

もし約束を破ったなら、隠しカメラで記録した美耶の映像をネット上にばらまく、と。

そんなおぞましい脅しを受けては、従うほかありませんでした。

先生は玄関先に備えつけていた監視カメラや、美耶の部屋に隠し置かれていた固定カメラを回収しました。母経由で光さんが美耶に与えたものの中で、足がつく恐れのあるオーダーメイド品や希少品もすべて回収しました。その中には、私が母を殴った置時計も含まれていました。母と先生は、関係が世間にばれないよう、メールや電話といった履歴が残る連絡手段はいっさいとってこなかったため、これで先生と私たちの関係を裏付ける証拠は、完全になくなりました。

先生は最後に、母と対面する時間をくれました。母はリクライニングチェアで眠るように死んでいました。美耶は泣き崩れましたが、私は不思議と涙が出ませんでした。でも、床に赤ワインがこぼれ落ちているのを見て、ふと思い出したのです。

幼いころ、オシロイバナで色水をつくって母にプレゼントしたこと。

母が平たいガラスの器にうつし替えてくれて、そこに一緒に摘んだ色とりどりの花を浮かべたこと。

今までずっと忘れていた美しい思い出でした。

どうしてそんな行動をとったのか、自分でもわかりません。ですが、私は庭園から花を摘み、床に広がるワインの染みを池に見立てて、それらを散らしていきました。パステルカラーの華やかな花々をメインに、アクセントとして、母の好きな深紫や深紅の花も添えました。指紋がつかないよう、園芸《えんげい》用のピンセットでひとつずつ。美耶は疑問を呈することもなく、私のあとに続きました。

先生は私たちの行動を止めようとはしませんでした。光さんを亡くした直後でしたから、思うことがあったのかもしれません。

私は先生の指示どおり、自殺を偽装するべく部屋の鍵を外から施錠して密室をつくり、夜明けを待って救急隊に通報しました。そして、救急隊が窓を突破した後に続いて部屋に入り、隙を見てドレッサーの元あった場所に、鍵を戻しておきました。

警察には嘘の証言をしましたが、ほんの数日も経たぬうちに、警察は他殺の線が濃厚だという見方を強めました。

私が母を置時計で殴ったせいです。置時計は、事件当夜に先生が回収しており、私たちの家にはありませんでしたが、母の後頭部と額にできた傷が偽装工作の綻《ほころ》びになったようでした。

美耶は著しい情緒不安定に陥り、日に日に壊れていくようでした。

私は悩んだ末、犯人として名乗り出ることに決めました。

美耶に対しての耐えがたい罪悪感と、自分にたいして激しい嫌悪感があったからです。

私は美耶の恵まれたルックス、堂々とした明るい性格、見る者すべてを引き寄せる魅力、そのすべてに憧れと妬《ねた》ましい気持ちを持っていました。美耶ばかりが愛されて贔屓《ひいき》されることにたいして不満を持っていました。

しかし蓋を開けてみれば、美耶は母に利用され続け、光さんに搾取され続け、その一方で私はなんの犠牲を払うこともなく、ただ美耶が稼いだお金で何不自由ない生活を送っていただけだったのです。

もし先生の犯行がばれ、盗撮映像がネット上にばら撒かれたりしたら、美耶の心はきっと壊れてしまいます。ただでさえ尊厳を踏みにじられて苦しんでいるのに、これ以上美耶だけが犠牲になり続けるなんて、決してあってはいけないことだと思いました。

だから私は嘘の自供を決意しました。私にできる唯一の贖罪《しょくざい》でした。

タイミングを同じくして、通販で入手したボイスレコーダーを美耶に渡し、『妹が犯人』だという告発を録音して匿名で拡散するよう指示しました。

ネット上では姉妹が共謀して母親を殺したという推論が面白おかしく書き立てられ、個人情報や写真を拡散され、謂《い》われない誹謗中傷に晒《さら》されていました。

思案した結果、美耶本人の口から弁明させてそれをネット上に流すのが、汚名を返上するためには最も効果的であると思い至りました。あれはそのための苦肉の策だったのです。

ある意味でお二人を利用することになってしまい、申し訳ありませんでした。

私の嘘の自供は、拍子抜けするほどうまくいきました。

母が殺された時間に、私たちが防犯カメラに映っていたのは偶然のことです。

最初は公園の入り口付近のベンチで話していたのですが、そのうち近くでバイクが行き交う音や若い男性の声が聞こえてきました。

私たちは怖くなり、万が一のときに自分たちの身を守るため、防犯カメラがすぐ真上にある公衆トイレの近くまで移動していたのです。

その事実を思い出して後から組み立てたリモートによる殺害方法は、検証の結果実行可能だと結論付けられました。

また、実際に母を殺したいほど憎んだ瞬間が多々あったことや、常日頃より差別的な扱いを受けていたこと、病的なほど勉強漬けの日々を強いられていたことから動機は十分でした。

そして私は逮捕されました。

その結果に先生が納得していれば、そこで終わっていたのかもしれません。

しかし、先生の目的は罪を逃れることではありませんでした。

真の目的は、愛する娘を死に追いやったもう一人の人物に復讐することでした。

それが井口さんです。

井口さんに落ち度がないことは明らかですが、先生はとうに、常識的な判断ができる精神状態ではなかったように思います。

井口さんは襲われた日の前夜、回収したボイスレコーダーを渡すために美耶と会っていたそうです。おそらくその瞬間を先生は監視しており、井口さんのことを突きとめて殺害を計画したのだと思います。そしてあの夜、彼が一人になった隙を狙い、それ以降は……お二人が体験されたとおりです。

あの時もしお二人が行動していなければ、井口さんはきっと命を落としていたでしょう。たとえ先生が自首をして、引き換えに自由を手に入れられたとしても、私たちは一生涯罪悪感に苛《さいな》まれながら生きていかなくてはならなかったでしょう。

本当に、どんなに感謝しても足りません。

最後に、こんなことを書くと不実な人間かと思われるかもしれませんが、私の本当の気持ちをお話ししたいと思います。

私は今が一番、自分の人生を生きている実感があります。ずっと母の操り人形のようでした。どこにいても何をしていても、私の背後にはじっとりと母の目が張りついていて、永遠にその支配から逃れられないのだと思っていました。

母がいなくなって、私はようやく本来の自分を取り戻せた気がしています。

きっと美耶も同じ気持ちだと思います。

私は医学部を目指すのはやめて、検察官になるため法学部を志望することに決めました。美耶は今、長かった髪をばっさりショートにカットし、Tシャツにジーンズ、スニーカーというラフな格好を楽しんでいます。事件のほとぼりが冷めたら、ファッション誌の専属モデルオーディションに応募するみたいです。

私たちは、操り人形や着せ替え人形から脱し、ひとりの人間として一日一日を歩んでゆけることに、今とてもわくわくしています。

先述のとおり、私たち姉妹は、今は秋田県内の祖父母宅に身を寄せておりますが、再来年には都内の大学を受験する予定です。

二年後の春、大学生になった姿でお二人と再会できたらいいなと思っています。

そこで改めて感謝の気持ちをお伝えしたいです。どうかそれまで、私たちのことを覚えていてくだされば嬉しいです。

沙耶

＊

廃校舎の一角、開け放たれた窓から蟬《せみ》の声が束になって降りそそぐ。いつの間にやら六つに増えた江戸風鈴《ふうりん》が、凜《りん》とした音を奏《かな》でる。冴え冴えしい青空には、大きな入道雲が悠然と浮かんでいる。

手紙を読み終えた蓮司は、それを丁寧に折りたたんで封筒に戻した。薄水色や白の花柄の、美しい便箋。読み返すのはもう六回めだった。封筒から取り出しては読み、ふたたび封筒に戻し、また読み返す。そんなことを繰り返していた。

しばらくして、部室の扉ががらりと開いて、麗一が姿を見せた。

めずらしく缶ジュースを手に持っている。オレンジとアップルの二本。それを得意げに掲げてみせた。

「どっちがいい？」

「オレンジ！　ちょうど喉渇いてたんだ、サンキューな」

麗一が放ると、缶はへろへろと気の抜けた放物線を描いて蓮司の手元に落ちてきた。

「……空き缶じゃん」

「俺が一本百三十円もする飲み物を買うわけがなかろう」

「今の不毛なやり取りはいったい何」

「友達に缶ジュースを投げ渡すっていうのを、高校生活のうちに一度はやってみたくてな。今朝ちょうど空き缶が落ちていたものだから」

「そう。感想は？」

「なかなかいい気分だ」

「そりゃ何より」

麗一は若竹色《わかたけいろ》の京扇子で端整な横顔を扇ぎながら、蓮司の向かいに腰を下ろした。

「また読んでるのか。まあよかったよ。陰惨な事件だけど、希望の持てる幕切れで」

「そうだね。あのまま沙耶さんが冤罪で裁かれていたらと思うとゾッとする」

蓮司はふたたび手紙に視線を落とした。

「これはシュレッダーにかけておくよ。決して誰の目にも触れないように」

「それがいい」

「で、この封筒は俺がもらってもいいかな」

「いいけど何に使うんだ？」

「ただとっておくだけだよ。沙耶さんの字ってすらりとして綺麗だよな。まるで本人を表しているみたい」

しみじみとのろける蓮司に、麗一は白けた視線を送る。

「好きなのか、彼女のこと」

「さあ。正直、好きとか好きじゃないとか、簡単に語れるような感情じゃないんだ。なんというか、俺と沙耶さんって普通の出会い方じゃなかったし、そもそも初めて会話したのが依頼人と請負人っていうちょっと特殊な関係性じゃん。その後も、事件のことでいろいろごたついてまともに話す機会もないままこうして離れ離れになってしまったわけだし。

ところで、秋田は美人が多いって聞くけど、男もやっぱりイケメンが多いのかな？　二年後の春に再会するまでに、沙耶さんに彼氏ができてたらどうしよう？　やっぱり、俺から一度でも会いにいって気持ちを伝えるべきなのかな。って、気持ちって言っても、俺はまだはっきりと沙耶さんのことが好きだと自覚しているわけじゃないんだ。好意は抱いているけど、それが恋愛感情かどうかっていうのは、ちょっとまだ確信が持てない。そんな曖昧な状態で自分の気持ちを伝えても、かえって困らせちゃうだけかもしれないよな。でもうかうかして誰かに先を越されるのだけは絶対に嫌だ。どう対応するのがベストだと思う？　……なあ麗一」

視線を戻した時には、麗一はいつの間にか目の前から消えていた。

代わりに、空き缶の下に紙きれが挟んであった。

〈アドバイス：要点を絞ってわかりやすく〉

「ひでえ。親友の切実な悩みを無下《むげ》に扱うなんて」

リュックから魔法瓶を取り出して、哀しみと腹立ちまぎれに冷たい麦茶を一気飲みすると、かき氷を食べたみたいに鼻の奥がきいんとした。積み上げられた椅子の脚から、提灯とともにぶら下がる懐中時計に目をやると、時刻はいつのまにか十六時を過ぎていた。窓辺で風鈴がちりいん、ちりいんと細やかに鳴った。

「……やっぱり好きってことなのかな」

蓮司は花柄の美しい便箋を見つめながら、独りごちた。

そのとき、小さくノックする音が聞こえた。

「どうぞ」

扉がゆっくりと開いて、内気そうな女子生徒が深刻な面持《おもも》ちで入ってきた。

「あのう、ここで悩み相談を受け付けてるって聞いたんですけど……」

「そうですよ。どうぞこちらに」

蓮司はスムーズに女子生徒を中へ通し、扉の札を赤色に変えると、彼女と向かい合うかたちで腰を下ろした。

「今日はどのようなご相談で？」

「あのう私、冥王星後援会の四代目会長なんですけど、冥王星応援ソングのラストにシンバルを響かせるべきか迷ってまして……」

了

本書は第25回ボイルドエッグズ新人賞受賞作（二〇二一年五月受賞発表）です。

あとがき

静寂が恐怖です。よくお腹が鳴るからです。

ときには子犬がクゥンと甘えるように、ときには獣《けもの》の咆哮《ほうこう》のごとく、お腹が鳴ります。

職場の昼休みは水を打ったように静かで、わずかな物音が清《さや》かに響きます。こういう状況下は緊張感が高まって、いっそう胃腸のボルテージが上がります。食事を抜けばお腹が空《す》いて鳴るし、食事をとれば消化音が鳴るので、どうしようもありません。アマゾンで防音腹巻を探してみましたが、見つかりませんでした。

冷静に考えれば私の腹の音など誰も気にしているわけがないのですが、それでも静かな場所がいつも物凄くストレスです。

こんなふうに、第三者からすればしょうもない、取るに足らぬ悩みでも、本人にとっては辛くて仕方がない悩み。

きっとたくさんの人が抱えているのではないでしょうか。

いい大人でさえ悩むのですから、思春期の子供ならなおさらだと思うのです。

そんな悩みを『くだらない』と一蹴《いっしゅう》せず、真剣に耳を傾けてくれて、解決のために奔走《ほんそう》してくれる助っ人なんかが学校にいたら、すごく頼もしいのではないか。

『たこ糸研究会』は、そんな思いから誕生しました。

この小説は約一年前にばーっと書いたもので、そこからなぜこういうストーリー展開や人物構成になったのかという細かいところは、正直ほとんど思い出せません（書きやすいので地元を舞台にしてますが、登場人物にモデルはいません）。

なので、ここでは『ドールハウスの惨劇』を書くまでの経緯を振り返りたいと思います。

デビュー作となる本作を書くまでに、私はここ二年で二作の長編小説を書きました。

一作目は人造人間が人造ゾンビと闘うパニックホラーです。仲間たちが次々に死んでいき、最終的に主人公も死にます。自信満々で新人賞に応募しましたが、かすりもしませんでした。

一作目の反省を活かし、二作目はサイボーグ人間がサイボーグゾンビと闘うパニックホラーを書きました。やはり仲間たちが次々に死んでいき、最終的に主人公も死にます。

血の滲《にじ》む思いで書きあげたこちらも一次選考すら通らなかったので、そんなに私の小説はいかんのかと深く絶望し、懊悩《おうのう》し続け、その末にふと思ったのです。

〝好きなもの〟と〝書けるもの〟が違うのではないか、と。

そして、自分の大好物である『ゾンビ』『ＳＦ』『パニックホラー』『バッドエンド』という要素をいったん全部排し、はじめて『日常が舞台で、きちんと救いのある物語』を書いてみようと思いました。

そうして完成したのが『ドールハウスの惨劇』です。

なぜ自分はあれほどゾンビとの攻防にこだわっていたのかと思うほど、今までで一番楽しく書けました。

本作で賞をいただき、一冊の本として世に出すことができてとても嬉しいです。

ここに至るまで多大なご指導とお力添えをいただいた方々、いつも私の考えを尊重して一番の味方でいてくれる家族、そして、お手に取っていただいた読者の皆様に、心から感謝しております。本当にありがとうございました。

遠坂八重

二〇二二年十一月

あなたにお願い

この本をお読みになって、どんな感想をお持ちでしょうか。次ページの「100字書評」を編集部までいただけたらありがたく存じます。個人名を識別できない形で処理したうえで、今後の企画の参考にさせていただくほか、作者に提供することがあります。

あなたの「100字書評」は新聞・雑誌などを通じて紹介させていただくことがあります。採用の場合は、特製図書カードを差し上げます。

次ページの原稿用紙（コピーしたものでもかまいません）に書評をお書きのうえ、このページを切り取り、左記へお送りください。祥伝社ホームページからも、書き込めます。

〒一〇一—八七〇一　東京都千代田区神田神保町三—三
祥伝社　文芸出版部　文芸編集　編集長　坂口芳和
電話〇三（三二六五）二〇八〇　www.shodensha.co.jp/bookreview

◎本書の購買動機（新聞、雑誌名を記入するか、○をつけてください）

＿＿新聞・誌の広告を見て	＿＿新聞・誌の書評を見て	好きな作家だから	カバーに惹かれて	タイトルに惹かれて	知人のすすめで

◎最近、印象に残った作品や作家をお書きください

◎その他この本についてご意見がありましたらお書きください

100字書評

ドールハウスの惨劇

住所

なまえ

年齢

職業

遠坂八重（とおさかやえ）
神奈川県出身。早稲田大学文学部卒業後、一般企業に勤務しながら、小説執筆に挑戦。2022年、本作『ドールハウスの惨劇』で第二十五回ボイルドエッグズ新人賞を受賞した。エンターテインメント性に富んだ筆致と人物造形の妙が高評を得て、本作は既にシリーズ化が決定し、2023年夏に続刊を予定。尊敬する作家は、ヘルマン・ヘッセと川端康成。

ドールハウスの惨劇《さんげき》

令和5年1月20日　初版第1刷発行

著者――遠坂八重《とおさかやえ》
発行者――辻 浩明
発行所――祥伝社《しようでんしや》
〒101-8701 東京都千代田区神田神保町3-3
電話 03-3265-2081（販売） 03-3265-2080（編集）
03-3265-3622（業務）
印刷――堀内印刷
製本――積信堂

ISBN978-4-396-63637-1 C0093
祥伝社のホームページ・www.shodensha.co.jp

祥伝社

文庫判

第73回　日本推理作家協会賞短編部門受賞

夫の骨

矢樹　純

漫画原作者としても活躍するストーリーテラーが描く、
巧みで鮮烈な物語の爆弾。
家族の〝軋み〟を鋭く捉えた九編！